LEVE HISTORIA DE CUBA

Enrique Del Risco Arrocha. Ha publicado entre otros títulos de narrativa *Pérdida y recuperación de la inocencia* (La Habana, 1994) y *¿Qué pensarán de nosotros en Japón?* (Sevilla, 2008), con el que obtuvo el V Premio Iberoamericano de Relatos «Cortes de Cádiz» y el ensayo *Elogio de la levedad. Mitos nacionales cubanos y sus reescrituras literarias en el siglo XX* (Madrid, 2008). Fue coeditor de la antología *Pequeñas resistencias 4. Antología del nuevo cuento norteamericano y caribeño*, (Madrid, 2005) y editó la antología *El compañero que me atiende* (Madrid, 2017). Sus libros más recientes son *Siempre nos quedará Madrid* (Nueva York, 2012) y *Enrisco para presidente* (Nueva York, 2014).

Francisco García González. (La Habana, 1963). Narrador, guionista de cine y periodista. Es licenciado en Historia en la Universidad de La Habana. Entre sus obras se encuentran: *Juegos Permitidos* (1994), *Color local* (2000), *Presidio Modelo: temas escondidos* (2002), *¿Qué quieren las mujeres?* (2003), *Historia sexual de la nación* (2005), *Leve historia de Cuba* (2007), *Escribas en el estadio* (2007), *La cosa humana* (2009), *Todos los cuentos de amor* (2009), *La reja entreabierta* (2009), *Antes de la aurora* (2012) y *The Walking Inmigrant* (2015). Cuentos y artículos suyos han aparecido en antologías y revistas en Cuba, así como en México, Argentina, Chile, España, Estados Unidos y Canadá. Escribió los guiones de las películas cubanas *Lisanka* (2009), *Boleto al paraíso* (2010) y *La cosa humana* (2015); y además, los diálogos del cortometraje cubano-germano *Efecto dominó* (2010). Ha obtenido premios en diferentes concursos: Pinos Nuevos, 1993; Hemingway, 1999; Revolución y Cultura, 1995; Luis Rogelio Nogueras, 1997; Cuentos de Amor de Las Tunas, 1995; Giribilla International Association of New York, 1998; Hubert Bals Fund, 2002; Aquelarre, 2003; Beca UNEAC de La Habana, 2004; Premio Oriente, 2008; la Pupila Insomne, 2009; y Nuestra Palabra, 2011, 2012 y 2013.

Enrique Del Risco
Francisco García González

LEVE HISTORIA DE CUBA

De la presente edición, 2018

© Enrique Del Risco
© Francisco García González
© Editorial Hypermedia

Editorial Hypermedia
www.editorialhypermedia.com
www.hypermediamagazine.com
hypermedia@editorialhypermedia.com

Edición y corrección: Editorial Hypermedia
Diseño de colección y portada: Herman Vega Vogeler

ISBN: 978-1-948517-37-9

… el hombre se ha desgastado, reducido, debilitado…
La historia, obra suya pero independiente ya de él,
le consume, le devora y acabará aplastándole…
E. M. Cioran

La historia es el error./ La verdad es aquello,
más allá de las fechas,/ más acá de los nombres,/
que la historia desdeña:
[…]
La verdad/ es el fondo del tiempo sin historia/ El
peso/ del instante que no pesa
Octavio Paz

El general murió al amanecer
la historia se escribe de noche
Eugenio Arango «Totico»

PRÓLOGO A ESTA EDICIÓN:
LAS COARTADAS DE UN LIBRO INÚTIL

Este libro se empezó a tramar hace un cuarto de siglo. Una trama que tenía más de confabulación que de «conjunto de hilos que, cruzados y enlazados con los de la urdimbre, forman una tela». Año 1993. Interior. Noche. Dos amigos, egresados de la Facultad de Historia de la Universidad de La Habana se encuentran en Isla de Pinos. O en la Isla de la Juventud. Como prefieran: de cualquier manera no queda mucho de los unos o de la otra. A nuestros protagonistas podría llamarles Amigo 1 y Amigo 2 pero para humanizar el relato les llamaré Francisco y Enrique. Francisco vive en la Isla desde que se graduó de historiador. Allí trabaja como especialista en el antiguo Presidio Modelo reconvertido en museo. Enrique vive en La Habana donde es historiador del principal cementerio de la ciudad. Enrique y su novia de entonces (y esposa para el resto de su vida) lo visitan huyéndole a los apagones de dieciséis horas que asuelan al país. Una plaga que, según cuentan los entendidos, ha decidido respetar a la Isla de la Juventud: allá los cortes de electricidad apenas duran cuatro horas. Pese a las apariencias laborales hace rato que los amigos no aspiran a ser historiadores, a dedicar su vida a hurgar en el pasado. En algún momento comprendieron que eso sería imposible en un país de archivos impermeables y editoriales cobardes. Ya para entonces los amigos andan encaramados en el potro desbocado de la literatura, una bestia que por mucho que les cueste dominar al menos pueden enfrentar sin otro aditamento que ellos mismos.

Esa noche del verano del 93 Francisco lee un cuento. De índole histórica, dice, pero a Enrique no le convence. La literatura no debe tomarse ciertas libertades si pretende ser histórica. Deberá seguir ciertas reglas si quiere jugar limpio con el lector. Para Francisco, en cambio, la literatura, histórica o no, es la libertad misma. Y libertad es eso, saltarse las reglas cada vez que estorben. O actuar como si no existieran. Discuten hasta que Francisco, aburrido de tanto bizantinismo, —Francisco en esa y otras cosas es decididamente romano— se sale de la discusión con un reto. Una amenaza casi. «Vamos a hacer un libro entre los dos». Un libro, se sobreentendía, sobre la Historia de Cuba. No quedaba menos sobreentendido que se trataría de un libro de ficciones.

No entraré en los detalles sobre la elaboración del libro, detalles cuyo recuento a estas alturas resultaría, en esencia, falso. Solo diré que fue un proceso divertido y veloz. En una época predigital escribimos los casi cincuenta cuentos que integraron la primera versión del libro en año y medio. Encima lo pretendimos como un libro útil. Un libro destinado a combatir la aberración en que se había convertido la versión oficial del pasado cubano. No aspirábamos a una versión real de los hechos, como correspondería a los licenciados en Historia que éramos.

Íbamos justo en sentido contrario a la realidad, directo a la invención desvergonzada. Intentábamos liberar al pasado cubano del peso de las supuestas verdades en las se apoyaba para justificar lo irremediable y murruñoso del presente de aquellos días. Queríamos liberarnos de aquel falso pasado pero sin pretender dar con el verdadero. Nos conformábamos con que fuera uno que nos resultara medianamente familiar, habitable.

Sería el efecto de tanta hambre y apagones pero lo que nos salió fue un libro perfectamente inútil. Inútil pero vivo. Para Enrique escribir el libro fue una manera de darle la razón a Francisco. *Leve Historia de Cuba* no pretendía descubrir nuevos hechos históricos sino poner en juego los ya existentes desde un punto de vista distinto. Humano quiero decir. De ahí su debilidad por los perdedores, por el peso muerto de la Historia. Por enfrascarse en las vidas y momentos que usualmente no entran en la foto de la posteridad. *Leve Historia de Cuba* está habitada por personajes y momentos que se escapan de esa épica de cartón tabla de los libros de texto y apuntan más a la picaresca: el taíno disidente de su tribu, los desertores de las rebeliones más importantes de nuestra historia. Los que no llegaron a tiempo o los que se adelantaron demasiado.

En octubre de 1995 me fui de Cuba rumbo a España decidido a no usar la segunda mitad de mi pasaje. En mi maleta llevaba, entre mis poquísimas pertenencias de náufrago voluntario y clandestino, el manuscrito de *Leve Historia de Cuba*. Suponía que no sería difícil publicarlo. Suponía incluso cierta avidez por parte de los editores españoles lo cual da una idea de lo mal informado que yo andaba sobre el mundo. A golpe de rechazos fui entendiendo mejor el mundo (editorial) pero la sensatez no está entre las virtudes que me adornan. Por fin, a siete años de mi salida de Cuba conseguí que Marta Fonolleda, dueña de la barcelonesa Editorial Casiopea, se interesara en el libro. Ya estaba en los catálogos de la editorial como uno de los libros que aparecerían en el verano de 2002 cuando Casiopea se fue a la quiebra, arrastrada por una de las tantas crisis que han azotado al sector editorial en las últimas décadas. No fue hasta cinco años después de aquel desastre, (y a doce de terminar el libro) que, gracias a los esfuerzos del editor de Los Angeles David Landau, *Leve Historia de Cuba* encontró su camino hacia la imprenta de la mano de la editorial Pureplay Press. A lo largo de esos doce años el libro había cambiado muy poco. Si acaso en el camino perdió varios cuentos que consideramos que no estaban a la altura del resto. Y «Compañeros son los bueyes», un relato que intenta resumir el exterminio de las guerrillas anticastristas que la historia oficial recoge como la «Lucha contra bandidos» o la «Limpia del Escambray», pasó a sustituir otro relato que abordaba el mismo tema. A esto le agregué un par de cuentos que escribí a poco de salir de Cuba que redondeaban nuestra imagen sobre el llamado Período Especial. «Un día mortal» era uno de ellos. El otro, «Paralelas», he decidido excluirlo de esta edición porque, al margen del cariño que le tenga, no creo que añada mucho a la historia que este libro intenta construir.

Que aquella colorida edición de Pureplay Press se encuentre totalmente agotada no es pretexto suficiente para justificar una nueva edición de *Leve Historia de Cuba*. Casi nunca hay pretextos suficientes para reeditar un libro concebido un cuarto de siglo atrás. Menos un libro con tan atribulada biografía editorial. Un libro así hoy es más inútil que nunca. Pero en su defensa habrá que decir que hoy *Leve Historia de Cuba* tiene mayor vocación literaria, mayor vigencia para el lector de ficciones, que cuando fue concebido. Si en 1993 nos parecía necesario burlarnos de las abominaciones de la Historia oficial cubana en el 2018 aquellas supersticiones parecen más invencibles que nunca. No es que hoy el pasado (sea oficial o extraoficial) parezca importarle mucho a los cubanos. Sin embargo esa misma abulia contribuye a convertir tales supercherías en asunto indiscutible. Por mucho que contradigan el sentido común. Díganme si la ficción de un pueblo por siempre enfrentado a su vecino del Norte no es bastante menos verosímil que el momento en que en *Leve Historia de Cuba* Máximo Gómez y José Martí deciden, en un descanso en la manigua, fumarse un porro de *cannavis sativa*. Y no obstante, por inverosímil que parezca la fábula del David isleño y el Goliat gringo, no deja de insistirse en ella por mucho que la que desmientan buena parte de nuestra cultura y el rumbo de nuestros infatigables balseros.

Al respecto, mis conversaciones con egresados del sistema educativo cubano post-Período Especial me han resultado instructivas por asombrosas. A la crítica o desprecio que la mayoría de ellos siente por el régimen en que han crecido le sucede la tranquila aceptación de los principales dogmas históricos que lo justifican. Pero esa mezcla de cinismo político e ingenuidad histórica, por disfuncional que parezca, encaja a la perfección en nuestra nacional esquizofrenia, una esquizofrenia que de alguna manera representa y explica *Leve Historia de Cuba*.

Frente a este panorama *Leve Historia de Cuba* no se pretende como una cura alegre ante el oscurantismo histórico como lo intentaba un cuarto de siglo atrás. El libro, apenas con una distribución más cuidada de la puntuación, con menos erratas que hace una década, propone una competencia entre ficciones desvergonzadas. Hoy el relato del poder apenas disimula su carácter ficticio: con demostrar su conveniencia e insistir en su ubicuidad le basta. Ya no pretende ser creído, se conforma con que lo repitan. Y hemos tomado tal estado de cosas como una invitación a insistir en nuestras ya viejas ficciones. Las nuestras al menos resultarán más divertidas, detalladas y verosímiles que las del Poder: con el pasar de los años algunas de nuestras historias son algo más que creíbles. Se han vuelto proféticas.

Los últimos cuentos, aquellos que se proyectaban sobre el futuro del país tal y como lo veíamos a mediados de los 90, están cargados de anticipaciones: desde la salida en falso hacia la Gloria del Comandante en Jefe en el 2006 hasta la defenestración del vicepresidente del Consejo de Estado Carlos Lage en el 2009. Eso sin contar con la constante alusión a los conflictos raciales, genéricos y sexuales que han atravesado la historia cubana y sin los que hoy parece no concebirse el mundo pero que en los hambreados noventa cubanos eran, por lo general, invisibles. Todo ello nos evita la tentación de añadirle nuevos relatos y retoques al libro. Porque a fuerza de no pretenderlo *Leve Historia de Cuba* es hoy un documento histórico. El testimonio del efecto que pudieron tener, sobre la imaginación de un par de aspirantes a escritores, raciones un tanto desmedidas de hambre, apagones, curiosidad por el pasado y preocupación por el futuro.

Enrique Del Risco
West New York, Nueva Jersey, febrero, 2018

OCTUBRE 12, 1492

En las Islas Canarias se levantaba una enorme estatua de bronce, de un caballero que señalaba con su espada, el este. En el pedestal estaba escrito: «Volveos. A mis espaldas no hay nada».

R. S. Burton, *1001 Nights*, II, 141.

El único Adelantado es Rodrigo de Triana. Los marineros recogen su cuerpo en cubierta. Tiene los ojos salidos, extraviados, se esfuerza vanamente en decir algo a toda costa: gritar por qué se ha lanzado desde lo alto del palo mayor de la «Santa María». Pero la muerte se le hace mala rabia, se lo lleva después de mucha convulsión y vómitos sanguinolentos.

Y sin saber cómo, las naves se precipitan en el vacío donde termina la planicie salada. Nos vamos hacia abajo embarcaciones, fardos, hombres. Todo es al revés de lo que aseguraba el Almirante: no hay Levante ni tierra alguna. La sangre; el fuego; el abrazo del pedernal con el acero, el rayo y las bestias; lo que será y es, no son más que puro delirio: naufragio en la propia orilla. Lo único cierto es que en la caída he logrado asir el cuello de Don Cristóbal, y mientras forcejeamos en la nada, clavo mi puñal en medio de su pecho.

PEQUEÑA CRÓNICA DE INDIAS (E INDIOS)

«… y penetrado en una cabaña que en esas tierras llaman bohío vílos entregados a un juego que al parecer es costumbre en aquellas gentes. Hallábanse todos desnudos como sus madres los parió como que no dejan de estarlo nunca hombres y mujeres y a los primeros veíaseles que entre las piernas laxo les colgaba un cilindro como de la piel misma pero más oscuro y luego las mujeres se les contoneaban y de presto lo frotaban con la punta de la nalga o con otra parte del cuerpo hasta que el dicho artefacto se daba a endurecerse e inflamarse hasta alcanzar cosa de medio pie de luengo y así dispuestos con dicho artefacto en perfecta elevación se aproximaban a la mujer que tenían delante e introducíanle el dicho artefacto en un orificio que estas tienen al efecto y tornábanse a menear con grande gritería al parecer de victoria sin que yo pudiera tener entendimiento de quién fuese vencedor ni vencido porque nadie me explicara las reglas de este extraño juego. Cosa era de alegría verlos jugar cuando encendidos andaban y mucho más cuando las mujeres unas con otras jugaban que por carecer del referido artefacto hurgaban el orificio de su oponente con los dedos y aun con la lengua con lo que hubieran mucho placer y holganza. Y desta suerte todos iban quedando enlazados unos con otros que era de maravilla verlos que al cabo del rato no era posible distinguir unos cuerpos de otros. Y aunque no lo entendiese habría intervenido en aquel juego al que me convidaron de buenas maneras unos mancebos muy bien hechos de muy hermosos cuerpos y muy buenas caras si no fuera porque un fraile me indicase que aquello era cosa de idolatría e inteligencias con el maligno por lo que tornamos a salir a la intemperie donde aún se escuchaban las voces de contento que el tal juego produce…».

TRÍPTICO

I

Claro que ser Dios es difícil. Lo sé por experiencia propia. Obtener el rango de máxima divinidad dentro de este caserío no ha sido tan complejo como conservarlo. Mis ocupaciones fundamentales son: a) aseguramiento de la fecundidad de las cosechas; b) propagar y controlar las enfermedades respiratorias. Si lo primero obedece a mis inclinaciones naturales, lo segundo me fue impuesto por necesidad. Por si fuera poco, mi envoltura material es una tortuga, ancestro común a todos los miembros de la tribu, con la que asumo la esencia de esta.

Pero todo eso no alcanzó para que cierta vez cayera en el olvido, equivalente a la muerte en quienes practicamos el vicio de la inmortalidad. Año tras año, garantizaba la abundancia de frutos hasta que mi eficacia terminó resultando aburrida. Pensaron que, de cualquier modo, mis favores estarían asegurados. Y tenían razón. Preso por la rutina, me fue imposible escarmentarlos con una cosecha escasa. Mi representante físico, la tortuga, más que el tótem, parecía la mascota de la aldea. Confieso que fue una fortuna el que apareciesen espíritus errantes empeñados en arruinar los pulmones de mis protegidos. El behíque no sabía cómo contener la expansión de aquellas toses cuando las primeras muertes detonaron la histeria. Los cemíes de moda (el Huracán y el Relámpago) poco pudieron hacer como no fuera acrecentarlas.

Allí donde fracasó el vigor de mis colegas, la experiencia se abrió paso. Propuse a los espíritus infecciosos transformar su terror barato en poder, a cambio de que aceptaran mi mando. Lo demás consistió en ajustar los movimientos de la tortuga a los límites de la sugestión del behíque y sincronizar la intensidad de su devoción con la reducción de la epidemia. Desde entonces, regresó a nosotros (los espíritus, la tortuga, yo) la veneración encarecida de la tribu toda. Ya restaurado el respeto, solo a ratos indico a alguno de mis subalternos que exhiba sus capacidades en alguien escogido al azar, nada personal. Es esa la vía menos costosa de mantener la reverencia de la tribu. Peor sería verme obligado a ordenar otra epidemia.

Por lo anterior no debe juzgárseme, como yo no lo hago con los míos. No he pretendido ser bueno ni malo, sino cumplir mi deber del mejor modo y así, evitarle a mi pueblo tormentos exagerados. Los ritos que inspiro, las ofrendas que acepto, no contradicen la sencillez de mi gente, y si he permitido que a los niños se les deforme el cráneo para que se asemeje al de las tortugas, es solo para dar salida a esas pequeñas tonterías que, de acumularse, pudieran resultar explosivas.

De cualquier modo, me enorgullezco de haber impedido que crueldades innecesarias devinieran en tradición. Cierta vez me ofrecieron el sacrificio de una niña (de seguro alentados por influencias extrañas) con la pretensión de obtener un adelanto de la cosecha. Tortuga mediante, rechacé la ofrenda del modo más rotundo: hice que el animal ocultara patas y cabeza dentro del carapacho. Desde entonces no se han repetido ensayos de esa especie.

Esto no significa que el universo espiritual de mi tribu funcione sin tropiezos. Desde hace algún tiempo mis precisos mandatos tienden a deformarse en el proceloso cerebro del actual behíque. Las rectas palabras que le susurro a través de la embriaguez ritual de la cohoba son torcidas conforme a su conveniencia. Incluso intentó amaestrar a la tortuga para servirse mejor de sus gestos. Por suerte no se dio por enterada. En verdad, está tan vieja la pobre, que ni a mí me hace caso como debiera. Cuando le ordeno recogerse en su caparazón casi siempre deja afuera una pata, exponiéndola así a la desaforada imaginación del behíque.

De manera que cada vez se cometen más tonterías en mi nombre. Se ha llegado a construir, a instancias del sacerdote, un estanque dedicado a la adoración de la tortuga. Por si fuera poco atiborra todos sus actos de detallitos concebidos para aturdir almas sencillas. ¿Y yo, qué puedo hacer? ¿Ordenar que mis espíritus castiguen tanta necedad? No me atrevo. Le reconozco al behíque mañas suficientes para revertir cualquier desastre en su provecho, aun más una epidemia. Solo la voz de cierto muchachito ha disentido de la idiotez colectiva, pero, en su salvaje negación, nos incluye a los espíritus y cemíes responsables de la protección de la aldea. Como se ve, no hay mucho que elegir.

Pero hay más. Corren voces sobre seres con facultades extraordinarias llegados a esta tierra. Se habla de su avance devastador, de torrentes de sangre taína vertidos a su paso, de epidemias que revuelven la envidia de mis espíritus. Dicen creer en un Dios que conoce solo el bien. Es uno solo, pero de tal prepotencia, que se atreve a dejar el trueno y el relámpago en las pálidas manos de sus devotos. ¿Qué potestades no tendrá quien concede tanto poder a sus inferiores?

Aunque siempre intuí esa posibilidad, cuando una cosa así sucede, desborda toda previsión. Digamos que sí, que algo de poder y saber infinito es fundamento de todo lo existente, algo que solo sabe de amor, bondad y perfección como dicen ahora labios distantes en lengua extraña. Me pregunto si algo tan bueno puede ser respetado. Claro que no hay que engañarse. Esas nuevas epidemias delatan su complicidad con espíritus más feroces que los míos. Pero no solo eso. Si todo lo que él dispone es bueno y necesario, es obvio que nuestro próximo aniquilamiento también lo será. Yo me pregunto entonces, ¿para qué hemos existido hasta ahora? Si en su sabiduría absoluta no cabe el error, ¿qué somos? ¿Una distracción? ¿Es esa su idea de lo perfecto?

De cualquier manera pienso que alguna solución tiene que existir. Incluso a quien todo lo sabe le vendría bien oír mis consejos. Tantos años de experiencia no merecen ser desperdiciados.

II

La vida consiste aún en el latido unánime de todas las sustancias. El bosque es reino de pájaros y ruidos, refugio de los espíritus de carácter difícil y proveedor de miedos. El miedo es el único alimento que alcanza para todos, con el que la tribu, en su consumo, ratifica diariamente su razón de ser. Los días son secuela del convenio por el cual luna y sol han acordado alternarse en la majestad del cielo. El cielo escenifica sin pudor lluvias y tormentas, responsables de que los árboles crezcan o caigan sobre la tierra que los sostiene. La tierra, madre de todo, permite que cada año la tribu se alimente con algo más que espíritus, miedos o antepasados comunes. La magia es lo que imanta piedras, animales y hombres. No ser parte es no ser. Pero para él, ahora nada de eso existe.

Con la oscura lucidez de lo que no existe, recorre el caserío. La cabeza, en alto. Dentro lleva un cráneo redondo, orgulloso de rechazar en su infancia la ortopedia ritual de las correas con que pretendían asemejarlo al de la tortuga sagrada. Al principio fue solo el muchacho más malcriado, pero ya hoy soporta, arrogante, que se le acuse de agente de Mabuya, el diablo. Y todo por reírse más de lo debido en algunas ceremonias donde su orgullo le impidió tomar en serio los visajes del sacerdote. Orgullo nunca le sobrará para resistir la soledad que lo envuelve desde que el behíque lo declaró maldito. El mismo orgullo que siempre ha complicado sus relaciones con los demás, ahora le permite sobrevivir al alucinante maleficio de ser la nada. Unas palabras —las del behíque— y él y la realidad se han vuelto excluyentes. Unas palabras justamente han cortado toda comunicación. Algo así como saltar hacia arriba y comprender, justo en el descenso, que el suelo ya no existe. Pero no solo el suelo. Es ajena la familia, el agua, el bosque y todo lo que integra el minucioso contrato establecido entre la tribu y el universo. Llegado a ese punto, ni el orgullo es suficiente. Hará falta algo más sólido en lo que afincarse. Algo fuerte, oscuro y renovable como el odio. No odiecillos volubles e intermitentes, sino un odio denso y sin grietas al que entregar un cuerpo y un alma que nada tienen. Si alguien puede hacerlo es él, perenne desafío a la consistencia tribal. Pero eso sí. No encontrará un oído en el que quepa la categoría «farsante» con la que él ha querido marcar al sacerdote y mucho menos un llamado a romper las cadenas de la sugestión. Ahora podrá gritar con la total libertad del que no puede ser escuchado.

Por tanto, en lo adelante, no más desobediencia malcriada. Entre él y el mundo, alguno sobra. Mientras, ambos existen con la esperanza de que el otro deje de hacerlo. El apestado, impaciente, busca los indicios de la próxima desaparición del mundo en cualquier detalle. Puede ser que un fruto caiga fuera de temporada o que un animal muera por causas desconocidas. Primero se entusiasma. Luego espera a que se confirme el presagio. Pasado un tiempo prudencial, vuelve a la búsqueda de una nueva señal, y así sucesivamente.

¿Y mientras? «Mientras» ha sido el intento de demostrarle a la tribu que puede pasárselas sin ella. Primero intenta darle una demostración de esfuerzos solitarios por la subsistencia. Luego decide que nada logra con esclavizarse a los estrechos valores de la tribu. Entonces roba a manos llenas lo que necesita y lo que no. Para algo debe servir ser intocable.

También está lo del deseo. Ese que la mano intenta calmar en ausencia de otro cuerpo (Si el remedio alguna vez fue clandestino ya no le importa practicarlo en lo más céntrico del caserío o incluso encima de la tortuga sagrada). Pero una mano sola no alcanza para tanto deseo. Dos, tampoco. Por eso, hace algunas semanas, aplicó una variante estratégica. Cada tarde se embosca en el recodo del río donde mejor crecen los juncos con que las muchachas construyen sus canastas. Es entonces cuando aprovecha para inocularles su pene por sorpresa. Gracias a que, según proclamara el behíque, él no existe, no le ofrecen resistencia y siguen cortando juncos como si nada pasara. Tampoco se quejan ni gimen, y cuando terminan con sus juncos, se levantan y se van sin siquiera mirar hacia atrás. Todo sería perfecto si no fuese porque preferiría sorprender en ellas algún gesto de placer. Es odioso comprobar que los actos propios no alteran las rutinas del mundo. Aunque sí. Alteraciones hay. Hace días ya no aparecen muchachas sino muchachos, igualmente concentrados en cortar juncos mientras él los penetra. Cierto es que, por momentos, delatan una sensibilidad adicional (tenues quejidos, ligeros estremecimientos), mas, en general, muy poca cosa).

Pero algo va a cambiar. La realidad está dando crecientes avisos de su próxima desaparición. La más rotunda, quizás, fue hallar un pez-pega incapaz de adherirse a nada. Aunque también está lo de los diablos blancos. Dicen que por donde pasan matan, saquean y queman hasta fabricar la nada. En verdad, no es esa la idea que se ha hecho del no-amanecer (equivalente taíno del apocalipsis) sino algo más absoluto e indoloro. Para calmarse se repite que solo son señales. De cualquier forma, acaricia la posibilidad. No más behíque, ni tortuga, ni cráneo deformado, ni viento, ni polvo en los ojos.

Tampoco habrá más emboscadas en el río, ni juncos cortados, ¿qué quedará para él? Nada, porque nunca hubo nada. Algún que otro quejido no es huella suficiente. Nada de sentimentalismos. Él no sucedió para ellos. Que no amanezcan tampoco.

Pero he aquí que aumentan los rumores con diablos blancos por protagonistas. El fin se acerca. Quizás demasiado. Tan cerca que ya no resulta deseable. Y ahora va a morir aplastado por el peso de sus propias profecías. Si se piensa arrepentir, no le dan tiempo. Lo culpan de destruir el estanque sagrado. Si ha orinado en él tantas veces, qué tiene de raro que ahora lo destruya.

La tribu no piensa esperar los efectos del maleficio. Ya que los esfuerzos con que erigieron el estanque son también sagrados, se avienen a tocar el cuerpo impuro y arrastrarlo hasta el caney del cacique. Este cede al deseo de todos con la condición de que se amolde a la ceremonia que el behíque improvisa sobre la marcha. En principio le cortan el pelo y le tiñen de verde el cuerpo. Luego lo atan al árbol ritual. El mundo va a adelantársele. El alba queda demasiado lejos y, antes de que la realidad deje de serlo, ya habrá dispuesto de él. Pero he aquí que, en medio de los cánticos, se escuchan truenos tan secos como cercanos. Son los diablos blancos que han llegado. La avanzada del no-amanecer. El hacha ritual no abrirá su pecho. Tenía razón. El mundo termina, aunque sin aquella elegancia que había supuesto. Final chapucero, pero final. Final que llega en los gritos, el fuego, los caballos, los arcabuces y las espadas que reparten su fulgor por todas las carnes. Espadas enloquecidas que al fin le dan la razón y la muerte.

III

No, no puede ser el Altísimo quien inspire tanto horror. Dios es ahora solo un pretexto, una cortina de humo más densa, quizás, que el humo real de los bohíos que arden. Tú, apenas el pretexto de Aquel. Tú y tu sotana que giran en el vórtice del caserío invadido, buscando a Dios y a la punta del mal para cerrarle el paso. Pero esta noche, el mal con sus fuegos, golpes, cuchilladas, es circular, sin principio ni fin, ubicuo y perfecto como si fuese cosa del Señor. Quizás por eso, justo en aquel infierno (acaso sea la mejor imagen) intentas establecer la inocencia de Dios. ¿Acaso quien todo lo sabe puede desconocer la existencia del mal? La pregunta no está fuera de lugar, todo lo contrario. Solo ahora, entre indias violadas que ven mutilar a sus hijos, adquiere su verdadero sentido y gravedad. La respuesta: sí, Dios conoce el mal, es imposible que lo ignore. Sin embargo, —mañas de la fe y de su amaestrada intuición— eso no significa que Dios sea responsable de la idea e invención del mal. Santo Tomás de Aquino acude en tu auxilio, recordándote que no hay en Dios ninguna idea, ninguna matriz inteligible del mal. ¿A quién corresponde su autoría? ¿Acaso al Diablo? No, un buscador de luz, un humanista convencido como tú no se va a dejar atrapar por tal simpleza, por una explicación tan cómoda de la maldad. Y menos aun, luego de ver el concentrado entusiasmo con que tus compañeros de tropa ejercitan sus crueldades. Ni Dios, ni el Diablo. Es a la criatura humana a quien corresponde la iniciativa e invención del pecado. Si hubiera dudas, bastaría con mirar a tu alrededor. Si Dios fuese responsable de todas las acciones humanas no tendría sentido ni su juicio ni su misericordia, como tampoco lo tendría la obediencia de los hombres. Pero una vez puestos en marcha los engranajes de la lógica, ¿cómo detenerlos? Te dices —mientras a tu lado Don Pánfilo exhibe su destreza ballestera en un indio que huye— si no será el mal el único espacio donde el hombre es totalmente libre. Entonces, ¿por qué no concluir que es precisamente en el MAL donde se halla la afirmación suprema de la esencia humana? ¿Acaso todo lo que sucede a tu alrededor no lo confirma? Lo puedes constatar en el gozo con que Vázquez, el tuerto, azuza a su perro contra el indio que pretendía hurtársele. ¿No ves que el júbilo es compartido hasta por aquel indio atado al árbol que, aun con el pecho abierto por la espada, encuentra fuerzas para reír? ¿Es comparable el fervor con que violan a aquellas indias al que muestran en la mejor de tus misas? «¿Qué digo?» —dices—. «Ni las ideas resisten este calor del demonio». Y dicha la palabra «demonio» reencuentras la senda del hábito. Están acá para traerles la luz a quienes viven de espaldas a ella, no para escarnecerlos. «Deteneos» y sigues gritando que aquellas también son criaturas de Dios a las que hay que proteger y encauzar, nunca destruir. Jimenillo pregunta a santo de qué se debe proteger a estos idólatras. Dijo «idólatras» —¡Qué culto es este analfabeto!—. Y continúa con que no hay mejor servicio a Dios que destruir a quienes lo ignoran, a estos maricones adoradores de tortugas. La noche se cierra en tu cabeza unos instantes hasta que el relampagueo de un pasaje del Eclesiastés te inspira. «Que es mancilla la ofrenda del que hace sacrificio de lo injusto, que no recibe el Altísimo los dones de los impíos, ni mira a los sacrificios de los malos» y, soltando unos cuantos cojones, pasas frente a la boca abierta de Jimenillo y caminas hasta entrar en la cabaña mayor. Es allí donde las espadas han estado más activas. Solo sobreviven los que a tiempo treparon hasta las vigas del techo. Hasta allí llegan las palabras con las que tratas de infundirles confianza: «No más, no más, no hayáis miedo, no habrá más, no habrá más». Solo uno, muy joven se atreve a descender, pero no bien toca tierra, Don Hernando le desparrama los intestinos con su alfanje. Llegas hasta el indio que intenta ganar la puerta con las vísceras en las manos. Entre arqueadas vas susurrando rudimentos de la fe, hasta preguntarle si quiere ser bautizado. Un nombre nuevo para que Dios lo reciba en el cielo. Ese es tu éxito. Lograr que un indio muera llamándose Rodrigo. Luego tendrás que escuchar confesiones y absolver a los pecadores que se justificarán con este calor loco y pegajoso. Qué quieres, ese es tu papel. Ese, no el de repartir empellones ni armar esa algazara en que excomulgas a todos. Por ahora, con la fe y la sorpresa de tu parte logras detener la carnicería. Pero, más adelante, ¿quién te tomará en serio? A lo menos dirán que te has dado al demonio, ¿lo ves? Y una vez más arrearé —reconoce, al menos, que injustamente— con las culpas.

EL ESPEJO IMPACIENTE

El pueblo bayamés necesitaba comerciar con todo el mundo para vivir. El gobierno español no pudo poner fin al comercio de rescate. Esa era la rebelde respuesta de los criollos al monopolio establecido por la Metrópoli en beneficio de los mercaderes de España…

Historia de Cuba. Colectivo de autores.
Edit. Pueblo y Educación, La Habana, 1972.

La primera composición poética escrita en Cuba de que se tiene noticia es un poema en octavas reales titulado Espejo de Paciencia, *obra de un canario, llamado Silvestre de Balboa, que residía en Camagüey. Su asunto es la captura del obispo Fray Juan de las Cabezas Altamirano por el pirata Girón y su rescate por los valientes bayameses.*

Morales, Vidal., *Nociones de Historia de Cuba.*
Obra de texto aprobada por la Junta de Superintendentes de Escuelas el 9 de abril de 1901., pág 252.

«No todos, no todos» piensa mientras saca los cáñamos del agua. Ahora, cuando los tunde con la espadilla, calcula lo mucho que falta para que aquellos filamentos lleguen a tejidos y finalmente a ropa. Lo fácil sería ir a la costa a rescatar con cueros y sebo. Tendría, si quisiera, no ya unas cuantas varas de cañamazo o ruán crudo sino terciopelo negro labrado o hasta seda. Pero él sabe bien lo que eso significa: entrar en tratos con los piratas luteranos afincados en la Manzanilla. Cierto que en aquel comercio hasta el más acrisolado se mancha. «¡Pero no todos, no todos!». se repite aferrado a su orgullo de cristiano viejo. Natural que en esta villa, saturada de advenedizos, portugueses, judíos conversos, la mayoría arriesgue la solidez de sus doctrinas. Cierto que ante el retardo de las carísimas mercaderías que vienen de España no ven otra salida. «¡Pero sí la hay!». y con útil furia renueva golpes sobre los cáñamos.

A nadie ha logrado convencer de los placeres de sustentarse solo con lo que sale de manos propias. Su prédica ejemplar lo único que ha conseguido es la desconfianza del prójimo, que lo ve como espía de las autoridades de La Habana y, en consecuencia, erige en torno suyo un asfixiante vacío comercial. Así, a lo que comenzó como cuestión de principios hoy le debe la subsistencia. Y todo en la más estricta soledad, porque, aunque pudiese, no está dispuesto a pagar treinta o cuarenta cueros por un negro. Y de la mestiza Micaela nada quiere saber. Esa piel tostada ¿cuánto no le deberá a las llamas del infierno? Desde que rechazó el matrimonio que le ofreciera, nada quiere saber de aquellas ancas enormes y desfachatadas. Él solo se basta para criar sus animales, componer sus comidas, aliñar sus ropas. Eso, porque los tejidos han sido, son, su mayor reto. No se ha hecho traer gusanos de seda por ser cosa de moros e infieles, pero con el cáñamo sus progresos ya son notables.

Tambien es cierto que la fabricación de cañamazo está fuera de la ley pero es preferible la infracción honrada, al más leve contacto con los cismáticos. Ha visto que no solo telas o vinos se adquieren en los rescates. Además, vienen de regalo, librillos que traen traducidos de su lengua a la nuestra, sus graves y manifiestas herejías. Y todos contentos porque los herejes no carecen de malicia. En la playa han establecido juegos de bolos y un médico ejerce sus servicios gratis de modo que desde el pueblo van a curarse incluso las mujeres. Pero de aquellos luteranos no ha de ser buena ni la salud.

¡Y no se diga que la villa ha salido ilesa de aquellos tratos! No es otra cosa que la poca devoción y cristiandad lo que mantiene a la casa de Dios en ruinas. Cuando el cabildo es una guarida de contrabandistas poco se puede esperar. El amancebamiento y las francachelas son pan diario; negros que se visten de seda y borrachines que se las dan de poetas. El traficante Pompilio Genovés es más mentado que Su Majestad y ya siquiera vale la pena confesarse con curas entrenados en toda clase de pecados. Es fama que Manso del Campo apuñaleó a su mujer a causa de su intenso trato con Fray Jacinto Iraegui, el cual, por castigo, recibió una imprudente canonjía. Todavía indios o negros pueden encontrar disculpas en su ignorancia en cuestiones de fe. Pero son justo los más responsables quienes incitan al rebaño a darle la espalda a Su Majestad y a Dios. Cuando el Teniente Gobernador vino a arrestar a los rescatadores ¿no terminó siendo él mismo presa de los culpables? Y ahora, que el señor Obispo viene a honrarlos con su presencia, se pregunta si podrá destruir el edificio de engaños en que han encerrado al santo varón los principales de la villa. ¡Si pudiese llegar hasta él y explicarle cuánto se defraudan los principios de Nuestro Señor en estas tierras! Pero le sobrecoge la dignidad con que Fray Cabezas desfiló en su mula, tanto como la hostilidad de su oficioso séquito. Entre dientes lo

amenazaron con denunciar su escueta producción de ca-
ñamazos. ¡Como si en algo pudiese afectar al monopolio de
la casa de Contratación allá en Sevilla! Mal aconsejada está
su Majestad si ve peligro en ello. Pero ahora, silencio. Vale
más quedarse quieto y rezar porque un milagro reintegre
esta villa a la recta senda de la fe y la decencia.

Enfrascado en ajustar las prensas del queso lo encuentra la noticia que le trae Micaela: el Obispo es preso por
un pirata francés nombrado La Ferrier. Mil cueros, cien
arrobas de carne y tocino y, en dineros, doscientos ducados
es lo fijado para el rescate (del Obispo esta vez) gracias a
la eterna diligencia del tal Pompilio Genovés. Estrecha es
la contribución de quien nada comercia y apenas produce
para sí mismo. Con todo, se desprende de quince reales
y algún tasajo que entre burlas reciben los que acopian el
rescate: maleantes que de las penas del santo varón tienen
culpa no sencilla. Por fortuna, el trueque funciona, pues se
ha visto que el dar ablanda a todo género de gentes. Pronto viene el bendito pastor de contento y alegría llorando.
En desagravio, los vecinos le entregan un aluvión de ob-
sequios: mehí, tabacos, mameyes, piñas, tunas, aguacates,
mamones, plátanos, camarones, biajacas, guabinas, igua-
nas, patos y jutías. El que poco puede ofrecer le entrega al
prelado una jicotea que en el Masabo encontrara.

De vuelta a su estancia encuentra que la Pintada ha es-
capado. Grave cosa para quien, contra las desganadas costumbres de los hateros, prefiere mantener sus reses en cer-
cado. Pero por buscar a la Pintada no puede incluirse en la
partida de valientes que el alcalde Gregorio Ramos colecta
para castigar al temerario La Ferrier. Nada supo de la im-
ponente marcha de diez leguas; ni de la emboscada, ni de la
arremetida al grito de «¡Santiago, cierra España!»; ni de la
braveza, la furia y el ímpetu que a la victoria cierta condujo.

Nada de esto supo hasta que no apareció a la vista de la villa, la exótica infantería con la cabeza del pirata en la punta de una pica, imagen completada con la habladora alegría de los héroes. De repetidas y celebradas, las hazañas de Miguel López de Herrera, del negro Salvador o del alcalde, se van ahuecando en sus oídos. Maldice a la Pintada y a su suerte que le impidieron enfrentarse a sus enemigos jurados, esos herejes que todo lo corrompen. Extraños designios los que le negaron esa oportunidad mientras los máximos forajidos del poblado reciben toda la gloria y la bendición del Obispo.

Confuso asiste a las celebraciones donde la alegría navega entre marejadas de vino contrabandeado. La Micaela ha ido a dar a las piernas de Jácome Milanés, fanfarrón como hay pocos, que revolea en la mano un chuzo imaginario. Habría que ver si en el momento preciso mantuvo la compostura de que ahora se ufana. Y ese alcalde, el más villano de todos, doble cara para los herejes: ayer los trata, hoy los mata. «Reíos ahora» piensa mientras traga su vino amargo —paga la casa— y escucha los detalles de la muerte de La Ferrier. El luterano y el negro se embisten y del golpe queda desnudo este y el francés con malla. Y ahora las groserías que aluden a las obscenas proporciones del esclavo. Se malicia el asombro del francés y la presteza con que Salvador aprovechó tal desmayo para afincarle su lanza en el pecho. Vuelven todos la vista hacia la cabeza que pende ensangrentada, buscando quizás la huella del último asombro, o el penúltimo, —siempre el de la muerte al final— en los ojos sin vida del pirata. Tanta risa para no ver los peligros de que un negro vaya matando blancos con total alabanza y aplauso. El Obispo, achispado con la sangre de Cristo, promete solicitar al Rey el perdón para los heroicos traficantes de la villa. La promesa abarca un solemne Te Deum con motete incluido y solo el sueño le impide seguir prometiendo. Ahora ve todo claro. El Obispo —¡ah, tonto!— es cómplice de los contrabandistas. Ello explica la captura en la apartada hacienda, la diligencia del Genovés y del alcalde. Siento pena por todos, incluidos Dios y el Rey, tan mal servidos están. No en balde sus mejores siervos siempre quedan a la sombra. Y entonces se le escurre un lagrimón que los velos de la noche y el vino logran encubrir. Pero no sabe lo peor. No sabe que cuatro años después aparecerá un poema inspirado en los hechos, compuesto por Silvestre de Balboa, escribano tramposo (¿acaso habrá el que no lo sea?). En octavas reales bruñirá la gloria de sus rufianes amigos, distribuirá afeites, velará inconveniencias que el tiempo y la mala memoria convertirán en la primera obra literaria de la isla, la piedra fundacional de sus letras. De él, en cambio, no quedará rastro. ¿O sí? Bueno, en el poema hay dos líneas que hablan «De aquellas hicoteas del Masabo/ que no las tengo y siempre las alabo» pero el obsequio se atribuye a unas himníades. Aunque es casi seguro que él no pediría más, pues es propio de la decencia ser discreta. De todas maneras, ¿ante quién habría de vanagloriarse? ¿A quién le importarían jicoteas más o menos? Pero extintos los cantos de la victoria, aplastado el lagrimón contra su rostro, ya nada le importa. La mayoría duerme, incluido Jácome Milanés que ha aflojado sus garras de la Micaela caída hacia delante (tan cerca de él) ¿Arriesgará el agarre de una teta con esa torpe mano? (¿esa que no ha estado a tiempo de matar ni a infiel ni a cristiano?) El asunto es sencillo. Ahora o nunca.

EN LA CALZADA DE JESÚS DEL MONTE

Estas protestas de los vegueros, significan que en aque-
llos tiempos ya se estaban planteando los problemas que
a lo largo de los años conducirían a las protestas popu-
lares y a la lucha armada, a través de distintas etapas,
hasta el triunfo de nuestra Revolución.

Le Riverend, Julio, *Historia de Cuba*
Material de Estudio para el Movimiento de Activistas de
Historia, Edit. DOR, 1975. pág. 49.

Higinio es un hombre que regresa apurado a su casa.
Allí lo espera su mujer con nueve meses de embarazo
y todos los remilgos propios de su estado. Desde que
su mujer está así sale poco y cuando lo hace siempre
vuelve a la carrera.

De inicio no se sorprende que frente a la casa se acumule una inquietante muchedumbre y una carreta. Luego está demasiado cerca para imaginar algo concreto.
Entonces, entre todos, distingue un oficial, dos soldados
que cargan un borracho y el verdugo de la ciudad. Higinio le da los buenos días al oficial y le pregunta si algo ha
sucedido. Ya se dio cuenta de que el borracho tiene un

orificio en el pecho del que cuelga una mancha de sangre que le llega a la entrepierna. Está muerto.

El oficial (es un alférez) sudado y ojeroso responde al saludo. Luego se refiere al muerto como uno de los sediciosos que en estos días han quemado todo el tabaco sembrado en la zona e incitaron a rebelarse contra Su Majestad. Por suerte, gracias a la eficaz ayuda brindada por los cosecheros de Santiago y Bejucal se les ha podido dar este escarmiento.

—Ahora estamos colgándolos a lo largo de la calzada. La ley no solo debe ser inflexible sino también ejemplar. En realidad debería leer el bando pero todos aquí se lo saben de memoria (asentimiento de los espectadores) y todavía faltan dos por colgar. Aunque si Ud. quisiera...

Higinio se lo agradece pero no es necesario. Solo pide que no le cuelguen a ese hombre frente a la casa pues su mujer está embarazada y eso podría hacerle mala impresión. El oficial, cansado pero generoso, accede. Antes de que la comitiva reinicie su marcha Higinio mira mejor el muerto. Se da cuenta entonces que se trata del compadre de Felipe, el que vive allá alante, justo a donde ahora se dirigen. No obstante permanece callado. Si su vecino quiere, que proteste.

Felipe está parado a la entrada de su casa. A medida que se acercan los soldados, palidece y tiembla, pero estos, acostumbrados a que la gente siempre se comporte así a su paso, no notan nada especial. Sin embargo, la agitación de este hombre no debe atribuirse a la muerte de su compadre. Ni siquiera lo ha visto. Sucede que hace menos de 24 horas macheteó a su mujer y luego la enterró junto al río. Todo a consecuencia de un mal gesto.

Ayer, al regresar a casa para almorzar, encontró una polaina bajo la mesa. La mujer, sin darle mucha importancia, le dijo que hacía días que el compadre le había pedido que se la arreglara. Felipe siguió gritando hasta que ella terminó por darle la espalda. Ahí fue cuando quiso que su mujer lo mirase a la cara para que comprendiera lo molesto que estaba. Para ello le tiró del brazo aunque sin demasiada violencia. Fue entonces cuando ella lo miró y empezó a hacer ese movimiento horizontal con la cabeza como diciéndole: «pedazo de loco, déjame tranquila, no ves que ni siquiera sé si me das asco o lástima». Definitivamente a Felipe no le gusta que le digan loco y eso de que inspira lástima es lo último que está dispuesto a escuchar. De ahí los 25 machetazos. Ya con 18 estaba muerta así que los últimos siete fueron algo peor que ensañamiento. Fueron una redundancia.

Pero eso fue ayer. Hoy el oficial le está preguntando si su mujer también está embarazada. Felipe se pasa la mano por la frente y luego un dedo por debajo de la nariz. Coge aire antes de contestar:

—No, no que yo sepa.

—Entonces no tendrá inconvenientes de que le colguemos a ese por acá —y le muestra a su compadre.

Felipe piensa que la justicia no tarda tanto como se dice.

—Gracias, pero no tenían que tomarse ese trabajo. Yo mismo pude haberlo hecho.

El alférez le explica que para eso están ellos y luego quiere saber si a él también le quemaron las cosechas. Felipe, al fin, comprende de lo que se trata. Como otras veces, había tomado parte activa en los preparativos del alzamiento pero antes de ponerse en marcha quiso ir a su casa. Seguramente, cuando pasaron a buscarlo estaba por el río enterrando a Ofelia. Piensa en la suerte que ha tenido. Si ayer no se hubiera ocupado en matar y enterrar a su mujer, hoy estaría balanceándose junto a su compadre. Hasta ahora había tomado parte en todas las revueltas y siempre tuvieron buen final. Fue el destino quien quiso que Felipe castigara a su mujer. Luego el propio destino se encargó de su compadre. Así que no tendrá que agradecerle nada a esos soldados.

Entonces recuerda lo del puerco. Sí, después de deshacerse del cadáver de su mujer mató el puerco más grande que tenía. Pero no hay por qué pensar en algo premeditado. Sencillamente sintió el impulso. Aunque no tiene que tratarse de un impulso asesino. En su caso matar un puerco es solo una rutina. La sangre lava la sangre. Tampoco queda descartado que la muerte de su mujer le haya abierto el apetito. Ahora, mientras mira a los que, silenciosos, se reúnen en torno al cadáver de su compadre, piensa de nuevo en el puerco. En principio quería salar el pellejo para hacer tocino, pero no. Mejor sería freír chicharrones y vendérselos a esa gente. Felipe entra en la casa y al rato sale con una cazuela en las manos.

Los chicharrones animan a la gente que conversa y mastica al mismo tiempo como si de pronto comprendieran las ventajas de estar vivos en una mañana como esta. Están buenos estos chicharrones. Qué calor hace. El pobre con lo robusto que se veía. Con este calor enseguida empiezan a apestar. Dicen que van a venir a rescatarlos. Eso ya lo dijeron ayer, cuando aún estaban vivos. Mira papi el bulto ese que tiene.

Sí, ahora es que se da cuenta. El compadre ha muerto con la verga enhiesta, tersa. Y así la tendrá frente a él unas cuantas horas. Puede sacar las conclusiones que desee; incluso que el último pensamiento del compadre fue para su mujer.

—Capitán, ¿desea chicharrones? Van por la casa.

El oficial agradecido toma todos los chicharrones que le caben en la mano y empieza a masticarlos. Ya está menos tenso. Al principio se pensó que podrían intentar el rescate de los cadáveres pero parece que quienes podrían estar interesados todavía no han perdido el miedo. En realidad lo peor fueron todas aquellas mujeres llorando y gritándole cosas. Suerte que ya quedaron atrás y estos tres últimos no tienen a nadie que llore por ellos. Ahora Felipe también le brinda chicharrones a los soldados pero uno dice que no, para sin transición salir corriendo hacia un matorral.

—Todos estamos revueltos del estómago. Chorizos podridos. Ese es el premio que nos envía el gobernador por cumplir sus órdenes.

—Y se puede saber qué fue lo último que dijo… ese.

—Nada, lo mismo que los demás. Pidió un confesor y como no teníamos ninguno rezó un poco hasta que le dieron el tiro.

Un soldado pide permiso e interviene. Él recuerda que dijo algo más antes del arcabuzazo. Felipe lo apremia.

—¡Viva el rey, muera el mal gobierno! Sí, eso fue —dice por fin el soldado.

La mañana avanza lenta. Pasa algún tiempo antes de que aparezca el loco. Con sus pelos y barbas alborotados hace pensar en un santo de cuando los santos aún no se decidían a posar para las imágenes. Y eso no es todo. Hay que oírlo hablar.

—Dios nos envió a Su único hijo para que nos mostrase la Verdad y ¿con qué Le pagamos? —da un pequeño tropezón pero sigue avanzando sobre los reunidos—. ¿Con qué? Pues con el escarnio, el suplicio y la traición. Ahora el Misericordioso nos envía otros doce hijos para que nos muestren la verdad y ¿con qué les pagamos? Pues con lo mismo. Óiganme bien. El precio del tabaco es una mierda. Esa es la Verdad y yo soy su único apóstol.

Luego acosa al oficial. Este se ríe e incluso acepta ser Poncio Pilatos. El loco insiste hasta que Pilatos saca su sable y lo amenaza. Pero el loco no se quiere mover del lugar y encima lo escupe, pero en lugar de reprenderle, el procurador de Judea decide ir a colgar los muertos restantes.

La gente intenta divertirse a costa del loco.

Casi todos son de la zona y no parecen tener intenciones de hacer otra cosa que estar parados en medio de la calzada. Hay mujeres que iban en busca de agua o a lavar, niños aburridos y monteros sin ganado. También hay tres de los sediciosos que escaparon a la redada y ahora piensan que no hay mejor modo de esquivar sospechas que exponerse a la vista de todos. Marchaban junto al resto de los sublevados, pero cerca del río Calabazar fueron a pedir comida. Discutían si debían pagarla o no, cuando oyeron los disparos. Uno de ellos, bajito, orejas grandes y frente arrugada, aguijonea al loco con un palo mientras gira a su alrededor. Todos ríen y el ofendido les grita «fariseos». Luego le preguntan de dónde sacó la palabrita. Así, hasta mediodía en que el loco se queda rígido de repente como si quisiera escuchar algo y enseguida sale corriendo. Al poco rato nada más quedan Felipe y su compadre solos frente a frente. Felipe mastica despacio el último de los chicharrones. Su compadre apenas se balancea. El cielo empieza a nublarse.

Entonces aparece Higinio, el vecino. Viene avanzando directamente hacia Felipe y al llegar da los buenos días, pero enseguida revisa la sombra minúscula bajo sus pies y rectifica.

—Vengo a darle el pesame —y añade—. Ese era su compadre, ¿no?

—Gracias… aunque me pregunto para qué se quiere un compadre cuando no se tienen hijos.

—Sí, no habrá sido fácil para ustedes. Cuando el niño murió yo todavía vivía en San Miguel —ahora vuelve la cabeza hacia la casa—. ¿Y su mujer? Hace días que no la veo.

Felipe le dice que salió temprano y no ha regresado. Higinio mira la cazuela que Felipe tiene en las manos. Allí solo quedan minúsculas virutas carbonizadas y granos de sal.

—¿Le quedan chicharrones? Es que mi mujer está antojada de comerlos.

—No, el último me lo comí hace un momento.

—Pensé que podía quedarle alguno. Ayer oí los chillidos del puerco.

Justo en ese instante Felipe se pregunta si el vecino también habrá oído los gritos de su mujer entre el primer machetazo y el dieciocho. Ahora que recuerda, debe quedarle pellejo de puerco. Invita a Higinio a entrar mientras se los fríe. Entran a la casa revuelta y oscura. Felipe se disculpa mientras enciende el fogón y pone a calentar la grasa.

—En estos días cada vez que voy a salir mi mujer se pone insoportable. Encima quiere que la complazca en todo. ¿Sabes de lo que se antojó esta mañana? Pues quería comer tierra del patio de sus padres porque era la misma que comía cuando niña.

—¿Y la complació?

—La hubiera matado pero al final me ablandé y fui.

—A las mujeres no se les puede hacer mucho caso. Siempre encuentran la forma de volverlo loco a uno.

Felipe empieza a echar los pellejos en el caldero. Higinio se entusiasma de pronto y comenta lo mucho que le hubiera gustado ir con esa gente —señala en dirección a la puerta— a quemar sembrados por toda la zona.

—No crea. Yo he estado en los otros dos revolicos y solo al principio son entretenidos. Después uno se pasa todo el tiempo esperando no se sabe qué hasta que llega alguien y dice que todo salió bien y que ya nos podemos ir para la casa. Sin descontar que le puede pasar lo que a ese —y mueve la cabeza en dirección al compadre.

—Pensé que le iba a importar más. Él siempre pasaba por aquí.

De momento a Felipe solo le interesa que los chicharrones queden bien cocinados. A su mujer siempre se le quemaban. Higinio mira a su alrededor y como no hay mucho que ver, sus ojos se concentran en la mesa de cedro. Allí, en el color natural de la madera emerge una mancha en medio de la superficie oscura. Higinio va a mirarla un buen rato hasta caer en cuenta que ese es el único lugar de la mesa que no está cubierta de sangre.

—En la mesa ... eso ... ¿es sangre? —y deja la boca entreabierta.

Felipe lo mira, hasta que sin prisas explica que con las lluvias de ayer tuvo que entrar a descuartizar el puerco sobre la mesa. Luego sigue revolviendo chicharrones mientras los salpica con agua para que se inflen. Pasa un buen rato sin que ninguno hable. De pronto Felipe dice:

—Le voy a hacer una confesión —y hace una pausa para sacar los pellejos fritos—. Mi mujer se veía con el cabrón de mi compadre. Se veían y todo lo demás. Ayer me lo dijo y se fue. Decía que iba a buscarlo.

—¿Y Usted no hizo nada? —a Higinio se le ve muy excitado—. Si mi mujer me dice eso, no sale viva de la casa.

—¿Matarla para qué? Eso complica más de lo que resuelve —y le entrega al vecino una cazuela llena de chicharrones—. Es un regalo. Ahora que el compadre murió espero que Ofelia regrese. Claro que primero tendré que escarmentarla. Después veremos qué se puede hacer.

Ya salen juntos de casa de Felipe. Ahora al pie del compadre hay un soldado. Al parecer le han dado órdenes de vigilar al muerto y ahí está, inmóvil. En verdad, cada poco se le escapa un chorrito de mierda acuosa pero ya ni intenta correr hacia los matorrales. Lo ha hecho tantas veces que ahora prefiere seguir allí.

—Y no se me sienta culpable de no estar colgado como ese —dice Felipe—. Siga mi consejo. Cuide de que su hijo no vaya al río solo y mucho ojo cuando escoja a su compadre. Lo demás déjelo en manos de Dios.

Felipe mira como Higinio regresa apurado a su casa, cuando reaparece el loco. Ahora trae un trozo de soga en la mano. Se acerca a Felipe y le dice bien bajito, para que el soldado no los oiga, que los ha engañado a todos. Esos doce no son los hijos de Dios. El Señor no va a ser tan torpe de cometer dos veces el mismo error. A esos los mandó solo de prueba.

—Yo soy el verdadero hijo de Dios —y se golpea el pecho—. Mi padre me ha dicho: bienaventurados los que siembren tabaco porque de ellos será el reino de los cielos. Por eso he venido a traer la Verdad y la Verdad es esta: el precio del tabaco es una mierda…

Y se va, dejando atrás la sorda tensión que corre entre los ojos de Felipe y la verga tiesa del compadre. Quizá pudiera añadirse la pirotecnia de las tripas del soldado pero eso es algo que ya a nadie le importa.

SITIO Y TOMA CON VISTA AL MAR

Compara…
> *la actitud de los gobernantes españoles*
> *y la de los criollos para evitar que los ingleses*
> *se apoderaran de La Habana. Escribe tus*
> *conclusiones.*
> *Historia de Cuba.* Colectivo de Autores.
> Edit. Pueblo y Educación, La Habana, 1972. pág. 125.

1. Segunda mitad del llamado Siglo de las Luces, 8 de la mañana. Una nutrida flota inglesa se presenta a la vista del puerto más importante del Nuevo Mundo.
2. Avisado por la guarnición del Morro, el Capitán General y Gobernador de la Isla mira al horizonte. En lugar de la línea donde el mar se une con el cielo solo encuentra velas. Cuenta hasta 140 embarcaciones. El Capitán General concluye que debe ser la Flota Mercante Inglesa y regresa a la ciudad.
3. Ana y Fernando.
4. Rui de la Vega levanta la vista del protocolo de compra-venta cuando desde la calle alguien grita que

45

vienen los ingleses. Contiene un instante la prosa árida del oficio, pero enseguida sacude la cabeza y continúa escribiendo. Medio siglo de invasiones en falso le han enseñado que ese grito es lo único que justifica tanto soldado y muralla.

5. Luego de varios años de guerra contra los ingleses, el rey de Francia ha pedido a su primo, el rey de España, que le eche una mano. Los ingleses no dejan para después la oportunidad de poner en práctica un viejo sueño.

6. Ana y Fernando son bellos y se aman. Ana y Fernando piensan casarse. La boda está fijada para la semana entrante.

7. A las 12 y media llega la noticia de que la flota se aproxima a la ciudad en inocultable son de guerra. El capitán general repasa mentalmente su visión matutina. Recuerda entonces cierto documento secreto que le ha enviado su rey y decide que esta vez la cosa va en serio.

8. Aparicio, mandinga esclavo del Ayuntamiento de la ciudad no comparte el actual arrebato de los blancos. Si los blancos siempre han sido locos ahora están peor. Respecto a él, por ahora solo les ha dado por mandarlo a cargar cosas de un lugar para otro hasta terminar colocándolas en su sitio original.

9. La expedición invasora ha salido secretamente hace tres meses de Portsmouth. Ahora prepara los cañones para proponerle a la tercera ciudad del continente la modernidad: una nueva forma de percibir el tiempo y el espacio, el ser y los otros, las posibilidades y peligros de la vida, una experiencia que merece ser compartida por todos los hombres y mujeres del universo. En este caso, la experiencia más universal que se puede

compartir es la compra de telas y esclavos baratos.

10. Su Excelencia George, conde de Albemarle, vizconde de Buzy y barón de Ashford, uno de los capitanes custodios más honorables del consejo privado de su Majestad, Gobernador de la Isla de Jersey, coronel del Regimiento de dragones propios del rey, teniente general de los reales ejércitos y comandante de una expedición secreta, ordena iniciar el ataque.

11. Juan de Prado y Portocarrero, Capitán General de la Isla, se pregunta que si de no haberse asomado al mar las cosas no hubiesen sucedido de otro modo. De cualquier forma dispone la movilización de las milicias.

12. Rápida movilización de un pueblo que desde su cuna tiene por timbre el blasón de la fidelidad. El escribano Rui de la Vega se ofrece entre los primeros pero se estima que, por el momento, su pluma puede prestar mejores servicios a la defensa de la ciudad que su fusil. Fernando le promete a Ana que en cuanto derroten a los invasores regresará a casarse.

13. A todos los esclavos que luchen contra los ingleses les darán la libertad. Aparicio, el mandinga, no entiende de esas cosas. Todos los blancos son iguales y entre ellos se entienden. Si se pelean entre sí, lo mejor que puede hacer un negro es estarse tranquilo.

14. A pesar de las apariencias, quienes contienden son las ambiciones comerciales de la burguesía inglesa contra la inercia feudal española. De manera que el esfuerzo español contra la marcha de la historia está condenado al fracaso.

15. Unos y otros invocan al mismo Dios para obtener la victoria de sus armas. Difícil es, aun para Él, complacer a todos al mismo tiempo.

16. Los habaneros ajenos a las leyes de la historia insisten en su ardiente disposición de defender su patria que es como se refieren a su medio económico y social. Sin embargo, la negligencia feudal hace que, al repartirse los fusiles almacenados, se caiga en cuenta de que la mayoría de estos se encuentran en mal estado. No obstante, los habaneros prefieren ver en ello la mano de los espías ingleses.

17. Como parte de las prevenciones de guerra elementales, procedióse a reducir a cenizas los barrios de extramuros. Todos, incluso sus habitantes, concuerdan en que peor sería si cayeran en manos de los ingleses.

18. La vecindad habanera no entiende qué espera para salir la escuadra anclada en el puerto. Once barcos contra 61 del enemigo. Esas no son cuentas que intimiden a un buen español. De ahí que para evitar la tentación de lanzarse al ataque hundan tres naves en la boca del puerto. Así nada podrá entrar ni salir.

19. A Rui de la Vega se le ordena redactar los términos y medios en que se evacuarán a mujeres, niños y religiosos a las afueras de la ciudad. Al Capitán General, hombre hecho a las batallas, lo pone nervioso tanto cotorreo inútil. Quien sabe si de haberse hablado menos, la Flota no hubiera seguido viaje.

20. Otra disposición de la Junta de Generales es la de destruir las trincheras y desmontar la artillería enclavada en las alturas de la Cabaña. Hasta en las iglesias se llora por tamaño dislate. Doña Inés Fresneda de Zaldo pregunta a su confesor si la Junta no estará vendida a los ingleses. Sale del confesionario sin pedir absolución.

21. El Fiel Ejecutor Luis de Aguiar, coronel de milicianos, entorpece el desembarco inglés en la Chorre-
ra, justificando así que en un futuro una calle de La
Habana lleve su apellido. Si no hace más es porque
el anticuado andamiaje feudal es incapaz de abas-
tecerle la pólvora a tiempo.

22. Doña Inés Fresneda de Zaldo invoca a Dios y escribe a su Rey. En ambos casos despotrica contra la
torpeza o perfidia con que actúan aquellos a quienes está confiada la salvaguarda de la ciudad. Solo
aquellos cuya ocupación habitual nada tiene que
ver con las armas están haciendo algo digno de
atención.

23. El regimiento de caballería hace una semana que
está movilizado en Guanabacoa. Solo faltan los caballos. Movilización de los vecinos de la villa. Su
alcalde Pepe Antonio, antiguo repartidor de sal,
quiere más que una calle. Quiere ser leyenda.

24. Dominic Serres debe mantener firme su pulso. Es
pintor y ha venido con la escuadra inglesa a tomar
vistas del sitio, tarea ardua entre tanto humo y es-
tremecimiento. Difícil es mantener su apego a la
línea. Si se callaran un rato los cañones.

25. Apremiada por la deflagración de la pólvora, la bala
atraviesa el ánima del cañón y vuela hacia la ciudad.
Allí se dedica a destruir unas pilastras dispuestas en
escorzo, curvilíneas y dirigidas hacia el centro, los
bloques que la coronan con un desmesurado entabla-
mento y su respectiva cornisa de trazado cóncavo que
contrasta con el saliente central convexo. Justamente
es un fragmento de cornisa lo que deja tuerta a Ana.

26. La ciudad puede demorar en caer. No obstante, los
sitiadores están preparados. En Barbados se abas-

tecieron de 11000 galones de ron, 600 de clarete y 900 toneles de tinto. Cada soldado dispone de un galón de ron y cada oficial de 500 galones de vino.

27. A Dominic Serres le desalienta que aquello que pinta por la tarde sea destruido a cañonazos a la mañana siguiente. De ahí que decida en su próximo cuadro adelantar la destrucción final de la ciudad.

28. Don Luis de Aguiar, con gente del país y negros esclavos añade nuevos argumentos a su futura calle. En recompensa, el Gobernador y Capitán General decide conceder la libertad a 104 esclavos. Solo que es muy complicado distinguir a un negro de otro, a un negro héroe de un negro común. Aparicio, el mandinga, mira para otra parte.

29. Ana contempla con el ojo que le queda el regreso de su amado. Él la mira con los suyos. Luego regresa al combate.

30. En Bejucal y Santiago de las Vegas se hallan las monjas. Hacia allí se dirige el enemigo con la ambigua intención de proveerse de carnes. De cualquier forma, el regidor Chacón lo impide. No aspira a que su apellido merezca una calle. Ya la tiene.

31. Treinta soldados ingleses más atentos a su hambre y sed individuales que a la marcha de la historia y la correlación de fuerzas, se entregan. Es apenas una muestra de la baja moral de quienes se alistan en una guerra de conquista. Viendo el desfile de prisioneros, Sofía de la Luz comenta a su prima que esos luteranos no se ven tan horribles.

32. Treinta defensores de la ciudad son muertos y otros cuarenta heridos en el intento de introducir clavos en el oído de los cañones enemigos. Quien conduce el temerario ataque es Fernando que sale ileso

milagrosamente. En el comunicado oficial, Rui de la Vega intenta realzar el lado heroico del asunto e incita a su repetición. Si estuviese en sus manos prometería calles para todos. Si luego hay que ampliar la ciudad, pues mejor.

33. Ana teje mientras espera a Fernando. Además de tejer, piensa...

34. Luis de Velasco, comandante del Morro, marcha a la ciudad a restablecerse de una herida. Doña Inés comenta en su carta que el motivo verídico son las desavenencias con el Capitán General. La guarnición queda en total inacción. Los ingleses deciden aprovechar las circunstancias.

35. Luego de algunos choques irregulares con ingleses dispersos, al alcalde de Guanabacoa se le retira el mando de sus milicias. «Infame decisión» anota doña Inés. El ex-repartidor de sal muere a los pocos días. De tristeza, según la leyenda.

36. Regreso de Luis de Velasco renueva fervor en la tropa. El enemigo hace progresos en la colocación de una mina en las murallas del castillo.

37. Rui de la Vega redacta una nueva comunicación a los habaneros. Se trata de una noticia mala y otra buena. La mala es que han llegado refuerzos desde Nueva York. La buena es que nadie se puede quejar de que no haya enemigos suficientes.

38. Los ingleses hacen detonar la mina. Brecha en el muro. Luis de Velasco ordena retirar las escalas de escape de la tropa para forzar a la resistencia. Sin embargo, los que huyen son más rápidos.

39. Ana teje y piensa. Piensa en los hombres y en que la guerra es solo un pretexto que estos han inventado para estar fuera de la casa.

40. Para mayor gloria de las armas españolas D. Luis de Velasco es herido de muerte. El enemigo le rinde honores.

41. El marqués González, segundo al mando de la guarnición del Morro, muere abrazado a la bandera (española por supuesto). Puede morir tranquilo. Tendrá su calle.

42. Bombardeo de la ciudad desde el Morro y la Cabaña. A solicitud del pintor Serres se dan algunos retoques a la destrucción de la ciudad para así ajustarla a su cuadro. Prudentemente los jefes de la plaza se retiran al punto menos expuesto para deliberar sobre sus próximos pasos. El Capitán General maldice una vez más la hora en que se asomó a mirar al mar.

43. Se mantiene en el vecindario la resolución de continuar la resistencia. La llegada de 712 fusiles de refuerzo, difundida en un ardiente comunicado de Rui, alienta aún más los espíritus. Fernando se ofrece para ir él solo a matar al jefe enemigo.

44. Once de agosto. Bombardeo de la ciudad desde el amanecer. A la una de la tarde, rendición. Luis de Aguiar se niega a aceptar el veredicto final de la Historia. La población civil también.

45. Por sus buenos oficios Rui de la Vega es ascendido a escribano de su Excelencia el Capitán General, el que acto seguido le dicta la Capitulación de la ciudad. Ana agradece cualquier cosa que le devuelva a su Fernando.

46. Respuesta a los artículos IX, X y XI de la Capitulación: «Negado». Artículo XXIII: omitido.

47. Tras 67 días de asedio, el 13 de agosto de 1762 los ingleses entran en la ciudad. En ello ven una ma-

nifestación de la Divina Providencia en favor de la religión apostólica y protestante.

48. Del marqués de Ossún, embajador francés en España, al Duque de Choiseul, Ministro de Relaciones Exteriores: «Cuando se hace la guerra hay que esperar buenos y malos éxitos. Las tropas aliadas se defendieron bien, eso es lo que me consoló, y no he dormido nunca tan tranquilamente como la noche pasada».

49. Al mismo tiempo que los ingleses, regresa a La Habana el Obispo. Piensa que su presencia acaso impida el efecto corruptor de una dominación opuesta a las leyes divinas, aunque al parecer con el acuerdo de aquellas que controlan la historia. Albemarle le regala una amatista.

50. Albemarle invita a una fiesta en su casa. Resistencia de las damas habaneras. Finalmente van pero bailan poco y con mala cara. Sofía de la Luz le comenta a su prima sobre la mala impresión que se llevará el extranjero.

51. Los conquistadores impresionan por su discreción. Solo ocupan un hospital y un templo para profesar las boberías de su secta.

52. Luis de Aguiar aparenta someterse al enemigo. En realidad tiene un plan para recobrar la ciudad que incluye el degollamiento de los guardias. Junto a Fernando, convertido en su más fiel colaborador, camina por la ciudad con distracción fingida. Cuando aparece un guardia, sin que puedan evitarlo, contemplan su cuello ávidamente.

53. El enemigo incauta el tabaco del rey para luego vendérselo a los vecinos de la ciudad. Estos lo pagan pero no se lo fuman. Esperan el momento en que puedan devolverle el tabaco a su propietario.

54. Georg Philip Teleman, músico, mes y medio después de que las tropas inglesas entrasen en La Habana, lee en la *Gaceta de Holanda:* «Corre el rumor de que los ingleses han sido rechazados, con pérdidas considerables, en un asalto general contra el fuerte Moro y que después de ese fracaso, perdiendo toda esperanza de triunfo levantaron el sitio». De ahí que le dedique su último *concerto grosso* a los defensores de la ciudad.

55. Doña Inés le comenta al Rey por escrito la disposición de los habaneros de mantener irreductible su fidelidad. No obstante menciona el caso de Otilia, su vecina, que consintió en alojar en su casa a unos oficiales ingleses.

56. Luego de 7 semanas de conquistada la ciudad, la noticia ha llegado a Londres. Al recibir la noticia en un banquete, un diplomático francés se escarba los dientes con un palillo para disimular su pesadumbre.

57. Con noticias más frescas el músico Telemann borra la dedicatoria de su última composición. Lo piensa un poco y termina por dedicársela a una tía suya que se acaba de morir.

58. El comandante de la artillería inglesa, ajustándose a las reglas y costumbres de guerra, exige que les sean entregadas las campanas de iglesias, conventos, monasterios e ingenios. De lo contrario transigirá con una cantidad de dinero equivalente. El Obispo se resiste a las presiones.

59. Resistencia campesina. Uno es ahorcado por envenenar la leche. Se comenta la inhumanidad de las ejecuciones inglesas. El verdugo en vez de subir sobre los hombros de la víctima y golpearle el techo con los talones deja que se ahogue por sí sola.

60. Descubiertos los planes para liberar la ciudad, Luis de Aguiar y Fernando huyen al campo. Allí buscan nuevas formas de expulsar a los invasores. Ana se repite que debe estar orgullosa de que a su Fernando le cueste tanto trabajo estar a su lado.

61. Establecida al fin la modernidad, llegan los primeros embarques de manufacturas inglesas y esclavos africanos, todo baratísimo. El comercio con luteranos supone un dilema espiritual que puede resolverse si se piensa que la inacción favorece al enemigo.

62. Son mil pesos los ofrecidos por la Iglesia en rescate por sus campanas. Al jefe de la artillería británica le parece una oferta despreciable. Aumentan las tensiones con el pastor de almas.

63. Ron con platanitos: nueva táctica de resistencia ideada por los habaneros. Se supone que la combinación provoque en el invasor si no la muerte al menos una prolongada estancia en un sitio cuya mención debe excusarse.

64. Rui de la Vega de vuelta a sus protocolos de compraventa participa del floreciente comercio de esclavos. Allí comprueba con dolor que los hombres acuden más rápido a la subasta de un cargamento recién llegado de Gambia que al llamado de la patria.

65. Doña Inés, indignada, incluye en su carta denuncias de Peñalver *Zancas Largas*, hasta ayer miembro del Ayuntamiento y ahora perro de presa de los ingleses. Comenta además sus sospechas de que en el embarazo de Otilia tenga que ver alguno de los luteranos que tiene en su casa. Y el marido tan campante.

66. Con solo un anillo y un crucifijo, el Obispo es sacado a las seis de la mañana en una silla hasta el

puerto. Se le expulsa a la Florida donde podrá instruir a los indios certas sobre las ventajas de tener un solo Dios con capacidad para desdoblarse en tres. Allí, además, conocerá los encantos de la apicultura. En La Habana sus tristes ovejas quedan a merced de las tentaciones de la carne y del mercado.

67. El almanaque del nuevo año trae la imagen del rey de España. Peñalver, Teniente Gobernador designado por Albemarle, capta el desafío. Envío del impresor a prisión.

68. Por 319 votos contra 65 el parlamento inglés decide abandonar «la mayor conquista alcanzada desde que Inglaterra es nación». De modo que los preparativos de los pobladores del resto de la Isla para rescatar la capital quedan sin efecto. El Obispo regresa a la ciudad cargado de panales. Con ellos piensa que en los próximos años las iglesias de la ciudad podrán abastecerse de cera.

69. La prima de Sofía de la Luz escapa en un barco inglés y durante semanas se convierte en la protagonista de las coplas más procaces que circulan por la ciudad. Sofía las escucha con torcida sonrisa.

70. Alejandro O'Reilly, Inspector de Armas y Mariscal de Campo, entra por la calle que llevará su nombre. Trae especiales facultades para restaurar el suave yugo de su majestad. Ha hecho entrar en calor a todos con ejercicios militares dos veces al día. Y no hay excepciones ni con la nobleza, los escribanos, los comerciantes, o los negros libertos. Aparicio, que los ve saltando y jadeando, piensa que a veces no es tan malo ser esclavo.

71. Ana y Fernando se casan.

72. Dios y la Historia se felicitan por haber llevado a buen término el episodio. Todo ha cambiado y permanecido del mejor modo posible.

73. Doña Inés concluye la carta a su rey. Postdata: El bebé de Otilia salió rubio.

74. Cada cierto tiempo Sofía de la Luz, Rui de la Vega, Luis de Aguiar, Fernando o cualquier otro habanero van hasta la costa a comprobar que agua y cielo permanecen ahí, sin que nada interrumpa la línea que los divide. Entonces suspiran.

EL LABERINTO DEL CAUTIVO

¿Sabes cómo ...
> *demostraron los negros su rebeldía ante*
> *el sistema de cruel explotación a que fueron*
> *sometidos en Cuba? Si no lo sabes, investígalo.*
> Op. cit. pág. 100.

A un extremo del látigo se halla la mano de Sinesio, el mayoral. Al otro, habita mi espalda, a punto de recibir el segundo golpe. Treinta es la ardua cifra de latigazos a remontar. Ardua como los treinta dineros de Judas (aunque posiblemente, más mortificantes), pero quizás no tanto como los treinta y nueve golpes de Jesús. Yo soy el destino del flagelo, yo, nombrado ahora Julián Terry, esclavo de la dotación del ingenio «El Progresivo», ambos (la fábrica de azúcar y yo) propiedad de Don Honorato Terry. Cada madrugada mi mocha fatiga las cañas hasta el atardecer sin más interrupción que la del alimento o los ocasionales castigos. No pido lástima sin embargo. Al menos no la que merece la ignorancia del mayoral, quien consume sus días engastando su odio en la rutina. Mi cuerpo, mientras tanto, se limita a proteger a mi espíritu de las vicisitudes cotidianas de las que este castigo es solo un fragmento. (Ciertamente, en el transcurso del segundo golpe, las postrimerías del látigo han hecho hiriente énfasis en un rincón perdido de mi espalda).

Insisto en la lástima que me inspiran el mayoral y el amo. El primero por ser un brutal instrumento de sus instintos y del amo. Este último, por lo infeliz de su devenir. Poseer un conjunto de mecanismos imposibles de entender (el ingenio) y seres hacia los que extiende idéntica incomprensión es un destino que no desearía reservarme. Posesiones somos que lo obsesionamos, a fin de asegurarle una vida que solo perpetúa su ciclo obsesivo. Yo, en cambio, me siento superior y libre pese a este cepo que envuelve mis muñecas y cuello (debo referir la circunstancia de que por apresuramiento o desgana, un fragmento de la piel de mi cuello ha quedado atrapada entre los maderos del cepo, añadiendo incomodidad a las molestias previsibles). Tampoco puedo, a pesar de mi exterior parecido —piel de oscuridad insondable, labios extensos, comprimida nariz— equipararme con mis compañeros de faena. En todo caso, búsquenseme afinidades en cautivos como Esopo y Terencio. Gracias a la bondad o al descuido de Aquel que no pienso nombrar, me ha sido dado intuir el vasto e instructivo tránsito de mi alma por vidas anteriores. Algún sospechable tropiezo de mi existencia inmediata anterior me confinó a este avatar corpóreo, pero no ha podido anular mi espíritu. Mis referencias a Esopo o a Terencio no son gratuitas. Pudiera añadir otras almas simétricas que compartieron alguna vez circunstancias parecidas, pero no es mi objeto mostrar impúdicas erudiciones. El perfeccionamiento de mi alma me conduciría a un destino inequívocamente literario, de no ser por el pretérito percance. Dada mi esclava e ignorante condición, al no serme posible, por insólita, la escritura, acudo al humor oral (y gestual) como refugio. Este (el humor) es por el momento la única manera de traducir a un idioma alcanzable a los que me rodean, mi compleja visión del mundo.

Aun así, debo restringirme. Los juegos de palabras me son vedados dada la elemental percepción de mis prójimos. La pronunciación tendenciosa del nombre del mayoral (Si-nesio) en reemplazo de respuestas afirmativas a sus preguntas, pasaron por alto hasta para el aludido durante semanas enteras. Solo cuando hube de proferir una negación (No-necio) el mayoral entrevió la burla (lo deduzco por su reacción al cruzarme el rostro con su fusta), aunque no así el resto de la dotación. Hice entonces concesiones rudas para mi sutileza espiritual. Busqué así, permisibles expresiones de ingenio (¿o malicia?) de mayor impacto visual. La indiscreta carcajada de mis compañeros de labor ante la imitación de cola que colgaba de una trabilla trasera de Sinesio, fue mi primer pago por mis ejercicios humorísticos, si no se quiere añadir como evidencia del éxito, el castigo consecuente.

No obstante los merecimientos, no han dejado de pesar en mi espíritu las prefiguradas limitaciones del humor. No solo me anonada el riesgo de ser confundido con un bromista vulgar. El cuestionar y negar a quien impone en las plantaciones el respeto a los valores que nos deben regir (Sinesio, el mayoral), me resulta insuficiente como toda labor únicamente destructiva. El alcance de mi discurso satírico se contrae al mayoral como único punto de referencia, es decir, a un instrumento de la afirmación, no a la afirmación misma (opresión en vez de afirmación, dirían otros con mirada más política). Tampoco debo desatender al hecho de que, al vulgarizar mi mensaje, me expongo a situaciones como la actual (escasamente disfrutable por más de un motivo). Sin ir más lejos, la inmediatez de mi nariz respecto al suelo dificulta mi respiración y la fatiga. La broma de hoy fue bien acogida por mis compañeros. La carcajada fue rotunda pero… ¿Carcajada alguna por inconmesurable que fuese, correspondería a mi esfuerzo por atar el látigo a la espuela de Sinesio y al subsiguiente castigo?

A veces pienso en transgredir el cerco que me tiende la risa elemental de mis convivientes. Y no se me insinúa otra salida que su respetable opositora: la tragedia. Sueño entonces mi evasión a un palenque inescrutable, donde mi ocupación sea referir historias talladas por el tiempo y la sabiduría. Tomaría, sin otra opción, circunstanciales fragmentos de Él —con preferencia Shangó, Oggún, Ochosí y Elegguá— pero sin desdeñar posibilidad alguna de introducir giros sutiles en borrosas tramas. La fragilidad de la memoria admitiría disculparme y ser aceptado. Desde ahora prefiguro mi goce en próximas vidas al sorprender el desconcierto de futuros estudiosos cuando enfrenten el resultado de mis urdimbres. La inserción de anécdotas de la Ilíada en historias que tengan a Shangó como protagonista será, quizás, mi máximo logro (sin renunciar a un humor solo por mí comprendido). Al menos, el drama fluirá al alcance de los cimarrones del palenque con todas las conmovedoras posibilidades que encierra. Por ahora, ese sueño se contrae a desplazarse por mi cerebro, esperando su oportunidad. Ineludible será el contacto con los negros más levantiscos de la dotación —los que, a propósito, menos agradecen mis bromas— para convencerlos de mi inclusión en la próxima escapada. Mientras, apenas me distrae la inminencia del tercer golpe de látigo. Lo escaso de su levedad no me inmuta. Ni que aún falten veintisiete. Pese a todo, mi espíritu fluye, como remedo de Dios o como la sangre que corre por mi espalda.

CADENAS DE LIBERTAD

*Cuando el 1o. de junio de 1834 me encargué del mando
superior de esta Isla, ofrecí en una breve alocución, las
más positivas seguridades sobre mis inalterables principios de conducta y firmeza de carácter. Desde entonces hasta ahora no dejé pasar un momento que no haya
consagrado a vuestro reposo y felicidad.*

General Miguel Tacón y Rosique, 16 de abril de 1838.

Su arribo a la tertulia donde converge lo más lúcido de
la ciudad (esa que se precia de ser llave de una confusa
geografía) fue acceder al reino de lo previsible. Previsible el humear de las tazas, el tenue fragor de los picatostes a medio devorar. Previsible el galano descuido con
que estaban dispuestas personas y objetos. Previsible
aun el negrito y la penosa relación sostenida entre su
cuerpo y el sillón que le destinaron, mientras las manos
se agarran de un manuscrito cuya lectura en alta voz
truncara el visitante. Previsible el pasmo de los reunidos ante la aparición del flamante Capitán General de
la isla (investido con poderes de gobernador de plaza

sitiada) de quien ya se habrían compartido los previsibles cotilleos desde su designación por el Ministro de Ultramar, allá en Madrid. Todo tan previsible, como las palabras que pronunciara Don Domingo, el anfitrión:

—Disculpe Su Excelencia. No sabíamos…

Y aquí surge el elemento que interrumpe la cadena de lugares comunes, donde el azar y la libertad parecen ser al fin tenidos en cuenta. El Capitán General pronunciará el discurso con el que prevee dar inicio al trastorno de la noche y quizás al de todos los amaneceres que le sucedan.

—Ruego a vosotros que disculpéis mi intrusión. Si tuve el cuidado de no avisar y ni de hacer ruidos fue con la esperanza de sorprenderos en vuestra natural compostura. No deseo que mi presencia altere esta velada, todo lo contrario. Solo os pido que me permitáis compartir la noche junto a ustedes. Contra lo que hayáis podido oír de mí, soy un rendido admirador de las bellas letras y, en lo que a mi credo político respecta, pienso que la libertad es el más alto valor que el género humano puede y debe conquistar.

Dicho esto vas a sentarte en el puesto eminente que te ofrecemos y aceptas con llaneza. Se comercian presentaciones sin que renunciemos por ello a nuestra tupida prudencia. Recalcas entonces tu afiliación liberal aunque no sea cosa de ponerse ahora mismo a corear el himno de Riego, pues ser pacientes es acaso la mejor virtud de los soñadores. Insistes en querer entregarte esta noche a la democracia de las artes, al ideal fraterno de la cultura que todo lo iguala. A instancias tuyas Juan Francisco, el negrito, recomienza la lectura de su manuscrito (Juan Francisco es nuestro orgullo más reciente desde que le compramos la libertad para que pudiera entregarse a su vocación literaria y de paso nos echara una mano en nuestros afanes abolicionistas). No, no parece postiza tu conmoción ante los sufrimientos descritos y al final de la lectura se advierte irritación en tus preguntas sobre la desalmada ex-dueña. En silencio pareces aprobar el desfile de incestos, notas pintorescas, puñaladas y las complicadas geometrías de la pasión con que Don Cirilo nutre el esbozo de su futura NOVELA, como él la llama, mientras le alabamos la creciente soltura con que husmea entre los comadreos de una ciudad con caprichos de aldea. Preguntas sonriente por ese orgullo del país llamado poesía. Entonces, como si desde hace rato esperara algo así, Don Anselmito recita de un tirón lo que presenta como sus últimos versos, poblados de frutas y palmas reales, puestas de moda como símbolo isleño desde que Heredia, el poeta, se ha dedicado a extrañarlas en su exilio. Por decir algo, haces un comentario sobre tu predilección por las frutas de la isla, tan manso, que hace parecer excesiva la ironía con que Don Antonio comenta que, más allá de la inclinación del paladar de Su Excelencia, los versos valen por su delicada sonoridad y embriagada cadencia.

Amoscado, buscas apoyo a tu alrededor hasta que crees encontrarlo en tu pecho pues justo allí aguarda la sorpresa que reservas para sacudir la noche. Mientras extraes el papel, solicitas la atención en el tono más humilde que te es dable pues tú también escribes cosas que pudiesen interesar a tan esclarecida concurrencia. Lentamente, en provecho de nuestra expectación, ajustas tus dorados quevedos, acomodas el papel frente a estos hasta que, al fin, inicias la lectura. Así somos testigos del goce con que sale cada palabra de tu boca hasta conformar el bando en que decretas la suspirada libertad de imprenta. Tal como se ha desenvuelto todo, tal declaración nos parece tan natural como creíble, al punto que tanta certidumbre se hace molesta. De ahí el callar unánime, la alegría abortada, la intrincada suspicacia. Algo de eso has notado antes de preguntar:

—Y bien. ¿ Podéis explicarme qué os parece mi prosa? —y la pausa, que subrayas con un sorbo de chocolate, lleva un dejillo juguetón—. No temáis en calificarla.

Esperas con impaciencia casi escolar nuestra opinión. En cambio, durante algunos momentos, todos creemos más interesante mirar el fondo de las tazas o ajustarnos las corbatas. Don Pepe alarga su mano hasta la fuente de los picatostes.

—Elegante y correcta —dice al fin Don Domingo mientras acaricia su bien labrada patilla izquierda—. Quizás demasiado correcta para mi gusto.

—Y le falta pasión. Todo muy frío —añade como despertándose Don Cirilo, bien por él.

—Debéis daros cuenta de que se trata de un documento oficial —y agitas el susodicho aunque con menos firmeza que si fuera un sable—, no de un libelo.

—Ya nos dimos cuenta, Su Excelencia. Precisamente por ello preferiríamos escribir libelos —es la sangre joven de Anselmito que le impide cuidar sus palabras y le enrojece el rostro.

—Libelos que sin este torpe texto no podríais publicar —y sí, ahora el pliego que blande tu mano nos recuerda un sable, pero añades conciliador—. ¿Y qué más me decís?

—Que no fluye con soltura. Esos «primero», «segundo», «tercero», «cuarto», estorban el discurrir de su prosa. Por lo demás, Su Excelencia, nosotros sabemos contar —es el verbo punzante de Don Antonio.

—Entonces mi torpe texto...

—No es la torpeza su peor pecado sino la falta de gracia. Y no es necesario que aclare que se trata de un bando militar... Es una vieja sospecha que teníamos —remata Don Antonio mientras bruñe con el índice el alfiler de su corbata. A su lado el negrito Juan Francisco se concentra en los zapatos que acaba de estrenar.

Don Domingo intercede repartiendo habanos al tiempo que elogia las virtudes de esta nueva marca.

—Este catalán sabe lo que se trae entre manos —dice.

—Sí —añade Don Antonio sopesando su puro— es la única cosa manoseada que puedo disfrutar.

Alguien alude a cierta dama pero antes de que Don Antonio conteste, tercamente vuelves a la carga.

—Bueno, bueno, apartando el estilo ¿acaso no tenéis nada que decir de lo que contiene mi escrito?

—Mal va el vino en odres descompuestos. El estilo lo es todo, Su Excelencia —pontifica Don Cirilo mientras todo Juan Francisco, absorto en sus zapatos, se estremece un poco.

—Pensaba que os alegraría la posibilidad de hacer públicas sus ideas, sin más restricciones que las que aconsejan los altos destinos y las buenas costumbres.

—Dese por enterado Su Excelencia, que más que el destino de nuestras ideas nos inquieta el de miles de almas sometidas a la esclavitud —es la palabra ardiente y bien sazonada de Don Pepe antes de echar mano al octavo picatoste de la noche.

—Además, Su Excelencia —se te encima Anselmito—, ¿no halla contradictorio que la libertad nos llegue de manos de un poder despótico?

Entonces nos reclamas prudencia, lo que te vale solo para escuchar que nada queremos saber de arte cauteloso, estúpido suicidio de la pasión. Aún tu boca endurecida intenta abrirse pero la sella el reclamo de la abolición de la esclavitud o, mejor quizás, una declaración de independencia. Solo te queda aplastar el puro contra el cenicero, recoger tu sombrero y salir con arrogancia recompuesta, dejando atrás, es cierto, alguna confusión. Después de todo, la libertad de imprenta no es mala cosa, pero no alcanza para comprar la benevolencia de nuestro parecer. Al menos nadie dirá que lograste socavar nuestro rigor, cimiento del respeto que se nos tiene.

Por ahora nos basta este tácito encogerse de hombros hasta que el rumoroso silencio de la noche irrumpe en el salón para sugerir la retirada... Mientras caminamos hacia el zaguán solo se siente el ruido de la servidumbre al recoger las tazas. Por fin, en medio de la despedida, Don Domingo inclinado hacia delante pregunta a Don Pepe si lo dicho sobre la abolición había sido en serio...

El Capitán General regresó de la mansión de Don Domingo al reino de lo previsible. Previsible el tono en que le ordenó a su cochero, negro americano inmenso, (obsequio agradecido de los comerciantes de la plaza), regresar al palacio. Previsible el furor contra sí por creer en la democracia de las bellas letras, en realidad regida por inflexibles normas de despotismo y arrogancia. Previsible el sueño iracundo, de almohada mordida y dosel revuelto y el sabor a venganza con que amaneció. Previsible la conspiración con que envolvió a sus detractores, cuyo nombre «Sol Triangular y Cadenas de Libertad» delataban su inequívoco aliento masón. Previsible el toque de queda y la estricta prohibición de reuniones nocturnas. Previsible la dirección de los castigos: Don Antonio, responsable de los sarcasmos más hirientes; y el negro Juan Francisco que, si bien no se atrevió a opinar sobre su texto, ¿acaso no dejó escapar alguna sonrisita durante el calvario de Su Excelencia?

Don Antonio prefiere partir a Francia antes que aceptar el destierro en algún pueblecito del interior del país. Al negro Juan Francisco lo encierra, mientras se aliña la causa que lo enterrará en vida o no tan metafóricamente. Pero he aquí que meses después el Capitán General cambia de idea. Su Excelencia se descubre herramienta del precepto que impone la quiebra de la cadena social en su eslabón más endeble. Por eso en abierto desafío al rutinario imperio de lo fatal decide liberar a Juan Francisco. Por lo demás, supone que la prisión preventiva haya bastado para bajarle los humos al negrito escritor.

NACIDA LIBRE (PRIMUS IN CUBA)

El 19 de mayo de 1850 desembarcó Narciso Lopez en Cárdenas al frente de 600 hombres bien armados y se apoderó de la ciudad después de vencer la resistencia que con 17 hombres le opuso el gobernador Don Florencio Cerutti. Aquel día ondeó por primera vez en Cuba la bandera de la estrella solitaria, la misma que es hoy nuestra bandera nacional.

Morales, Vidal, *op. cit.*

… un hombre, eso es lo que necesitarás en el vórtice de las sensaciones, preferiblemente un mulato de brazos fornidos; henchido el pecho anhelante; la mirada retadora; la piel canela cubierta de finísimas perlas de sudor; la garantía de lo que lleva; magnífico en la humedad de su bragueta; hirviente la sangre por los miles de frases repetidas, ardientes, cerca, muy cerca de sus orejas; erguido como nunca antes en toda su virilidad; las obscenas palabras que invocan, convocan, provocan, gritadas a voz en cuello y cerca, muy cerca de ti. Un hombre, un mulato, un centauro, mitad bestia, mitad negro, mitad blanco, a horcajadas penetrando enloquecido el cielo, el llano. Un mulato, él debajo, tú encima, esparcida al viento, el vértigo de la cabalgata, la explosión de toda la sangre contenida, los gritos simultáneos de la colisión, los cuerpos palpitantes afincados al ruedo de los instintos. Un hombre, preferiblemente un mulato, tú encima, él debajo, sus manos que ciñen desesperadamente tu brevedad. Un mulato, un centauro, un hombre que rueda por el suelo preso de la eclosión del último estertor; la bestia que se fuga. Tú que también ruedas junto a él confundiéndote con sus sudores antes de ser levantada nuevamente por otro hombre, ceñida por otras manos, izada y fiel amada por otros brazos que vuelven a caer. Tú que caes, y ellos siempre allí, numerosos, atentos, expectantes, a la espera de su turno, entrepiernas por medio; tu brevedad de mano en mano alzada al centro del fragor, el sudor, la sangre, el llano, el cielo... y así hasta pasar —locura de locuras— por todos los hombres, preferiblemente mulatos, negros, blancos, desnudos, mitad hombres, mitad caballos, machetes en la derecha, mortífero el acero; tú encima, ellos debajo; tú debajo, ellos encima; las bocas espumeantes, jadeantes, bramantes...

Pero, debes relajarte, todo no es más que un fogonazo en la oscuridad del comienzo, una ínfima muestra de lo que depara el destino por entregarse una al fascinante y caprichoso mundo de los hombres y viceversa. El hombre —como dijera el poeta— hocicudo, perniculimbrudo y rabudo, lleva en su conciencia la tragedia de la corta duración de su vida, en pugna con la penetrante proyección de su mente que lo arrastra a un sentido de eternidad. ¡Los hombres y su manía de lo eterno! Sin palabras para expresar, limitar y definir conceptos superiores a sus capacidades, echando mano al fetiche más cercano para evocar en su ánimo sinfonías de esperanza, ráfagas de fe, y así, poder destriparse con el prójimo por un excelente motivo. Y ahí es que entras tú. Mas, cuánta decepción haber recorrido en triunfo las calles de la moderna ciudad de Cárdenas, esta mañana del 19 de mayo de 1850, después de haberse librado una sangrienta batalla en la acera derecha de la Calle Real. ¿Batalla? ¿Por qué tenía que ser sangrienta una batalla en una acera derecha o izquierda y sin enemigos? Pero no hay mal que por bien no venga. Finalmente flameas al viento desde el balcón de la casa erigida por el caballero Narciso en su Cuartel General. Y en ese mismo balcón, tras la romería, escasamente logras llamar la atención de una adolescente fisgona, hija de un rico hacendado, y de otra que, demasiado impresionada por la exhibición de los invasores, ha compuesto una décima, que debido a su calidad, bien le valdrá varios días de retiro en una prisión que le harán meditar lo necesario sobre su mal gusto. Décima que es el número uno de una lista interminable de éxitos, porque nada más bastan tus franjas en lienzo lustroso, el triángulo modelo de rojo color precioso, el lumbre de tu estrella, y algún que otro entusiasta de esos que sobran en cualquier época.

Mientras, y horas antes del descalabro total y la retirada a discreción del grueso del contingente (don Narciso el primero), todo es calma. Y el caudillo ha dado a conocer dos proclamas que trajo impresas, en las que firmaba —chistoso que era— como jefe de las fuerzas cubanas. Una que denuncia —como si nadie lo supiera— los infortunios del régimen colonial, y prescribe en un breve articulado las Ordenanzas del Gobierno Provisional constituido luego del subrepticio desembarco. Y otra —más chistosa aun que la primera— dedicada al Ejército español de Cuba, con una final exhortación para que engrosase las filas de la revolución por la independencia. ¡Qué bien! Lástima que se le haya hecho tan poco caso y nada más se le sumen unos cuantos soldaditos del Regimiento de León, dos o tres hacendados confundidos y algún que otro pobre diablo. ¿Dónde está la legión de adeptos, cuando no se observa más que la general indiferencia o la hostilidad de Cárdenas?

Pero, don Narciso, dueño de un envidiable sentido del humor, exclama: «Me he equivocado; ¡debíamos haber ido a Matanzas!». Vaya tipo este Narciso, le pasó lo mismo que a Miranda, el otro venezolano. A quién se le ocurre liberar la Grande Antilla en pleno siglo XIX con un regimiento de Kentucky, uno de Louisiana, otro de Mississippi, cuatro cubanos y una banderita que nadie ha visto jamás. Si al menos hubiese esperado a que los cubanos y norteamericanos tuviesen más deseos de tal empresa. No obstante, el caudillo es un hombre de mucha imaginación. Y revives aquellos días de 1848 en la residencia de un poeta y pintor exiliado, situada en New York, lugar en el que viste la luz de la historia, luego de una pequeña trifulca entre Narciso y el poeta, que no terminó en otro hecho que en el feliz alumbramiento de tu diseño. Ambos tiraban del lápiz como dos niños que forcejean por un tirapiedras. El bardo contaba con la experiencia, gracias a su anterior esbozo de un escudito intrascendente, en el que sobresalía el sol naciente, el gorro frigio, y lo de siempre: una palma que altiva agitaba su penacho en la verde campiña tropical, todos símbolos indiscutibles de la libertad del pueblo cubano (para justicia del emblema, puede decirse que fue a parar a una logia, y como sus miembros eran más que esotéricos, discretísimos, nadie más se enteró de que por ahí rondaba un escudo; de aquí que pasara sin penas ni gloria). A Narciso, por su parte, le asistía, junto a la idea original, la premura de una trama: la guerra que librara de la dominación española a una isla cuyos habitantes la pasaban muy mal por carecer de libertad... y banderas.

Entonces vino el desvarío. Que si debías tener tres franjas horizontales en campo blanco para mayor visibilidad a distancia y clara referencia a los tres departamentos de la Grande Antilla. Que si la combinación con el rojo para completar con el trío y dar la onda republicana. Que si el rojo debía ir de cuadrado o cuadrilongo como normalmente se usaba. Es aquí que viene lo bueno. Otra breve discusión por la posesión del lápiz porque Narciso, además de ser el de la ocurrencia, también quería dibujarla, y el poeta aduce que debía adoptarse el triángulo equilátero, por ser figura geométrica de esencia masónica. ¿Esencia masónica? ¿Emblema de la inmensidad del poder que asiste al Gran Arquitecto del Universo? ¿Delta Sagrado representativo de la acabada armonía de la divinidad? ¿División tripartita de poderes indispensables del Nuevo Estado? Pudiera ser pero, saliendo de la inspiración de un artista, distanciado de su esposa por altísimos deberes, no debe descartarse, incluso, se aviene más con los hechos, la posibilidad de algún mecanismo de asociación inconsciente, que trajera a colación el sentido de vulva, matriz o fuente, u otra lectura que representara el arquetipo de la fecundación universal, a la que el bardo echaba tanto de menos.

Pasada la discusión por el lápiz, quedaba la idea de adornar un poco el centro del triángulo. La propuesta de uno de los contertulios de emplazar un ojo (el Gran

Ojo Heráldico de la Divina Providencia), quedó desechada por considerarse demasiado ambiciosa y falta de privacidad. Fue en ese momento que un novelista de moda, que estaba presente por cuestiones de guerra al parecer, lanzó —para desgracia de su futura reputación como patriota— la idea de la estrella solitaria. Una estrella que por su finalidad recordara la misma que había fulgurado en la enseña que tuvo la República de Texas, antes de ser anexada a la Unión. Y que a la vez simbolizara a Cuba levántandose sobre un mar de sangre para acabar siendo acogida —como todos allí deseaban— por el más vistoso, estrellado y rayado de los pabellones modernos.

Y ya estabas ahí sobre el papel rodeada de chicos bizarros. Diez meses de intensa espera, porque aquella gente que lo daban todo por la patria, eran incapaces de coserse un calcetín por sí solos, ¿qué quedaba pues para algo tan grande y complicado como una bandera? Diez meses y arriba a New York la esposa y prima del artista del pincel, mejor dicho del lápiz —si era capaz de casarse con un familiar cercano, cómo iba a estar pensando en algo bueno al ocurrírsele lo del triángulo, elemental, ¿cierto?—, venía expulsada por el Capitán General de Cuba española, so pretexto de ser agente político del marido. Como entusiasta filibustera y revoltosa confeccionó en rica seda el primer estandarte y fuiste regalada a don Narciso López y Uriola, el autor del pabellón insurreccional, tu padre iluminado. A partir de ese día fueron ustedes para siempre: el padre, el dibujante, la bordadora, y tú. Faltaba solamente la legión de adeptos dispuesta al holocausto, no estos provincianos aburridos que pasan como si nada en este momento (*«Kentucki, Primus in Cuba, May, 19, 1850»*) por Jinez 154; y falta tiempo, muchísimo tiempo para que pases de mano en mano, de mulato en mulato, de espisodio en episodio, de Olimpiada en Olimpiada, de Copa del Mundo en Copa del Mundo, por llanos y pueblos de esta tierra. Pero sobre todo, tiempo para que la gente se inmole, te escriba versos, te cante himnos y marchas, se la pasen saludándote, o que simplemente tengan ataques de celos, como ese otro poeta —matancero tenía que ser— que un día entrara quejándose, al volver de distante rivera, por el puerto de La Habana, porque todas no son iguales, y a pesar de haber estado tu surgimiento tan vinculado a la insignia norteña, ya existían las preferencias que traen consigo los sacrificios, la costumbre, las carreras a caballo y la metralla. «¡Otra he visto!», «¡otra he visto!» —clamará—, «otra he visto en lugar de la mía», para que rime con «enlutada y sombría», y con la entusiasta convicción —por si sucede lo peor— de que la legión de muertos propios siempre estará presta a defenderte.

ECOS DE CAMINO

Cuando un pueblo digno y viril se encuentra en
semejante situación es cuando adopta, impulsado
por la desesperación, las grandes y trascendentales
resoluciones que adoptó el pueblo de Cuba en 1868.

Morales, Vidal y, *op. cit.*, pág. 185.

Aquella noche, Don Ineldo (diputado) llegaba a su casa más tarde de lo acostumbrado. La sesión vespertina comenzada a las cuatro de la tarde, hora local, había sido lo suficientemente acalorada como para extenderse hasta las ocho. La esposa, Doña Amalia, esperaba su llegada con nerviosismo; en mala hora el amo y señor de haciendas de crianza, potreros y una pequeña dotación de la que ejemplarmente se había desprendido sin exigencias, le había dado por meterse en aquel revoltijo, del que por más que le explicara Don Ineldo, no entendía ni una sola palabra. La culpa la tenían los del partido de Manzanillo, ¿a quiénes si no, podría ocurrírseles soltar a los negros y desafiar a las autoridades?, ¿qué hacía su marido entrometido donde nadie lo había llamado? Cierto era que a excepción de los negros, el patrimonio apenas quedó afectado, pero su intuición le decía que nada se detendría, y lo que era peor aún, nadie imaginaba siquiera su final. Don Ineldo, tenía que reconocerlo, era otra persona. Desde octubre del año pasado, se le veía muy recuperado de sus modestos achaques, a toda hora irrumpía en la casona desbordando su voz y energía casi olvidadas.

El marido sonó sus botas en el portal, y Agustín, su *valet de chambre*, como gustaba llamarle, le sacó la chaqueta y recogió el sombrero: viejo ritual de una tierra de fueros e inquietud subterránea, en la que ambos personajes coexistían en telúrico y asentado costumbrismo.

—Amalia, ¿pusiste el agua en la bañera? —dijo Don Ineldo a su esposa—. Me muero por darme un baño —emitió una especie de suspiro—. Menuda la hemos tenido esta tarde.

—Hace rato que el agua está en la bañera —respondió la mujer—. Hoy tardaste demasiado, te esperaba desde la siete.

—La sesión fue de una importancia trascendental para la Patria —dijo el diputado con tono grave—. La tiranía ha quedado reducida gracias al desvelo de nuestras voces más incendiarias y democráticas…

Doña Amalia, ante la amenaza de un nuevo discurso de su marido, insistió en que el baño estaba listo. No quería escuchar por enésima vez que jóvenes candorosos improvisaban tribunas sobre las cuales, piernas abiertas, lanzaban arengas capaces de erizar al menos crédulo; ni cómo era el balance del peso de la representatividad jurisdiccional en detrimento de los hacendados manzanilleros. Para ella era más importante el orden doméstico que las locuras en las que andaba su esposo. Sabía que era un hombre de dudosa constancia, y quizá pronto se le pasara el nuevo entretenimiento. Sí, la culpa era de los propietarios de aquella comarca, ese año tampoco podría ir a la capital a visitar a su hija Clotilde. Don Ineldo debía entrar en razón por ellos y por Clotilde; mucho la había asustado cuando le dijo que para un revolucionario el deber y la patria estaban por encima de los beneficios y las cuestiones personales. Sí, señor, ¡Ineldo revolucionario!, no podía creerlo; pensaba que lo de enseñar a leer a los negritos, cosa de la que pronto se aburrió, no tendría mayores consecuencias. Si su madre, Doña Rosita, que en paz descanse, hubiera visto la ceremonia de la liberación de los esclavos, habría muerto antes de tiempo. Ella decía que algún día sucedería lo mismo que en Haití: los negros ahorcarían a los blancos y arrasarían con cuanta obra de Dios se les pusiera en medio.

El hacendado hizo un movimiento con las manos, ordenando a la mujer que no lo interrumpiera.

—Tendrías que haber visto cómo quedaron esos —volvió don Ineldo con su perorata—. Les dimos por todas partes y con una sutileza exquisita.

Doña Amalia comprendió que estaba atrapada, se acomodó lo mejor que pudo en una de las butacas.

—Sí, no me digas —dijo Doña Amalia adoptando, qué remedio, un aire interesado—, y cómo fue, anda, cuéntame.

—Sabes —explicó Don Ineldo—, esa gente desde el principio ha hecho las cosas de forma inconsulta y dictatorial, primero adelantarse a todos, después legitimarse en Gobierno y Junta General de la República en Armas, a pesar de no pasar de cuatro gatos.

—Y eso, ¿es tan malo? —preguntó la matrona—. A fin de cuentas fueron los primeros en desobedecer a las autoridades y deshacerse de los esclavos.

—Bueno, malo, malo, creo que no —respondió el hacendado—. Es que hacerlo así de pronto, sin avisarnos, con esa audacia que nos dejó mal parados y nos obligó a adelantar nuestra fecha sin estar preparados. Fue un duro golpe para nosotros que hicieran una cosa así, sin consenso. Y para más escarnio, que se pavonearan con una bandera propia, llena de símbolos ajenos a las tradiciones y a la geografía del país, cantando una musiquilla machacona y poco sugerente. Moralmente es una bajeza. ¿Te das cuenta?

—¿Y los esclavos? —preguntó Doña Amalia mostrando por primera vez una verdadera curiosidad en toda aquella historia que hacía meses la incomodaba—. ¿Por qué todos empiezan por darles la libertad?

Don Ineldo asumió una pose solemne, ese (la esclavitud) era su fuerte, un tema hecho a la medida de sus dotes.

—La esclavitud —dijo con voz dura— es humillante para todos, nunca seremos verdaderamente libres mientras haya esclavos. En cuanto a los esclavos de ellos, oí decir que no eran de su propiedad… —decayó un poco al final de la frase y de nuevo arrolló— más bien eran alquilados. Eso tampoco estuvo bien, así cualquiera es abolicionista. No es lo mismo alquilar que poseer. Renunciar al patrimonio es algo elevado, sin embargo, desprenderse de lo que no te pertenece como si fuera de uno, es poco serio, digamos que negligente.

—Para mí —discrepó la señora— es lo mismo, soltarlos y ya está. Y tú, aparte de enseñar a leer y a escribir a los negritos de la hacienda, ¿cuándo te han preocupado tanto los negros?

El diputado se sintió a gusto con la interpolación de su mujer, habló y su respuesta se adelantó por lo menos cien años al curso de la historia de su jurisdicción y de la de Manzanillo.

—No hay negros ni blancos, en esta tierra todos somos iguales. A partir de ahora, solo existen ciudadanos libres con los mismos derechos ante la República y la Constitución. ¿Entendido?

La frase rebotó en la hacendosa credulidad de Doña Amalia. El hombre, además de decir que era revolucionario, también aseguraba que blancos y negros eran iguales. Era lo que seguro gritaban los jovencitos de los que tanto hablaba, y comprendió con amargura el estado lamentable en que se encontraba las cosas con su esposo (diputado). El juego era más serio de lo que pensaba, no podía abandonarlo pasara lo que pasara, para eso era ella su esposa. Esta vez, Don Ineldo, necesitaba un médico.

—Pero, Ineldo —pudo articular, pasada la sorpresa momentánea—, ¿de verdad tú piensas todas esas cosas? ¿Qué les pasa a los hombres? ¡Dios mío!, no quisiera ver cuál será el fin, porque lo preocupante es que tantas personas decentes estén mezcladas en esta maldita historia.

—Bueno, cálmate —dijo Don Ineldo para aplacar a su mujer—, lo de la esclavitud también es política, en ello nos hemos adelantado, la cosa es serrucharles el suelo. Sí, son antiesclavistas, pero pusieron por delante la indemnización y la gradualidad. Nosotros fuimos más lejos. Pensaron que así los hacendados que todavía titubeaban se lanzarían, cosa que como se ha visto, no ha pasado. Y no te preocupes, se sabe que los negros no son iguales que los blancos, de demostrarlo se han encargado prestigiosos hombres de ciencia. Así que tranquila ¿eh?

El ganadero (diputado), no satisfecho con su salida, todavía agregó:

—Además, no ven más allá de sus narices. Cuánto más lejos lleguemos en este punto, más rápido podremos granjearnos a nuestros vecinos del norte, para eso hemos reservado nuestra estrellita.

Mientras hablaba, Don Ineldo no cesaba de dar vueltas por la sala. Se sirvió un trago fino y brindó otro a su mujer, quien cada vez se sentía más desconsolada. ¿Sería posible que el hombre que tenía delante pusiera la suerte de los acontecimientos por encima del futuro de su familia? Nunca soportaría la existencia de mujeres que incitaban a sus esposos e hijos a que cada vez perdieran más tiempo con el asunto de los negros y la República, en vez de velar por los negocios y la familia. Sin dudas había mujeres que disfrutaban todo eso pero, cómo iba ella a permitir algo semejante. ¿Y si la guerra, cuestión que no parecía preocupar a su marido, se extendía al resto del territorio e Ineldo moría o se caía del caballo? Él mismo sabía que no era buen jinete, y qué decir de sus fiebres. No, no; todo andaba patas arriba. Hacía poco, el propio Ineldo le había contado una anécdota disparatada en la que se rechazaba un canje con el enemigo. Se trataba del mismísimo caudillo de los manzanilleros al que la soldadesca le capturó al hijo y por el cual le pedían ciertas renuncias. La propuesta fue rechazada enérgicamente por el padre al alegar que todos los nacidos en la zona, además de los residentes en otros lugares, eran dignos de su paternidad. Por tanto podían considerarse sus hijos y viceversa. Por tan contundente argumento se le apodaba «Padre de la Patria». Doña Amalia se preguntaba cómo a alguien al que no le interesaba el destino de su hijo, podía ser llamado por todos como el padre de todos. Alarmada no era la palabra exacta para definir su estado. Doña Amalia se encontraba desesperada.

El diputado se sentó frente a ella. Agustín trató, con poco éxito, de retirar sus botas de montar. Una vez desmontado de las botas, volvió a ensillar la palabra.

—No les dimos tregua —dijo calzándose unas enormes cutaras—, rechazamos la propuesta de la dictadura del número, y terminamos superándolos con la misma cantidad de miembros. Al final le requisamos la bandera, porque, después de hacer lo que hicieron, no merecían otra cosa.

—¿Y qué hicieron con la bandera si se puede saber? —preguntó Doña Amalia—. No entiendo por qué exageraron la importancia de las banderas. ¿Qué más da una que otra?

—Imagínate —respondió Don Ineldo—, bautizaron la bandera en una misa. Si vamos a seguir metidos en las iglesias, ¿qué hacemos entonces? Por otra parte, con una bandera tenemos, nadie necesita dos banderas. Para muerte gloriosa con una basta. ¿Y cuál mejor que la nuestra que ya una vez flotó gallarda por estos llanos?

—Pero, Ineldo —se quejó la Doña—, creo que ahora hay más enemigos que antes, cuando te la pasabas hablando de injusticias y robos. Prefiero habernos quedado como estábamos.

—En eso tienes razón —reflexionó el patricio—, hay mucho puñal acechando. Hoy la sala parecía un infierno, se oyeron expresiones duras: «¡faccioso!», «¡tirano!». Pero no se salieron con la suya, los personalistas se quedaron con las ganas de convertirnos en un simple cuerpo consultivo. No tienen derecho a escamotearnos la democracia con pretexto de confusas urgencias.

Razones tan altas como democracia, sacrificios, muerte gloriosa, bailoteaban carentes de sentido en la mente de Doña Amalia. El diputado, lejos de aclararle los motivos por los que habían abandonado la antigua estabilidad él y otros muchos propietarios, la extraviaba todavía más al contarle sobre ardientes debates; en los que personajes, que hasta ayer se desconocían o eran bienllevados y unidos por otros intereses, hoy eran sutiles y condescendientes adversarios políticos. Los hombres, según su parecer, eran todos unos inconformes, no les bastaba con poseer tierras, ganado, negros, negras, mujeres, también querían enemistarse con las autoridades y vivir en una República, no sin antes discutir entre ellos hasta la saciedad. Era inexplicable la inconformidad que los dominaba. Por ejemplo, Don Francisco, un anciano decrépito, famoso en otros tiempos por sus ordalías en ciertas casas de la ciudad, aceleró los planes conspirativos con un osado recorrido a caballo, peligrosísimo para su respetable edad, una noche que parecía destinada a ser tan apacible como todas. La tropa del poblado, despierta por los graznidos del pacífico ciudadano, pensó que se trataba de una de sus borracheras, pero, al descifrar el sentido subversivo de los gritos, al sargento Cánovas no le quedó otro remedio que convencerlo, tal vez algo brusco, de que pasara la noche en el pequeño cuartel. En la madrugada los acontecimientos se precipitaron, y los hombres tuvieron que proclamar la libertad, la igualdad, y de paso liberar a Don Francisco y a los negros. Y así sucesivamente. Lo único que deseaba con todas sus fuerzas era ir a reunirse con su hija, hasta que la gente, su esposo el primero, entrara en razón.

Doña Amalia pensaba amargamente en su imposible viaje a la capital. El diputado explicaba orgulloso cómo el poder militar, representado por la dirección y todos aquellos caudillitos perdidos por entre los montes y las lomas, había quedado supeditado y vigilado a una especie de Consejo de Diputados, donde primaban altas frentes, juiciosas cabezas, capaces de atesorar y salvaguardar los más nobles principios democráticos, libertarios, de la recién creada República. Sí, señor, quién podía pensar en una República en la que los jefes tuvieran peso superior al del espíritu de las leyes. Entonces la doña volvió a acordarse del baño, el agua debería estar fría y decidió poner fin a la conversación con una pregunta.

—Ineldo, y los enemigos de ustedes —preguntó—, ¿qué ha sido de ellos todo este tiempo? ¿Es verdad lo que comenta la gente?

—¿Enemigos?, ¿qué enemigos? Te he dicho que prácticamente los liquidamos en la sesión de hoy.

—No, no me refería a los hacendados de Manzanillo, Bayamo, Jiguaní —expuso Doña Amalia—. Hablo de los soldados de su Majestad, del Señor Conde, del Señor Gobernador, de los voluntarios.

—¡Ah! —exclamó el diputado— vaya preguntita. ¿Qué pueden saber de republicanismo y democracia, si hace dos mil años que tienen reyes y para colmo católicos? A nadie que no sea a ti se le ocurre preguntar algo tan desatinado.

En su afán de poner punto final a la fastidiosa charla, fue más explícita.

—No, Ineldo —insistió—, yo hablo de la guerra. Se dicen cosas terribles. ¿Es que verdad que…?

—Sí —la interrumpió su esposo—, hoy escuché algún que otro rumor. Me pareció oír que un oficial de una columna de voluntarios, no recuerdo ahora su nombre, derrotó a los desertores o ellos lo derrotaron a él en un lugar llamado Tumbacuatro. ¿Has oído tú ese nombre antes? ¡Tumbacuatro! ¿Por qué un sitio precisamente tiene que llamarse Tumbacuatro? ¡Qué nombrecito! Mira que la gente inventa.

Y después de suspirar por segunda vez en la noche, dijo:

—Amalia, de veras necesito tomar un baño, ¿vienes?

La mujer extendiendo sus manos a las de Don Ineldo, comprendió que los sucesos no eran médicos. Una leve palpitación de su pecho le anunció que ya nada volvería a ser igual. El agua no se había enfriado del todo, y hundiendo su cuerpo en la bañera, el diputado suspiró por tercera vez.

PATRIOTEST

Oscar no es mi único hijo: soy el padre de todos los cubanos que han muerto por la Revolución.
Carlos Manuel de Céspedes, mayo de 1870.

Dado el supuesto caso de que usted dirija una insurrección armada, encaminada a obtener la independencia del cien por ciento de la patria que lo vió nacer, y el enemigo capture a un hijo suyo al que fusilará si usted no depone su actitud, marque con una X su posible reacción:

a) Se hace el desentendido y le resta importancia al asunto y, si es posible, rechaza su paternidad sobre el rehén con la secreta esperanza de que, en un final, no le pase nada.

b) Le manda una carta al hijo donde le recuerda la cantidad de veces que le advirtió que se cuidara, para después reprenderlo suavemente. Luego le hace un llamado al resto de sus hijos para que vean lo que les puede pasar de no hacerle caso a su padre y, una vez fusilado el muchacho, usted reinicia la lucha con renovados bríos.

c) Dice que con tal de ver libre a su patria está dispuesto a sacrificar no solo a ese, sino al resto de sus hijos, y, para que no queden dudas envía al enemigo los nombres y las direcciones de todos ellos.

d) Le plantea a sus compañeros de armas que, después de todo, nadie le va a devolver a su hijo el día de mañana y que, bueno, si hasta ese momento habían podido vivir sin independencia, no es tan mala idea esperar a que haya mejores condiciones. Que no tiene gracia andarse jodiendo para que otros vengan atrás a vacilar.

S.O.S. TITÁN (SAN LUIS BLUES)

Maceo protestó contra el Pacto del Zanjón en su campamento situado en Baraguá, de ahí que la historia hable de la Protesta de Baraguá. Meses después decidió irse de Cuba, a buscar ayuda de los emigrados cubanos, no la obtuvo y decidió quedarse en el extranjero porque la lucha era imposible.
Le Riverend. Julio, *op. cit.*, pág. 93.

… desearía para mi país, un hombre que tenga la virtud de redimir al pueblo cubano de la soberanía española.
Antonio Maceo: Carta a José A. Rodríguez.

Un hombre sueña. Transcurre el año décimoquinto de la Era Republicana. ¿Quién recuerda a los disidentes que trataron de negociar la paz en el 78? Estuvo bien que se les humillara y luego se les pasara por las armas. Solucionada la pequeña crisis del Zanjón, los sumos poderes de la República —la Cámara, el Gobierno a través del Secretario de la Guerra— en la más vistosa parada militar efectuada por las tropas insurrectas, hacen entrega en Lagunas de Varona, del mando absoluto del Ejército Libertadorm, con facultades omnímodas, al Mayor General Antonio Maceo, quien a partir de aquel momento es nombrado con el título de Generalísimo. Una vez en sus manos la mayor cantidad de poder posible, gira como una aplanadora la máquina de la Revolución guiada por un solo resorte: el de la independencia y la honra. Cuba es y será un eterno Baraguá. Gracias a la pericia militar que muestra el candidato, llamado por la República a viva voz, y a sus mejores creaciones bélicas —la tea incendiaria, la carga al machete, el reclutamiento de las negradas—, la invasión a Occidente ha tenido un éxito rotundo. Las tropas españolas diezmadas se refugian en su último reducto: La Habana y sus alrededores. El Generalísimo, Dictador Supremo de la República en Armas, ha derrotado o rendido sin presentar batalla a los mejores generales de la Corona Española. Ha sabido hacerlo en un estallido sucesivo de corojos. La independencia es casi un hecho consumado; para ello han trabajado todos los cubanos bajo su sabia dirección y sagacidad, y ha logrado, debido a sus representantes en el extranjero, hacer actuar al unísono a la emigración que proporciona el dinero y los elementos de guerra que antes se gastaban estérilmente.

En el sueño, hoy es un día especial. Junto a todo su Estado Mayor, Antonio Maceo espera alborozado la carta en la que el General Arsenio Martínez Campos le comunicará la entrega de su ejército y su rendición incondicional, confiando —como toca a todo militar de honor—, en la rectitud y caballerosidad que caracterizan al Jefe Supremo. En medio de la emoción, y tal como rezan sus facultades, Maceo distribuye ascensos; muchos se benefician: su buen Freyre, Crombet, los Coroneles

García y García, su hermano José, el dominicano Gómez, que dicho sea de paso, no lo ha hecho nada mal…

Después de tocar varias veces, el edecán decide entrar en la habitación-biblioteca adonde se ha retirado su General Antonio. Muy cansado debe estar su superior tras los festejos del recibimiento, que ha mezclado en San Luis, a cubanos y jefes peninsulares. El edecán se acerca silencioso a la mesa donde Maceo —cosa rara en él— se ha quedado dormido. Antes de depositar el sobre que contiene el pasaporte que le autoriza y concede —súbdito español que es— el derecho a tomar, sin problemas, el vapor de guerra «Fernando El Católico», se fija en aquellas manos con señales evidentes de heridas y mutilaciones en los dedos, y con las que ha dibujado en un papel en blanco, cuerpos de soldados españoles trucidados, mujeres desnudas perseguidas por el fuego, y un mar de negros en machete y sin encadenar. No sabía él que su General fuera capaz de dibujar algo, lo encontraba tan serio que realmente no imaginaba semejante desdoblamiento. Cuidadosamente deja el sobre encima de la mesa y sale de la habitación.

En el otro extremo de la Isla, en su campamento del Cacahual, Antonio Maceo, Jefe Máximo de la Revolución, recibe la esperada misiva en la que Arsenio Martínez Campos declina ante él sus armas y solicita, humildemente, permiso para embarcarse de regreso a su país. No se equivocó la República en su elección. Un aliento de triunfo se respira en los aires de la patria.

LOS DUELISTAS, 1878

Teniendo en cuenta el precedente de lo acordado cuando el desafío entre el presidente Carlos Manuel de Céspedes y el general Ignacio Agramonte, en que sus representantes convinieron en posponer el encuentro para después de la terminación de la guerra, y otros muchos casos que pudiera citar...
Acta del duelo concertado entre los generales Antonio Maceo y Flor Crombet, 18 de agosto de 1886.

Después del Zanjón. Después de Baraguá, y de apenas escucharse, de campanas, el repique primigenio. Después del cansancio, ellos, ¿quiénes?, casi todos; descalzos, pedestres. Tras la guerra larguísima, el abatimiento, el vuelo circular de las aves de rapiña; el campo, el hombre: mutilados.

Hoy es la paz. Ahora es la paz. Por tres días el cielo se oscurece, los relámpagos rajan de arriba, de abajo. La manigua parece partirse en dos por toda la Isla que se sacude y hunden aguaceros desbordantes. La tregua, el trueno, el diluvio, el lodo, las palmas torturadas. Ayer fue el pacto; hoy son dos cadáveres: una negra y un recluta. Mañana, dos cadáveres: un oficial, otro oficial. Pasado, dos cadáveres: un campesino, un liberto. Luego, un cadáver: un ordenanza. Hoy es la calma, siempre cadáveres; a veces dos, extraños: final de incomprensible pendencia; otras, uno solo: despojos de la locura, el mal de San Vito, la epilepsia, la cabeza abierta.

Este es el sosiego. Aquí, allá, restos en el fango: magro botón del duelo y la tormenta. Nadie siquiera lo sospecha. Desde que no hay guerra, Céspedes y Agramonte —espíritus gladiatorios— descienden en remolino sobre la campiña y sus criaturas. Comienza el ajuste de cuentas ansiado, pospuesto, prometido. Mañana es la guerra, entonces será la paz.

VUELO NOCTURNO

En verdad esta época fue fecunda en acontecimientos que demostraban la vigencia del ideal independentista, razón por la cual se ha llamado de Reposo Turbulento o Tregua Fecunda.

Albelo Ginnart, Regla Ma. y otros, *Historia de Cuba*, 10mo. grado, Edit. Pueblo y Educación, La Habana, 1989.

El poeta atravesó el concurrido paseo que buscaba el mar a la luz de los faroles bajo el fulgor de los pálidos luceros, y se escurrió presuroso por una callejuela lateral, avasallado por la fiebre y la fijeza de una pesadilla exótica. Hoy —como tantas veces— ha estado a punto de salir vestido de japonés. Un traje, que al ceñirlo sobre la piel, mostrara enlutados esplendores a la caza de frases armoniosas, de sentidas impresiones. Lástima no haberlo hecho; cien años y aprendices de hojarasca suspirarán su falta de osadía. Hoy, al igual que todos sus días anteriores, el poeta vela solitario entre las densas sombras misteriosas de la ciudad, emergido, bardo decadente, de su bañera de alabastro, en la que se dan cita el cisne y la quimera fugitiva de una estatua, en blanco traje de gasa vaporosa. Vela errando, solitario, proponiendo el curso oblicuo del bálsamo que cicatriza labios de abierta llaga a la impasible rectitud de las calles: Prado, San Rafael, Consulado; fragmentos del vagar sinuoso. Pero esta noche no es cualquier noche. Ahí en la esquina, entre su cuarto y su muerte indetenible, viénele encima otro hombre. Sin que puedan evitar el leve choque, sus miradas se cruzan por un instante. Sobran palabras, si en patria infeliz se ha nacido, un tácito «qué importa vivir si en cualquier parte he de encontrarme solo», flota opresivo por encima de ambos. Cerca, un pájaro fatídico aletea hacia donde el viento silba entre las hojas, imitando de un anciano las congojas.

El otro hombre se lleva las manos al pecho y apura el paso replegándose en su desvarío. A su lado el poeta es un niño de brazos. Este en su delirio no ha pasado de convocar en vuelo a los amantes de quimeras, clamando, con la ingenuidad blasfema de ser un dios, desde la Puerta del Muro: «¡Yo calmaré vuestro mal! Soy la dicha artificial que es la dicha verdadera, roja columna de fuego que guía al mortal perdido hasta el país prometido, del que no se retorna luego» (Invitación que no alcanza más allá de cuatro o cinco lectores de su círculo de íntimos, y que no pasa de una oda al último grito de la moda farmacéutica). Sin embargo, el otro es un verdadero conquistador de las flores del éter, para lo cual ha creado un sutil ingenio volador de fina estructura. Se trata de un aparato que bien pudiera llamarse un velocípedo aéreo y que en miniatura le ha dado brillantes resultados. Y como separatista al fin, piensa que su deber es dedicarlo, ante todo, a su patria, y hacerlo aplicable al uso de la guerra. Así, remontar el aire con su aparatico desde una colina allá en Bejucal, para estrellarse contra el mismo farallón —luego de sobrevolar en círculo la retreta creada por el alcalde para adormecer el espíritu revolucionario—, lo ha traído a La Habana para buscar rápido contacto con la altísima instancia de la emigración.

Tras la simple ojeada que los ha hecho cómplices de la oscuridad, de la pasión simétrica de volar, el poeta inició sus últimos pasos, y una vez en su habitación, emprendió su último viaje a Citerea, sin que al borde de su lecho viera hermosa alguna que escuchara la confesión postrera de sus faltas o de su carencia de faltas. Pero sintió, sin librarse, crepitar sus sueños con la hoguera perfumada de la fatuidad póstuma y la pobre resolución de haber amado solo en el mundo la Belleza. ¿Encontrará la verdad de su alma? Allá él, excelente precio. La poesía vive de honra. Se perderá el *remake* de la Guerra de los Diez Años.

El otro decidirá que aún es temprano y sabe de ciertas casas, a las que lejos de la aldea, de los cotilleos pueblerinos, no estaría mal visitar encontrándose en la capital. ¿Conocéis a la negra Dominga? Serpentina, traviesa, violenta, con salpiques de pimienta y miel. Es otra manera de saltar en viaje circular al húmedo borde del camino en el que riman con los tacones la seguidilla, dejando al paso enervantes perfumes. «Una noche en la ciudad / nada te costará / corazones de metal / chicas malas sin par», escucha a un viejo borracho que canta en la puerta de un dudoso y agrietado caserón. Traspasado el umbral, acecha la certeza del amor liviano, de la femenil falsía de ojos africanos. Gesto mecánico de llevarse las manos al pecho; ahí va la carta que hoy mismo ha escrito a la delegación del Partido Revolucionario imaginando poderosas máquinas que surcarán el cielo llevando la muerte en las entrañas … *el aparato hecho por mí es movido por la cuerda de un reloj…* La negra tiende al blanco su brazo febril, lo hala hacia el pequeño compartimento, apenas adivinan los rasgos de sus rostros. El hombre palpa que allí, al centro, después del talle, las curvas son amplias, y donde se pierden sus dedos, mojado y tibio. Hay safazón de ropas, y afuera la voz del viejo se escucha atenuada «una noche en la ciudad…». *el objeto es hacerlo que pueda moverse por la fuerza del hombre…* La negra, sin que él la remonte o descienda, mujer adentro jadea como requieren las circunstancias… *su costo incluyendo mi viaje…* «nada te costará…». y el de mi esposa a quien no puedo abandonar aquí… Siempre había oído decir que las negras eran fuego y en la boca, donde el deseo es loco, pedazos de carne de coco. Mas, como quienes lo decían eran los autonomistas que pagaron la pavimentación de las calles y la construcción del parque, realmente lo dudaba. Y ahora estos muslos que apretaban su cintura, esa boca que besa y muerde, ¿serían autonomistas?… «corazones de metal…». La negra ejecutaba una complicada maniobra … *los calculo en diez mil pesos, dado que tenemos que hacer todo repetidas veces si no, pueden quedar defectuosos por cualquier incidente…* Los autonomistas contemporizaban o practicaban las costumbres españolas, por qué sabían tanto de negras, si no. Si lograba hacer llegar la carta y con la experiencia de la negra, verdad que La Habana —sin importar la agonía y el fin del poeta— era La Habana, tampoco en eso se equivocaban los autonomistas; ¡cómo los odiaba! La mujer cesó de gritar contorsionándose, lo apartó hacia un lado… *tenemos que elegir un punto solitario para las pruebas que deben hacerse sin testigos cualesquiera que estos fueran…* «una noche en la ciudad / nada te costará». La negra se vistió y guardó el dinero en los ajustadores… *en caso de aceptar esta oferta, que tanto nos elevaría espero la más absoluta reserva sobre este asunto. (Posdata: No enviaré plano alguno por no tener patente).*

La mañana hizo que la ciudad despertara en medio de surtidores de gastados pregones. Polvo y moscas. Atmósfera plomiza. Y como cisnes entre inmundo cieno, nubes blancas en cielo de ceniza. La gigantesca polifonía del ente urbano sepultó con oficio de marea los despojos de la noche. ¡En verdad que es tiempo de acabar! Adiós el negror que hizo que dos hombres comprendieran de solo rozarse la complicidad del cielo. El poeta terminó maldito, joven y triste —lo de la risa es mentira. El hombre que vino de Bejucal tras el vuelo de su obsesión, regresó a su pueblo gracias al eficiente, primerísimo, servicio de trenes —erre con erre cigarro, erre con erre barril. La negra terminó con su tercer cliente y el soplo de la brisa en la alameda agitó en sus hombros nevados tules; la pena le hacía doblar el cuello.

La carta salió rumbo a Nueva York esa misma tarde. La emigración respondió con falta de fondos en la pluma esquiva de un aburrido secretario de despacho; mientras, su jefe, que conocía del hachís, de la levedad asiática, del ajenjo y la ginebra, de mujeres de perla, del cristal tallado, se conmovió con la muerte de aquel hombre tan bello que al pie de los versos tristes y joyantes parecía invención romántica más que realidad.

WAYCROSS, 1894

Hay que prever y marchar con el mundo. La gloria no es de los que van atrás, sino adelante.

José Martí, 29 de septiembre de 1894.

Un seco rumor de pasos en la escalera puso en alerta al Maestro. «¿Cómo podía llegar alguien hasta allí?». Todo había sido arreglado para que nadie lo molestara hasta el amanecer. Sin embargo, su larga experiencia de conspirador le decía que no, aquellos pasos no podían ser de un mal emisario. Intuía que sonaban así porque traían algún pensamiento e inquietud y su autor estaba dispuesto a ejecutar actos supremos de renuncia por el más preclaro ideal. ¿Cuántas veces había escuchado los pasos extenuados, distantes, de los espías al servicio de España, o el sigiloso andar de los agentes de la Pinkerton? Como quiera que fuese, los pasos sonaban de escalón en escalón «con tanta angustia en el alma y tanto amor no entendido» se dijo. Desfilaron por su mente los cientos de perturbados que pasaban por su piso allá en New York: para todos tenía lo mejor de sus palabras, esos juegos y rejuegos verbales en los que han de ir envueltos elevados actos; «dando a otros ventura, fabricamos la nuestra» pensaba.

Un hombre de baja estatura, duro aspecto, lampiño, vestido de negro, con ordinarios zapatos de baqueta, entró en la habitación sombrero en mano. Olía al polvo y al sudor del extenso camino recorrido.

El Maestro se quedó observándolo, sin disimular su indiscreción, a pesar de que él mismo machacaba que la urbanidad debía ser una religión en el hombre culto. La reseca faz del individuo estaba cruzada por una inquietante expresión de duda, casi una mueca: concreción de malas, pésimas nuevas.

El inesperado visitante, sin sacudirse el polvo del viaje y sin aguardar siquiera el intercambio de palabras corteses con su anfitrión, empezó a hablar:

—¿Hay algo más odioso que un revolucionario cansado a mitad de camino? Lo he seguido desde New York, he estado tras su pista en Tampa, Cayo Hueso, Jacksonville. A estas horas debo estar despedido en la oficina. Lo he seguido para decirle que usted y yo, y todos, fracasaremos. Sé que no habrá la tal república ni el tal pueblo de los que tanto habla. No me pregunte por qué lo sé, debe ser mi manía de dudar y los sueños que vengo teniendo de un tiempo a esta parte. Pero, créame, he visto a los que hoy le tienen fe, disputándose como bestias el botín que quedará al final de la guerra. Me pregunto cómo una persona que parece conocer tanto a los hombres, no se da cuenta de esto, es tan evidente, nada más tiene que fijarse bien en usted, en nosotros. Le digo, ni siquiera hacen falta las pesadillas que a mí me han hecho andar por este país buscándole de ciudad en ciudad.

El hombre se calló por un momento esperando con humildad la respuesta del Maestro. Al ver que de los labios de aquel no salía respuesta alguna —y es que no sabía que para el Maestro, tan locuaz como aparentaba, los momentos límites eran siempre parcos en palabras— de nuevo volvió a hablar.

—Debo decirle que no solo he venido tras su sombra esta vez. Desde el 88, cuando fundamos el Club de los Independientes, no he dejado de seguirlo. Recuerdo que una vez llevé su maletica por las calles de Chicago, ¡qué feliz me sentí esa tarde!, imagínese, nunca había visto nada igual. ¿Qué era usted comparado con los generales de la guerra? Todo y nada. Apenas podía admitirlo al verlo distribuir los números de *Patria* personalmente, bajo el frío, y después de haber participado en los quehaceres de la edición. Muchas veces me he preguntado si va a los prostíbulos como todos los emigrados aquí, o si simplemente ha querido de verdad a una mujer. Pero eso son pequeñeces. Peor fueron sus discursos, casi me convence al decir una vez que en torno al tronco negro de los pinos caídos, había visto los racimos gozosos de los pinos nuevos: ¡Eso éramos nosotros: pinos nuevos! De verdad que estuvo a punto de convencerme.

¿Era yo tan patriota como usted? Yo, si bien me obsesioné con su voz y lo seguía adonde podía, también era capaz de ir hasta Connecticut para probar sus mujeres, y de donde vine con estas marcas. ¿Era yo patriota porque en los mítins gritaba más que las mujeres, o porque leía todos sus artículos aunque no sacaba nada en claro, excepto que eran contra España? Así anduve ciego hasta que un día me di cuenta, sin saber cómo, que no llegaría a ninguna parte, que esto y la guerra no estaban hechos para usted. Yo le creí, y hoy lo compadezco, sin que se moleste. Además, un día le oí decir que a pesar de todo estar dicho ya, las cosas cada vez que son sinceras, son nuevas, ¿me equivoco?

El Maestro, que como nadie manipulaba a las masas de hombres y de mujeres llanos, a las miríadas de clubes (sus clubes), a los viejos jefes (a algunos de los viejos jefes), esta vez respondió con un leve movimiento de cabeza. ¿Un sí o un no?, ¿un momento supremo? Nadie sabrá jamás qué quiso decir. El hombre sudaba a chorros, ya nada lo contendría.

—Pero aún no le dicho lo más terrible. No sabría decirle cuántas veces he soñado que usted y yo atravesamos en un bote un mar endemoniado, y qué sorpresa: descubro por la fuerza con que se aferra al timón que teme, que teme más que yo, y en sus ojos leo que es un hombre que morirá en el acto, y nadie lo recordará ni por sus papeles ni por nada. Morirá junto a mí, y nunca se sabrá si usted soy yo, o al revés. Nadie se acordará de ninguno de los dos. ¿Triste? ¿Se imagina que muera sin que nadie lo recuerde? Muy triste, ¿verdad?

Otras, sueño que estamos en el monte y que lo más importante es cuidarlo porque no se trata de un hombre, al contrario, se trata de una criatura a la que otros jefes han lastimado y que cabalga vestida de negro en un corcel blanco acompañada de un ángel. Luego yo, que lo he seguido agazapado entre los matorrales, le disparo para salir de la duda. Veo, entonces, cómo se esfuma su ángel de la guardia y usted danza caprichoso con la muerte porque mis balas le han derribado agujereado como un simple mortal. ¿Triste? Lo curioso es que en este sueño, después de muerto, las personas lo recordarán mil años. Será para nunca acabar, eso también es terrible, por lo menos para mí.

Disculpe si no me he expresado correctamente, pero solo quisiera que me responda si hay algo más odioso que un revolucionario cansado a mitad de camino.

Tras la catarata de palabras, el hombre desapareció con la misma rapidez que había aparecido. Abajo conversaban las sirvientas. El Maestro cerró la puerta. Con pasos vacilantes se dirigió al escritorio donde lo esperaba su último discurso, uno que nunca pronunciara y que abandonando sus aires de tigre retórico dejaba pleno lugar al humanista e involucraba en un abrazo las voces de todas las causas. Sí, el hombre que vino de New York le había mostrado sin querer el vislumbre oculto de un camino cuyo principio y fin iban a parar a la nada. El Maestro tuvo la amarga sensación de que su prosa toda, no iría más allá del alborozo momentáneo. ¿Cómo no le molestaron nunca aquellas señoras que presas de histeria se despojaban de sus joyas en favor del partido y de la obra de todos? Apartó el manuscrito. Se sirvió una copita de su bebida favorita (que, por cierto, nada tenía que ver con la mal interpretada propaganda del vino de plátano). Mejor atendía la correspondencia y terminaba la carta a su baby, a la Maricusa de su corazón. ¿Conque Fermín era queridísimo y él no era más que querido? No importa, se vengaba de ella queriéndola con toda el alma. En realidad, no estaba enfadado, ambos eran así: callaban cuando más querían. ¿Se acordaría de él? Ya lo sabría a la vuelta, por las lecciones de francés, por el calor de los abrazos. Nada, ahora se sentía más reanimado, no era momento de flaquear, que respetaran los flojos: los grandes, adelante. Pero, ¡qué extraño!, él llevaba en su haber la sacudida que por más, claro está, le había propinado a los señores Roa y Collazo; y frente a este humilde asalariado no había podido pronunciar ni una frase. El pobre, venir de tan lejos a soltarle semejante perorata, no le faltaba razón al decir tiempo ha que hasta que los obreros no sean hombres cultos, no serán felices. Al diablo con el empleado.

Esa madrugada todo fue un quebradero de cabeza, extravió el orden de sus ideas entre sus cartas y manuscritos, y se embrollaron sus sueños asediados por las imágenes de una manigua impenetrable, y de un mar encrespado donde acechaban la muerte y el olvido. Sí, la muerte, qué frívolo había sido al dirigirse, no se acordaba a quién, y asegurarle que moriría sin dolor: sería un rompimiento interior, una caída suave, una sonrisa. Y más trivial todavía creerse que la muerte no afligía, ni asustaba a quien ha vivido noblemente. Si le habían creído o no, ese no era su problema; lo suyo ahora era la vida, daba lo mismo que fuera la que se deseaba o la que se arrastraba. De todas maneras, en lo adelante tenía que ser más cuidadoso con lo que decía y dónde lo decía. ¿Y el olvido?, que lo olvidaran, bastaba, para ser grandes, intentar lo grande.

El sol, después de aquella noche, entraba a raudales por la ventana, y quizá ese mismo día partiría para New Orleans donde lo esperaban varias entrevistas con los emigrados. Allá, orientando a los Cuerpos de Consejo y dirigiéndose a la multitud en diferentes actos, recuperaría su temple natural.

Cuando embarcó en New Orleans con destino a Puerto Limón, Costa Rica, aún sin respuesta, parecía flotar en las turbias aguas del Mississippi, la pregunta que dos veces le hiciera el hombre que lo seguía desde New York: ¿Hay algo más odioso que un revolucionario cansado a mitad de camino?

MAYO 6 Y 1895

Este diario de Martí se compone actualmente de 27 pequeñas hojas o cuartillas, útiles y escritas todas de puño y letra del mismo.
Es de llamar la atención que hay un salto en el orden de las fechas al faltar la anotación correspondiente al día 6 de mayo. Y, efectivamente, no aparecen en el archivo las cuartillas que comprenden del número 28 al 31, ambos inclusive, es decir, 4, que abarcan justamente, todo el citado 6 de mayo.

Martí, José. *Obras Completas.*
Edit. Nacional de Cuba, 1964, T.15, pág. 213.

… el vacío más trascendental de nuestra historia…
Díaz, Jesús. *Las palabras perdidas,*
Ediciones Destino, Barcelona, 1992, pág. 324.

6. Llegamos a Jagua que es sitio de viejos mambises. Hasta aquí nos sigue Castro Palomino, trae yerba en extremo espirituosa. Gómez dudoso ni asiente ni niega, pide consejo. Porfía. De ser Maceo quien lo ha enviado no importa, ya está curada la amarga decepción de la víspera con el respeto

y entusiasmo con que fuimos recibidos. Castro Palomino, más ágil y verboso que ayer, asegura que de enterarse su jefe no habría perdón. Lamentos. Obtiene palabras de nosotros, tanta es la tiranía y la inconsulta del mulato. Otro asunto que repugna. Ruegos. Silencio en torno a la yerba. Antes de marchar deja dos botellas de Marrasquino delicado. Adiós. Confusión. Cartas a la emigración. Damos recorrido por donde los heridos. Hay tantos y de tal variedad. Entre ellos un anciano que no deja de temblar. Espasmos incontrolables. En vano trata de saludar. Es un veterano tunero que anduvo todo el tiempo tras su general García. Le hablo cualquier cosa —pregunta si soy Martí. A su lado un asmático hace igual pregunta secundado por un negro que solo conserva un brazo y hasta el codo. Otro sacudido por las fiebres dice haberme visto en Tampa hace mucho. Pide que lo lleve conmigo, sabe que va a morir y prefiere hacerlo de cara al sol. Siento que tiran de mi chaqueta. Aparto suavemente a una criatura desfigurada, enloquecida, la piel seca. «Fueron los cubanos que hacen la guerra de España» —dice Prudencio Bravo, el guardián de los heridos. El hombre grita: dice ver a los traidores y que Gómez y yo somos sus jefes. Tristeza grande. Grita con gritos insoportables. Busco palabras cristianas. No hay otra salida: es golpeado y atado. Todos gritan excitados. Es la sangre de los que no verán ni el sol, ni las nubes, ni nada. Escucho algo como en sueños, algo que ha sido o será verdad. ¡Cuán pedestre es el alma! Pobre Cristo. Deseo irme. «¡Es la guerra!». «Una maldita casa de enfermos». Si hubiera tenido un rifle cuando lo oscuro gigantea. Otro grupo habla indiferente de los remedios y beben cocimientos de hojas de guanábana. Saludan. Preguntan si es verdad que también soy Mayor General. —Se ríen a mis espaldas. Confusión. ¡Si hubiera tenido un rifle! —Gómez, Prudencio y yo nos retiramos. Hasta el rancho nos traen carne asada y buniatos, envío también del Castro Palomino o de su jefe, eso no interesa. El Marrasquino trae suave claridad, dulzura. Es el Marrasquino que me recuerda el haschisch. —Después de gran rodeo logro que Gómez saque la yerba, temo parecerle frívolo. Nos desembarazamos de Prudencio Bravo: hemos de celebrar consejo y redactar circulares, luego le enviaremos recado. Fumamos. Charlamos entre fumadas y sorbos de Marrasquino. Me extravío, me diluyo entre palabras de Gómez, a él le sucede otro tanto. Adiós a la tristeza, lo venturoso ha renacido. «Aquellos malditos heridos». La redención amanece en todo su esplendor. Qué engaño —¡oh ventura!—. Fiesta en el cerebro. Explosión de los sentidos. La yerba va cantando. Recito a Gómez: «Es la planta misteriosa / fantástica poetisa de la tierra / sabe las sombras de una noche hermosa / y canta y pinta cuanto en ella encierra». Gómez refiere imágenes de fina hombradía. De su boca salen mujeres, braman corceles, corren límpidos arroyos, tigres desatados tras ágiles ciervos. Y yo de aquello, lo invisible, me enamoro. La naturaleza estalla en inquietante jubileo sonoro. Fumamos. Canto. Planta trovadora no gime, no entristece ni llora. Sabe el misterio del azul del cielo, el murmullo del inquieto río. ¡Sabe la eternidad! ¿Por qué ha de existir tanta crueldad? Ingravidez. ¡Si yo tuviera un rifle! Gómez, lúcido, pregunta para qué puedo yo necesitar un rifle. Lleva razón. Reímos. Nos imaginamos a mí cargando al machete: buitre a la vez que altivo Prometeo. Reímos. ¿Y si me entra la muerte por la frente? Es bien cómico. Échole en cara que de no haber inventado las cargas al machete la guerra no hubiera durado diez años. Él concuerda, está conmigo: ¡hubiera durado veinte! Reímos. —Vuele, alto, me abraza y me devora. Encendido vigor de este mi espíritu potente. Ya no hay misterio. Gómez jura que jamás vio a alguien hablar tanto sin decir nada. Trato de defenderme, pero la risa me lo impide. Ahora piensa, contrario a sus ideas, que si no logro ser presidente de algún lugar al menos quince años, seré un desperdicio. Repito que no me interesa la política, basta el bien para la patria. A poco me paro y grito: «¡Haschisch de mi dolor ven a mi boca!». «¡Protegedme de este viejo sátiro!». Gómez alza la botella de Marrasquino y me ratifica como Delegado de mi Partido y clama: «¡Viva el Presidente!». Fiesta. Le digo poniendo voz y gestos de Maceo, que para ser extranjero, no lo ha hecho nada mal. Pregunta con lágrimas en los ojos si el mulato tiene la mano pesada… Reímos. No hay noción ni del tiempo ni del yo. ¡Si tuviera un rifle! Mas no, con un machete la cosa va mejor. —Digo a Gómez: solo a un homicida pudo habérsele ocurrido la historia del machete contra la soberbia de España. Él, más que jocoso, responde que si tuviera un collar se lo quitaría y me lo entregaría para los fondos del Partido al instante… —Queremos fumar: volver a lo extra-humano, extra-vivido. Se acabó el papel para los pitillos. Propongo que arranque una página de su diario. Discutimos este punto. Echado a suerte. Cara o cruz. Pierdo. Mis manos piadosas hojean el diario, debo elegir una página, preferiblemente cualquiera o esta misma… La página en manos de Gómez. No permito que lea sobre lo que escribo hoy día… una página menos entre tantas más no le importará a nadie. Me defiendo. Gómez repite que de tener unos aretes también me los entregaría para el Partido.

Fumamos… De madrugada. Hambre. Hacemos traernos frangollo, el dulce de plátano y queso y agua de anís. El sueño va llegando, deja armonías celestes en nuestros oídos. Pernoctamos en Jagua que es tierra de viejos mambises.

LO MÁS SUBLIME

PÉREZ, MANUEL. *Cornetinista. La Habana 1863, New Orleans (?). Marchó joven a New Orleans, donde se adentró en los estudios musicales. Notable en el cornetín, fue uno de los pioneros del jazz, a fines del siglo pasado. Alrededor de 1890 tocaba con la banda de Robichaux; en 1898 formó su propia banda, llamada, primero, Imperial, y luego Onward Band. Al iniciarse el éxodo hacia el norte, del jazz, fue con su orquesta rumbo a Chicago y otras regiones, donde obtuvo enorme éxito. Si su música hubiera quedado grabada, se le reconocería como un verdadero precursor —o iniciador— del jazz. Terminada su gira por el norte, a principios del siglo XX, volvió a New Orleans, donde extrañamente adquirió un Grocery y se dedicó a administrarlo. Murió olvidado.*

Orovio, Helio. *Diccionario de la música Cubana.*

(—Meserita dale, tráeme otro vasito. Mira que hoy quiero acordarme de todo, hasta de pagarte la cuenta).

El primer domingo del carnaval pensaban ir a debutar a La Habana pero no pudo ser. Ese día hubo correcorre, detenciones y rumores de alzamiento en Oriente. ¿Cuándo no? Según Bombú, si se dice que los orientales están en guerra eso fue que los carnavales empezaron un poco calientes. Bombú sabe. La de puñaladas que se ha ganado en bailes y guateques por culpa de sus guarachitas. Dice él que carga con más cicatrices que el gran Maceo. Hasta que tuvo que salir huyendo y no parar hasta llegar a Caimito, pueblo, como quien dice, a las puertas de La Habana. Además de los costurones y una inmoderada escoliosis, ha traído su música y dos tamborcitos amarrados que se llaman bongó. Parece como si fueran inventados para disimular la joroba. Papo el habanero, desde que lo oyó tocar y cantar sintió el llamado. Supo escuchar en la rítmica letanía el mensaje de la revelación. Puesto de acuerdo con Bombú se dedicó pues a buscar adeptos a la nueva fe, el son, y con ellos formar un conjunto que con el tiempo conquiste La Habana. (Papo es de aquí, de Caimito, pero le dicen así porque estuvo una semana en La Habana. Desde entonces invierte días enteros en describir el Paseo del Prado y el Campo de Marte). Formato de Los Sonoros de Caimito: voz prima, maracas y güiro, Yuyo el Ciego; guitarra y coros, Mateo Cañizares; laúd, el Chirri García; botija, el Ñeque; claves, Papo el Habanero; bongó, dirección y arreglos, Isidoro Bombú. El son, con su singular distribución de líneas tímbricas que determinan una especial polirritmia han hecho de Los Sonoros de Caimito una impactante novedad. Algo como para triunfar en el teatro Irijoa, allá en La Habana. Pero habrá que esperar a que las cosas se calmen. Lo de Matanzas se aplacó enseguida, pero los rumores de guerra en Oriente prosperan. Bombú insiste en el entusiasmo de los orientales a la hora de divertirse. Mientras la cosa se despeja, van ensayando las canciones que él ha traído de allá. Yuyo, el ciego, canta mientras el resto corea el estribillo. Duro ha sido que Mateo Cañizares aprenda el rasgueado semipercutido con que su guitarra, junto a la botija que sopla el Ñeque, fija la base rítmico armónica que caracteriza el nuevo sonido. Tales audacias confunden a los bailadores de «El Progreso», la flamante Sociedad de Instrucción y Recreo, que se quedan clavados en medio del salón a la espera de que el ritmo se amanse. Papo consuela a Bombú: «Estos guajiros no están a la altura de nuestra prédica. En La Habana todo será distinto». Pero entonces llega la confirmación de que Maceo, Gómez y Martí han desembarcado en Oriente. «Parece que se enteraron de los carnavales un poco tarde» dice Bombú, pero ya hasta en los periódicos se habla de guerra. El Dr. Enrique Castro y Mestre, presidente de la sociedad «El Progreso» se opone a una nueva actuación de Los Sonoros. En la actual situación no conviene que se le dé mucha ala a esos ritmos africanizantes (tan ajenos a la tradición y el buen gusto) que es como decir música de manigüeros insurrectos. ¿Por qué no reconocen que no pueden seguir el ritmo por patones? Suerte que entre los escogedores hay gente con sangre para el nuevo baile y casi todos los fines de semana convidan a Los Sonoros a sus guateques. Cuando no, salen a dar alguna función por los alrededores. Quien ve a Bombú inclinado noche tras noche sobre sus tamborcitos pensaría que pretende disimular su joroba. Aunque puede que sí, porque en cuanto las mujeres la descubren se vuelven locas y eso es un problema si tienen marido cerca.

(—Mira. Aquí está La Habana y este es Caimito. ¿ves que no está tan lejos? Allá me decían Papo el Habanero y desde que estoy aquí no me dicen otra cosa que guajiro).

A la vuelta de los meses se han gastado las canciones que trajo Bombú de Santiago. Hay que inventar. Bombú le saca letra a lo que sea. A la mulata Petrona, que no le hace caso ni a él ni a su joroba, porque el deseo de unirse a la rebelión no deja espacio a nada, le dedica una canción: «Paciencia ... con los frijoles». Así nace el primer son compuesto en el occidente de lo que algún día será nación independiente, al que sigue un segundo, un tercero y un cuarto, todos elaborados con materiales locales. (Previsor, el alcalde Oliva prohíbe que en cualquier canción o décima se le mencione a él o siquiera alguna marca de aceite de oliva). Junto a la fertilidad compositiva de Bombú, Papo se encarga de redondear los motivos que canta Yuyo, con expresiones que representan una sólida contribución a la poética sonera. Van desde las aprobatorias «¡Ahí!». o «¡Sabroso!». hasta las instructivas «¡Suelta!». y «¡Agarra!». Lástima que todo esté tan malo. Los que en el pueblo consideran positivamente el estatus colonial de la isla la han cogido con gritar «¡Viva España!». en la cara de los músicos del conjuntico. Estos no se dejan provocar. Con la música también se hace patria. La demostración que ofreciera el poeta Martí sobre la capacidad de los artistas para morir en combate debe resultar suficiente. Y más ahora, cuando los que saben de guerra se preparan para invadir el occidente del país con sus tropas como mismo Bombú está haciendo con su música.

(—¿Por qué me borraste el mapa que dibujé en la mesa? Tanta porquería que hay en esta taberna y tenías que pasar ese trapo sobre mi mapa. Y uno que pensaba que en cuanto terminara la guerra todo sería felicidad).

Ya comienza la invasión (la de Gómez y Maceo) con sus notables aportes al progreso de la estrategia militar. En la única calle de Caimito la tensión es tan visible como el polvo. La de los que aguardan la llegada de la invasión para sumarse a la rebeldía; la de las autoridades preocupadas en contrarrestar la combinación de enemigos externos e internos; la de Papo que no ve llegar el día en que Los Sonoros triunfen en la capital; la de Bombú inquieto porque entre los invasores vengan gentes de Santiago con buena memoria y malas intenciones. De cualquier modo la música es para Bombú bálsamo y refugio, y, también, laboratorio. Experimenta con el sistema de constantes y contrastantes yuxtaposiciones de las tres franjas tímbricas que tipifican el son. Minucioso, pule el desplazamiento del bongó, del ritmo constante a las improvisaciones llenas de libertad, esa que la patria tanto necesita. Pero para que tales atrevimientos adquieran sentido deben someterse al módulo métrico bicompasado de claves, ejecutado cada vez mejor por Papo el Habanero. Ya no es el pa-pa-pá, pa-pá, empírico y maquinal de los inicios, dos palitos chocando uno contra otro. Ya domina el secreto de formar con los dedos y la palma de la mano izquierda una caja de resonancia en la que se asienta el palito hembra que entonces produce una sonoridad aguda y limpia al ser percutida por el palito macho. Muy excitante eso. Pero no le basta. Sueña con añadir un toque al tresillo que dinamite la tiranía del módulo rítmico vigente, de manera que solo un buen cubano pueda bailarlo. Una revolución dentro de la revolución que ya es el son. ¿Acaso no ha sido el baile lo único que ha logrado poner en movimiento a toda la isla?

(—¡Mira eso! ¿Dónde está mi vaso?… parece mentira que estemos entre cubanos).

Por fin la invasión llega a la provincia habanera. Es algo que se nota en todo: en la tensión y en el hambre. Bombú no se atreve a tocar «Paciencia … con los frijoles» ante la ausencia de ambas cosas. Cercano el 6 de enero ha compuesto «Ya vienen los reyes», pero se pospone el estreno ante la prohibición de toda reunión pública hasta nuevo aviso. De cualquier manera si los del pueblo siguen marchándose a la manigua, pronto se hará difícil una reunión de tres personas. Hasta el Mayombero y el gallego José se han ido cuando se enteraron de que Maceo andaba por Ceiba del Agua. Ahora, justo el Día de Reyes se aparecen los mambises con Esteban Tamayo y Juan Bruno Zayas a la cabeza. Maceo no aparece. Papo piensa que un pueblito que cabe cuatro veces en el Paseo del Prado es demasiado poca cosa para que en él encuentren espacio colosos como Bombú y Maceo. En medio de la algarabía del recibimiento pueden estrenar por fin «Ya vienen los reyes», nada más oportuno. Sin embargo, el éxito de la tarde es un dúo entre Cañizares y el Chirri que cantan una décima facilona que está de moda. En ella se dice que Maceo y Gómez van a hacer a Cuba independiente con pólvora americana. Nadie ve con buenos ojos que Papo se niegue a acompañar algo que considera de tan mal gusto patriótico y estético. Bombú está inquieto hasta que logra ver a un viejo amigo de Santiago, el Congo Estives, ahora corneta de Maceo. Este le asegura que Manito Arriba, el más interesado en arrancársela, viene en la invasión pero se quedó con el General en Vereda Nueva. Bombú trata de convencer al Congo para que se quede con Los Sonoros, que su corneta es justo lo que busca para redondear sus experimentos tímbricos. El Congo habla entonces de la necesidad que tiene la patria de sus servicios pero Bombú insiste en que el futuro de la patria también está en el son, que algún día será lo más sublime para el alma divertir. Por fin el corneta, luego de medir el pueblito con la vista dice que la única música que entiende la patria es la del toque a degüello. Y se va. Y se va la tropa y la mulata Petrona y los Concepción y los Valdespino y gente que nadie hubiera imaginado, incluso Hilario, el hermano de Papo. Antes que Hilario se fuese, Papo le explicó que su puesto estaba junto a la música y su madre, porque alguien tendrá que cuidar de las dos. A la inmediata llegada de una columna española Los Sonoros repiten su éxito del momento: «Ya vienen los reyes». Hay quien ve esto como un rasgo de oportunismo. No obstante al coronel de la tropa española no se le escapa el matiz irónico de la situación y los hace encerrar. Al liberarlos dos días después les advierte sobre las precauciones que deberán tener con el qué, el cómo y el cuándo de sus canciones. Pero basta que Bombú se entere de que Maceo ha llevado la invasión con éxito al confín occidental de la isla, un pueblo llamado Mangos de Roque, para que le dedique su homenaje sencillo. Es una canción que comienza así:

«Este mulato no tiene pa' cuándo,
¡cómo le gusta el mango!».

Papo aprovecha la oportunidad para intercalar la exclamación «¡Ay mamá!», hallazgo utilísimo, tan a propósito para apostillar el canto del solista. El estreno de la canción ha coincidido con la llegada a La Habana del nuevo Capitán General y el regreso de Maceo a la provincia. Bombú se pregunta si Manito Arriba vendrá con el héroe. La respuesta la trae el propio Manito Arriba y su gente que se dedican a perseguir a Bombú por todo el pueblo. Lo alcanzan casi llegando a Anafe. Entonces Bombú se les encara, ¿qué es eso de andar peleando entre cubanos cuando queda tanto por hacer?

Por fin acuerdan dejar la pendencia para cuando la guerra termine, como hacen los buenos patriotas. Bombú promete además dedicar un son a Manito Arriba, que bien se lo merece por su empeño libertario. Manito se sincera. La verdad es que se enroló en la invasión para buscar a Bombú y matarlo, pero entre una cosa y otra uno le coge el gusto a ser libertador. Luego de unos tragos en la bodega de Anafe, cada cual regresa a su deber.

(—¿Así que tú te llevaste el vaso? Pero si todavía le quedaba un poquito… ahora vas a tener que ponerme otro trago bien servido).

Desde que el nuevo Capitán General («instinto de chacal, alma de cieno») determinó reconcentrar a todos los campesinos en pueblos fortificados, las siembras se han perdido y la situación va para peor. Los Sonoros cobran sus funciones en especie, mientras a la gente le quede fuerzas para bailar. Es tanta la fama de Los Sonoros que muchos reconcentrados prefieren ir a dar a Caimito solo por escucharlos. Hay que ver como la gente sacrifica un boniato con tal de entrar a los bailes. Ahora que el viaje a La Habana se aleja cada vez más, debe aprovecharse todo. Papo recorta sus atrevimientos rítmicos. Bastante que estos guajiros le hayan cogido la vuelta al son oriental. Por otra parte, tanta juntamenta les sienta mal a las autoridades. ¿A santo de qué la contentura? Y luego esa cosa estridente y selvática que quiere parecer música; modo sigiloso de cumplir el sueño de todo manigüero insurrecto: convertir a Cuba en una dependencia de África. Por tanto, queda suspendida toda función hasta nuevo aviso. A cambio obtienen permiso para ir a Punta Brava a ver si allá los quieren dejar tocar.

(—Manito Arriba/ Manito Abajo/ por donde quiera/ formas relajo ¡Tantos buenos recuerdos que andan con uno!).

Salen de madrugada y en el camino a Hoyo Colorado tropiezan con Maceo y su Estado Mayor. Quizás solo Papo sea capaz de percibir la significación del momento, mágica intercepción de las esencias patrias. ¿Cómo es posible que coincida tanta grandeza en tan corto espacio? Maceo, que tras los últimos combates le lleva dos cicatrices de ventaja a Bombú, es quien hace las preguntas. Distraído en su bélica inquietud quieren saber de dónde son y a dónde van. Cuando el autor de «Ya vienen los reyes» se identifica, el héroe de Peralejo se endereza en su caballo. Confiesa su admiración por Bombú desde que lo vio en los carnavales del 90, la última vez que estuvo en Santiago. El Congo Estives, que en paz descanse, le contó de Los Sonoros «qué bien, sigan así». El General, bigote en mano, subraya la significación de fomentar una música que exprese el conglomerado que integra el pueblo cubano en toda su variedad. Bombú propone la interpretación de «Este mulato no tiene pa'cuándo» pero el General anda apurado. Los comisiona con dos recados para Punta Brava. Uno a su enlace con la capital: comunicar a los conjurados habaneros que piensa entrar en la capital al día siguiente por la mismísima Esquina de Tejas. El otro para una tal Margarita: pronto irá a enseñarle personalmente el pañuelo que ella le regaló hace once meses. Con esto cada cual parte a cumplir con su deber.

(—Siéntate conmigo. Si me ven tomando solo van a pensar que soy un borracho o un comemierda).

En Punta Brava, el jefe de la guarnición se niega a que se celebren fiestas mientras Maceo se pasee por la zona. Y por lo pronto no pueden salir del pueblo. Papo aprovecha para llevarle a Margarita el recado de Maceo. «¿Ahora es que viene a aparecerse?» —dice con muy poca noción de las altas responsabilidades del General. Por la tarde, mientras Los Sonoros consultan sus próximas acciones, llega la noticia: mataron a Maceo. Y ahora el comandante militar quiere verlos tocando por la noche. Hay que divertirse, ahora que el mulato no dará más guerra. A su memoria, Bombú trama el primer y único son fúnebre de que se tenga memoria «Ahora que partiste». Lo piensa estrenar en las narices de la tropa española tan dispuesta a festejar la tragedia. Sin embargo, por la noche no pueden pasar de «Paciencia… con los frijoles». El cura del pueblo que está celebrando desde temprano grita que esa degenerada bullanga incita a la lujuria y la perversión. Y vuelve a infligirles la tacha temible: ¡africanizantes! como si el Ñeque y Bombú no fuesen los únicos negros del conjunto. La guitarra y el laúd, como siempre, salvan la situación. Bombú: «¿Dónde vive Margarita? Es para darle el pesame». Un tipo de La Habana les propone a Cañizares y al Chirri que vayan con él (y también el Yuyo si consiente en cambiar maracas por panderetas). No aceptan pese a todo. Nadie en su sano juicio renunciaría al sitio privilegiado que les tiene reservada la Historia del Son Cubano por la contribución a su fisonomía definitiva.

(—Yo que me asombré con el encuentro de Bombú y Maceo en la carretera y mira, la crica de Margarita era más estrecha y allí también coincidieron).

Marcados por su condición de artistas, Los Sonoros de Caimito no están preparados para aquilatar debidamente la obra de Weyler. De vuelta a sus predios se sienten afectados por la contracción del nivel adquisitivo de su público. El boniato, tarifa mínima para acceder a sus presentaciones, se ha convertido en mucho más que el precio de un baile. Los que entienden no tienen y los que tienen no entienden. Ya comienza la desgarrante disolución de Los Sonoros: Mateo Cañizares y el Chirri García quiebran su compromiso con la posteridad en favor de su estómago. Y allá van a buscar al empresario a La Habana, donde por ahora nada más que se entiende de seguidillas para gallegos patones, valga la redundancia. El Ñeque finalmente se une a una de las partidas alzadas por los alrededores. Ese negro nunca ha tenido mucha luz. La botija era su única posibilidad de no ser un negro más. Antes de irse ha dicho: «Ñeque preferí pasá hambre corriendo que sentao». Yuyo el Ciego, por suerte, opta por quedarse sentado aunque ya no canta. Así es mejor. Por lo pronto podrán dedicarse de lleno a sus alquimias rítmicas. Ni falta que hacen las cuerdas, que a los cubanos nos basta con la percusión para movernos. Y hay que moverse mucho para sobrevivir en estos tiempos. Ya pasó la época de comer gatos porque se acabaron. Pero como dice el refrán: «el que come gato come ratón». Y los ratones dan para un rato más. De tener zapatos también se los comerían pero no es el caso. Tres días sin tener que masticar y Bombú se come los parches de piel de chivo de su bongó. Es la primera vez que Papo le grita. ¿Qué es eso de anteponer el estómago al arte? Entonces se detiene. Recuerda la cantidad de veces que en estos días ha deseado ser un comején con tal de poderse comer sus propias claves.

(—Ponme otro, anda. Tú sabes de cuál).

El hambre alimenta la nostalgia. Todo se extraña. El boniato, los gatos, los ratones. Muchos se han ido pero Papo no piensa moverse de esa tierra a la que se siente tan ligado. Tanto que si alguna vez quiso besarla, ahora se la come; como cuando niño. Si camina lo hace con sumo cuidado, la comida no es para pisotearla así como así. Nunca la condición de geófago ha sido practicada con tanta literalidad. Tierra cruda o hervida, para tomársela con cuchara, como si fuera sopa. Pero, ¿qué hace ahí el hermano? ¿Ganaron la guerra? «No, me presenté» (para decirlo mira al piso). «¿Te entregaste, doblegaste, rendiste, amansaste y rajaste?», pero con la tranquilidad del que ya sabe que hay que tomarlo todo con calma, porque esto se queda y uno se va, responde que esas cosas solo pasan cuando se está de algún lado. «¡¿Y quién te dijo...?!». «No peleen más, háganlo por mí». El hermano le recuerda que te quedaste a cuidar a la vieja y la tienes comiendo tierra. Papo le responde poniéndole la rodilla sobre el cuello en lo que debiera interpretarse como una vehemente invitación a almorzar un poco de patio. Y la madre, que dejen eso que parece mentira y el hermano que se va —¿de la casa?— no, de esta islita de mierda que nunca va a ser país de verdad y tira la puerta el hombre de las decisiones, el que siempre se está yendo, mientras Papo se queda. Pero llegará el día en que Bombú y él irán a La Habana y a México y a donde sea, como sea. ¿Y Bombú? Bombú cree que junto a la piel de chivo se tragó su alma y por ahí anda en cuatro patas. Berrea, come yerba y hasta caga bolitas. Pero Papo no está mucho mejor. La comedera de tierra le ha llenado la barriga de bichos y pasa el día rascándose el culo. ¿Así quién puede tocar unas claves? pa-pa-. Así no se puede seguir, algo tiene que pasar pa-pa-pa, lo que sea pero pronto que no hay paciencia ni frijoles pa-pa-pa- ya se murió el mulato que no tenía pa cuando pa-pa que esperan los americanos para acabar de meterse pa-pa-pa una clave toca a la otra y entre las dos hacen música pa-pa

¿cómo será el sonido de una sola clave? p-p-p, p-p ¿por qué los guajiros siempre piden tierra si con un puñado se resuelve el almuerzo? pa... Como pica el culo pa-pa Bombú quiere comerse la Biblia de la vieja pa-pa-pa, papo quiere que pasar pronto algo acabe de pa-pa.

(—¡Mira que venir a enviciarme precisamente con whisky! Yo, que no paso a los americanos...).

Por fin llega algo y es el empleo de la madre como cocinera del Comandante Militar de Caimito. Hasta el alcalde envidia el nuevo estatus de la familia. Ahora la única ocupación de Papo es la de acompañar a la vieja de regreso a casa. Así evita que la asalten y le roben las sobras de la comida del Comandante o más bien de su familia porque él en verdad, es de muy buen comer. Las sobras dan hasta para que Bombú abandone su condición de herbívoro. No se puede pedir más aunque tampoco es para pedir menos, que todo siga así. Y al Comandante no me lo quiten de donde está que cada día está más desganado. ¡Y cuando dan la noticia de que los americanos han declarado la guerra a España! Ese día el Comandante ni toca la comida y hay banquete en casa. Papo eufórico propone a Bombú reedificar a Los Sonoros. La hora de la libertad se acerca y el son deberá estar a su altura. Bombú desconfía. La libertad es un invento de blancos. «Eso no es así» (es Papo iluminado) «Ya no habrá negros, ni blancos, todos seremos cubanos, como el son». «Vivir para ver».

(—¿Tú no sabes lo que es comprender de pronto que...?).

Mucho se ha visto. Papo se fue para La Habana y al principio no sabía si alegrarse de estar en la capital o de haber dejado Caimito: ese pueblito, mierdero siempre, infestado ahora por las intrigas de Victoriano García con su *Banquillo* de acusados, periodicucho ruin. Ahora especulan con aquella función que dieron el día de la muerte de Maceo y con el empleo de cocinera de la madre. Ni intentó aclarar su situación ni quiso participar en la redacción de *El Verraco está en la Yuca*, el torpedo anónimo que se preparaba para hundir a los calumniadores. Hay cosas más importantes que hacer aquí, en la ciudad donde la noche es día. El son para que sea cubano ha de triunfar en La Habana. Ahora que Bombú está más intratable que nunca Papo debe encargarse de todo: buscar los músicos que faltan y gestionar contratos para que lo de Los Sonoros sea en grande. ¡Lo difícil que es hablar con el dueño del teatro mientras la comezón te recorre el culo! Por suerte ya domina los secretos de rascarse con la punta de la silla mientras habla o toca las claves. Las primeras funciones son modestas como sus escenarios (el portal de un cuartel de bomberos, los cafés del puerto, alguna fiestecita muy particular) pero pronto, muy pronto llegarán a los salones de baile. Ya los sones del conjunto, la fama de Bombú y el «¡Ay Mamá!» de Papo circulan por la ciudad con la misma contagiosa fruición con que se ha impuesto la moneda americana. Parece que están llegando.

(—Echame, échame mucho. Como si esta noche fuera la última vez).

Pero antes de que lleguen a cualquier parte aparece el bando municipal que prohíbe el uso de tambores de origen africano en toda clase de reuniones, ya se celebren estas en la vía publica como en el interior de los edificios ¿Cómo explicarle a un policía que el bongó es un producto genuinamente cubano? Nada de África, cubano como esa bandera que no acaba de estar sola. ¿Tanto machete que se dio va a ser por gusto? «Sí, por gusto», le dice el hermano cuando regresa. Papo no comprende: con los gallegos no pasaba, esto es cosa de los americanos. No se debió dejar que vinieran. «Y tú piensas que si los yanquis no se metían se hubiera salido alguna vez del tira-tira, el corre-corre y el brete. A mí no hay quien me haga cuentos, que por algo estuve alzado». «¡¿Coño y la independencia?!». «Ni falta que va a hacer». Ya ellos tienen todo arreglado. Cada vez que quieran se van a meter aquí que para eso pueden. Si no se quedan para siempre es porque somos más problemas que otra cosa»; «¡Coño y la libertad! ¿Por qué no puedo tocar la música que me dé la gana?». «Déjate de rascarte el culo y atiéndeme: ¿quién va a respetar tu libertad si para lo único que la quieres es para chocar un palito con otro como si estuvieras en la selva?». «¿Y qué? O me respetan así, o se van al carajo». «¿Respetarte porque sabes hacer pa-pa-pá, pa-pá cuando la picazón te deja? Además es mejor que estén ahí para que tengas a quien culpar de no haber llegado a ninguna parte. Y te voy a explicar. El problema es que los cubanos somos…». Y le susurra al oído en qué consiste la esencia de la cubanidad, causa de cuanto ha sido y dejado de ser en la isla. Luego de que Papo le dé la razón, dirá en voz alta: «Te dejo. Me voy a Caimito a hacer política. Si preguntan sobre mi rendición les diré que fui a cumplir una misión secreta en Nueva Orleans. Cuando vayas te va a encantar. Los negros allá sí hacen música. Nada de palitos ni tocar tambores a mano limpia». Y se va.

(—Ven, echa para acá una nalga que dicen que las de allá no son así. Algún día podrás decir que compartiste la última noche de Papo en Cuba).

Durante un tiempo Papo estuvo dándole vueltas a la idea de convocar a los buenos patriotas a un alzamiento por la definitiva independencia. Sí, que el son sea piedra angular de la República y quien por bueno no lo estime, machete con él. La Nación será indestructible solo cuando sepa ajustarse a sus esencias. Sin embargo, cuando trató de captar adeptos obtuvo, en el mejor de los casos, una sonrisa condescendiente. Ahora, por fin, se ha dado por vencido. Ya sabe que no hay Historia del Son esperándolo porque el son va a quedarse en Oriente como música de negros borrachos. No se le puede censurar a Bombú que derrochara su genio en fabricar congas por los solares o invocar a golpe de cuero (de sus manos) contra cuero (de chivo) a cualquier orisha renuente. Él, que por saber conoce hasta el sabor del alma del bongó. Tampoco se le puede reprochar que las mujeres le siguieran gustando ni el infatigable éxito de su joroba, ni siquiera el haberse dejado morir a manos de aquel abakuá celoso. (—Ahí se sentó la última vez que nos vimos). Estará contento de irse con más cicatrices que Maceo. Papo aprieta el vaso. Nadie va a recordar toda el hambre que soportó en nombre de la música que veía venir. La patria solo entiende de machetes al aire, toques a degüello y misiones secretas. Nunca comprenderá la clave de su mensaje de claves: pa-pa-pá, pa-pá.

(—Total, para estar allá y extrañarlo todo. Hasta el agua que me le echas a la bebida).

Epílogo...

En 1902 Papo marcha a Nueva Orleans, en pleno apogeo de la Era del Jazz. Allí, contra todo pronóstico, trabaja como empleado de un *grocery*, propiedad del cubano Manuel Pérez. Este famoso ex-cornetista le comenta cíclicamente que de haber llegado cinco años antes lo hubiese puesto a tocar en su orquesta. Ya bien entrada de década del 20, Papo escucha en una grabación de la RCA Victor su famoso «¡Ay mamá!» como parte de una canción del ascendente trío Matamoros, los reyes del nuevo ritmo que se llama son. Se cuenta que al escucharla expresó: «La vida es como un túnel y lo que uno quiere está al final. Yo llegué a pensar que el final no existía. A veces cansa más la oscuridad que el largo del túnel. Si al menos nos hubiesen dicho: ¡resistan un poco más, confiamos en ustedes!, todo sería diferente». Debió de morir olvidado, pero ese es un dato que no ha podido confirmarse.

HIGIENE ES SALUD

*… cuán cerca del bien está lo que es justo por el enalte-
cedor sentido de la dignidad y reverencia.*

José Miguel Gómez

«¡Feliz el pueblo que después de haber derramado tanta
sangre y consumado tan grandes sacrificios, alcanza el
dichoso día de verse recompensados los afanes de sus
mejores hijos!». Eso dicen que dijo mi general Gómez,
no el Mayor, sino el otro, José Miguel, y si no me creen,
les aseguro que el general aparte de salpicar o no, también sabía decir cosas así que le sacaban las lágrimas o
le ponían los pelos de punta al más pinto. El máximo
lo que dijo fue que habíamos llegado de todas formas,
y nosotros no supimos si era a La Habana o a la República. Luego, al ver en los periódicos la foto en la que el
Mayor General Máximo Gómez izaba la bandera cubana en el Palacio de Gobierno, acompañado del gobernador militar norteamericano Leonard Wood, pensamos
que se refería a La Habana, por el trasiego de personas,
por los trajes, el orden de la tropa que nada tenía que

ver con aquellos «el último es la peste» o los correcorre al son de las cornetas, a los que nosotros, simples soldados, estábamos acostumbrados en los campos de Cuba. Para darnos cuenta de que habíamos alcanzado la República, tuvimos que familiarizarnos primero con la palabrita, y después con el orden de cosas. De lo que sí todos estaban seguros, era de que hacía rato se había acabado la guerra; y eso era bueno. No importa haber entregado las armas, para qué uno tenía que ir armado por ahí si ya no quedaban españoles. Hubo quien dijo que si los americanos, que si el Viejo, que si la gente de la Asamblea del Cerro, que si el Tratado de París; lo cierto es que aquellas carabinas, machetes inservibles y demás, no valdrían para mucho en la rara campaña del cambio de siglo. La paz y los honorarios iban más a tono con los grandes sacrificios. Y la dicha de ver bien pagados los afanes de los mejores hijos, volvía feliz al pueblo después de la guerra como decía mi bravo general Gómez sin que le faltara razón.

Por mi parte diré que, más que la República, me impresionaron la paz y La Habana. Al cabo del tiempo, y gracias a mi general, que era de Las Villas, comprendí que ambas cosas eran la República. Y de lo que uno se entera: ¡por ella habíamos ido al monte en más de una ocasión! Quién lo iba a decir, La Habana, la paz, la libertad, la independencia, la República: todo el mismo lío. Verdad que en la capital uno tenía y tiene que ir despierto para no dejar pasar gato por liebre, y que lo digan los que nunca viramos a nuestro lugar de origen, ¿qué más podía hacerse? Recuerdo todavía el día de la llegada del Ejército Libertador a La Habana. Por dondequiera se veían partidas de españoles que aguardaban para ser embarcados rumbo a su país, y allá en la plaza —sí, tres cuadras a la izquierda y dos pa'rriba— estaba el campamento de los americanos, unos muchachones que se pasaban el jodido día corriendo detrás de una pelota, cuando no trataban de cortejar a las jóvenes de la capital. Era un panorama que hubiese sido divertido de no ser por todos aquellos limosneros y vagabundos sobrevivientes de la reconcentración del general Valeriano Weyler. Yo, supuesto libertador, sufría viendo tantos niños, mujeres y ancianos deambulando, durmiendo en los parques, para no hablar de las tripas pegadas al espinazo, de los muertos o del estado de hediondez que reinaba en todas partes. No había calle que estuviera pavimentada, faltaba el agua que sobraba en huecos y baches, y los mosquitos eran historia aparte. Dos meses de ocio en los cuarteles bastaron para comprender que más valía integrarme al saneamiento de la ciudad, a que me quitaran o no mi oxidado machete.

Desde el principio me disgustaron la promiscuidad y la cochambre más que en nuestros campamentos de la manigua, en los que chocaba el abandono de los hábitos higiénicos, y solo se toleraba anteponiendo a las costumbres, los altos intereses de la Revolución. Nunca olvidaré, sin que se apodere de mí una sensación de asco, un campamento mambí a la hora de la comida: todos comiendo en el mismo plato o bebiendo en un mismo jarro. Y si por casualidad caía a mi lado un negro, que era lo que allí sobraba, siempre trataba de disimular con cualquier excusa para escabullirme, o me fijaba por qué parte del borde de jarro tomaba agua o café. Esas cosas no las hacía porque tuviera algo contra ellos, Dios me libre, todo lo contrario. Creo en la igualdad de razas y hasta en las cosas que decía José Martí, aunque admito mis reservas en cuanto a lo de los olores y los hábitos. Pero una cosa es la hermandad de causas y deseos, y otra son los escrúpulos que nos hacen personas civilizadas. Quizá de aquí a cien o doscientos años nadie se acuerde de que los negros huelen diferente, para entonces se habrán erradicado los prejuicios que un día nos llevaron para el monte y todas esas cosas.

El caso fue que sin haberse inaugurado la República, y faltando bastante tiempo para los festejos de aquella luminosa mañana de mayo de 1902, desde hacía rato me había integrado —gracias a mi general Gómez que, tuteándome como hacía con toda la tropa, saludó campechano y franco mi iniciativa— a las brigadas de saneamiento que los yanquis conducían con la eficacia que los caracteriza. Nuevamente me sentí reclamado por supremas y patrióticas necesidades. La paz debía aprovecharse de manera útil, llegaríamos más lejos desinfectando, botando, tirando escombros a las calles, que discutiendo sobre la Enmienda Platt, las elecciones, los partidos políticos. Claro, el partido de mi general era otra cosa; por el gallo y el arado soy capaz de recoger aún más porquería de la que había en La Habana en aquellos días.

Así iban las cosas, pero la política es la política. Resulta que a los tipos que la guerra contra España les quedó chiquita, la emprendieron entonces con los americanos. Se trataba de leguleyos que siempre le encuentran las cinco patas al gato, de esos que no pasaron de contrabandear armas y mandar papelitos, y ahora se insultaban con todo lo que viniera de los Estados Unidos. ¿Era yo anexionista poque trabajaba de sol a sol en el saneamiento de la patria? ¿Qué urgía más al país, la higiene o el blablablá? Fue una vez más el general quien me aclaró la confusión de aquellos personajes. «Nada, se quedaron fuera, eso es todo. La gallina de los huevos de oro era o sería nuestra pero de ellos jamás». Además, qué sabían ellos del descenso de la mortalidad de que disfrutábamos. «¡Nuestra patria, pueblo pequeño, apenas entrado en el concierto de las naciones que giran como satélites en la órbita de un astro de primera magnitud, no ha de alterar las relaciones armoniosas con sacudidas ni inconformidades revolucionarias que perjudiquen los intereses económicos de su vecino!». ¿Les gustó? Increíble, ¿verdad?, a mí por lo menos me eriza. ¿No les decía yo que José Miguel tenía el pico fino? Aparte, ¿se mostraban o no generosos nuestros vecinos al llevar a terreno sólido los viejos consejos de Finlay, gracias a lo cual fue erradicada la fiebre amarilla y creada la Junta Superior de Sanidad de la Isla? Sucedía que las medidas de cuarentena crean conveniencias comunes entre la gente de buenas costumbres y establecen corrientes de simpatía entre las naciones. Atrás había quedado el tiempo de las cargas al machete, del jarrito y del plato, del todos para uno, y pobre del que no entendiera, allá ellos con el orden que metía en cintura a cualquier descarriado que entorpeciera los esfuerzos del hombre de buena voluntad, «entusiasta y animado por el sueño que nos lleva con dignidad y reverencia a la certeza de que estamos haciendo bien», como afirmaba mi general Gómez.

Hoy, cuando mi machete y mi vieja carabina son, junto a mi carretilla de barrendero, cosas del siglo pasado y voy manejando mi nuevo camión de basura por las calles de La Habana, pienso más que nunca en las palabras del general Gómez, no el mío sino el otro, el máximo, cuando dijo que de todas formas habíamos llegado. Y saco la conclusión de que cuando el alcantarillado y sus corrientes subterráneas estén satisfactoriamente con la pendiente requerida; cuando las aguas servidas, los inodoros y vertederos estén puestos en franca y segura comunicación con las cloacas; cuando la provisión de agua de nuestro acueducto llegue en cantidad proporcionada por habitantes a todos los pisos de nuestras sedientas casas; entonces, ¡aé, aé, feliz el pueblo que tras la hemorragia y los sacrificios, alcanza el dichoso día de ver recompensados los afanes de sus mejores hijos!

EL NIÑO DE LOS HOYITOS

... el estudio de la historia de nuestro país ayudará a encontrar también una fuente inagotable de espíritu de sacrificio, de espíritu de lucha y combate.

Fidel Castro, 10 de octubre de 1968.

Fue en diciembre de 1912, casi al final de su gestión, que su Excelencia el Señor Presidente de la República, general José Miguel Gómez, visitó aquellos caseríos de Oriente, después de la revuelta de los «independientes de color» comandada por los ex-liberales, ex-libertadores, negros alborotadores, Evaristo Estenoz, Pedro Ivonnet y el tullido Eugenio Lacoste. La ardua responsabilidad del ejecutivo depara a diario compromisos de tal índole, impostergables para con los gobernados. Pensar que todo fue un mal entendido: asuntos de complejos de inferioridad, de los que los negros, esclavos hasta el otro día como quien dice, siempre están muy bien dispuestos a exhibir. ¿Quién tuvo la culpa, él o Estenoz y sus amigos cuando torcieron el sentido exacto de sus palabras? ¿Cómo no se le había ocurrido explicarle detalladamente al negro que la derogación de la Ley Morúa Delgado (creación de otro negro además) que prohibía los partidos de contenido racial, solo podía tramitarse a través de un movimiento popular de carácter no violento? Nada, que el señor Estenoz acostumbrado de por vida a coger el rábano por las hojas, interpretó «movimiento popular» por «movimiento armado».

—¡Yo salgo esta noche para Oriente a preparar el «¡movimiento!» —le dijo Estenoz aquella noche en Palacio. Estas palabras recordaba el Presidente mientras miraba apesadumbrado un periódico reciente, en el que aparecía una lamentable caricatura de Estenoz huyendo a campo traviesa con una botella de ron en el bolsillo trasero del pantalón. ¿Y si el alzamiento hubiera provocado una nueva intervención norteamericana? Menos mal que todo quedó entre cubanos y que la sangre (de los blancos) no llegó al río… Una nueva intervención americana hubiera sido terrible. Y estar en Oriente, mirando las cosas por el lado bueno, se debía a dos progresistas y eficaces obras de su mandato. Una, la reciente formación del Ejército Permanente que aplastó la revuelta en un santiamén; y la otra, la prolongación del Ferrocarril desde Las Villas hasta bien entrada la región oriental.

Acompañado por políticos locales, el Presidente recorría la zona aledaña a San Luis y otros lugares colindantes, todos importantes focos del «movimiento», en el momento en que se acercaron varios niños para saludarlo jubilosamente.

Eran «morenos» en su mayoría y los que no, mulatos bastantes oscuros; iban muy mal vestidos, e incluso, muchos de ellos, descalzos. Esto constituía un claro testimonio de las difíciles condiciones de vida de la población lugareña, inevitable consecuencia here-dada del colonialismo, agravada por los estragos que había causado el levantamiento, si se tiene en cuenta que sus padres, seguro seguro, habían cogido el monte, contentos de que alguien que llegaba de La Habana se acordara de ellos, coreando borrachos, irresponsables, el contagioso estribillo de turno que decía:

> *Con este, sí me voy,*
> *Con este, no me voy yo,*
> *Con este, sí me voy*
> *¡Con Estenoz me voy yo!*

Al ver a los niños, el Presidente interrumpió la conver-sación con los funcionarios y los recibió. Les preguntó, tratando de ser jaranero sin conseguirlo, sobre las más diversas cosas, e hizo que uno de los negritos descal-zos, al que se le hacían un par de simpáticos hoyitos en las mejillas cuando reía, se adelantara un paso. Este se asustó cuando se vio delante del Magistrado. Se dio cuenta de que estaba sin zapatos y avergonzado quiso retroceder.

Entonces su Excelencia le puso la mano sobre el hombro y le preguntó:

—¿Con quién vives?

—Con mi abuela, mi madre y tres hermanitos —res-pondió y el Presidente pudo reparar que no solo tenía hoyitos, sino que entre sus bembitas rojas y abultadas, se destacaba una blanquísima dentadura.

—¿Y tu padre?

—...

—¿No tienes padre? —dijo con voz apagada.

El General lo abrazó, le acarició las pasitas, y se lamentó por la triste condición de la masa de niños, negros, mulatos, descalzos, alborotadores.

—Me da pena que me salude, cuando ni siquiera le he podido ofrecer un par de zapatos.

Y desvió su mirada hacia el lejano horizonte.

Ese día, aunque estaba atareado y el niño se resistía a seguir a la comitiva presidencial porque tenía los pies sucios y la ropa hecha una calamidad, hizo que lo siguieran y fueron todos a visitar su casa.

En el bohío se encontraba toda la familia. Él ordenó a uno de sus ayudantes que llevara al niño a la tienda más cercana y le comprara un par de zapatos. ¡Claro, hombre!, que también llevara a los hermanitos, estos tenían igual derecho a que se les salpicara. Y se puso a conversar con la abuela. Se interesó por las condiciones de vida, por las peleas de gallo, por lo que hicieron los negros amotinados, y habló hasta por los codos de su gestión y de cómo seguir viviendo en adelante, cuando pudiera continuar su obra si ellos lo ayudaban a reelegirse, claro está. Su sincera voz parecía confundirse en los oídos de todos en saludables y auténticas zambullidas.

Cuando el sol comenzaba a ponerse sobre el lomerío, entraron ruidosos en el bohío atestado de gente, casi corriendo, sin acordarse que los zapatos tenían que durar, el niño y sus hermanitos con zapatos nuevos. Quien hubiese visto aquellos hoyitos, los dientes, los pícaros ojitos almendrados…, no era fácil soportar la escena. El negrito hizo a su Excelencia un gracioso saludo y quiso darle las gracias, pero un nudo en la garganta le impedía hablar. Apenas pasado un momento, en medio de un expectante silencio general, logró decir: «Gracias, señor, gracias por… los zapatos. Creceré y cuando sea grande haré lo que usted quiera...». Y arrojándose en sus brazos, rompió a llorar.

El General acarició los hombros del niño. Después inclinándose probó con la mano si los zapatos le quedaban bien. Al enderezarse sonreía alborozado.

En los próximos años el Presidente no pudo volver a atender ni a aquel niño, ni a sus hermanos, ni a ninguno de los de la zona. Ni falta que hizo. Cuando en 1917, el general (ahora en la oposición) tuvo que reclamarle al Presidente (otro general) la oportunidad de que los liberales reiniciaran su obra, el niño de los hoyitos, fiel a la palabra empeñada, se sumó a la partida del capitán Quiterio Tuero. Por desgracia la acusación de agentes del Kaiser y la amenaza de la intervención americana, ataron el impulso redentor de los liberales. Velando ante todo por la integridad patria, el general hubo de deponer las armas. Todo está salvado si queda entre cubanos. Lógico que siempre habrá secuelas que lamentar como la muerte de aquel niño, pero qué se va a hacer. La guerra es la guerra. Solo queda el consuelo de que al morir, al muchachito pese al color de su piel le resaltaban en las mejillas un par de hoyuelos y los blanquísimos dientes que afloraban satisfechos del deber cumplido.

PRESIDIO MODELO

A Rogerio Zayas-Bazán

*Para hacer defensa de mí y de los míos no se precisa
hablar mucho, ni hay que gastar tinta con exceso. Por
mí y los míos están hablando las piedras y los mármoles.*
Machado Morales, Gerardo. *Ocho años de lucha (Memorias).*

Fue en la pequeña isla, lejos y al pie de la sierra, donde
el sol y el mármol evocaron la obra del visionario. Bastaron la fuga del horizonte y el tremolar de las palmas
en la hora del incendio del firmamento. Allí, solo allí,
debía erigirse majestuosa la concreción de todos sus
desvelos. La cárcel, en la que contenido y forma ceñi-
rían los extravíos que la libertad depara al hombre a lo
largo del desgaste de ambos, se levantaría circular dila-
tando la desnudez de los reclusos ante la ubicuidad de
la ley. El compás y la curva trazarían el vórtice perfecto
en el que el alma nuevamente ascendería, lo mejor re-
mendada posible y en un solo sentido, de los pantanos
de Lombrosso a las fauces de la absolución final.

Desde un principio el error estuvo en el Hombre. Una vez construida, la propia cárcel borró sobre la isla el sueño del visionario devorándose a sí misma, y reservó al círculo la única función de multiplicar hasta el infinito el eco de miles y miles de alaridos.

Mañana, cuando toda conjetura sea también un despojo que se consuma bajo el sol y el mármol, sin remontar más allá de la fragilidad del papel, engañándonos como al autor de aquellos muros, solo quedarán —haciendo zozobrar cualquier esfuerzo de la memoria— el horizonte incierto, la hora tórrida y estos escombros henchidos de silencio.

LA HABANA, 5 DE FEBRERO DE 1933

Quiero asegurar a los hombres de negocios que tendrán todos una garantía absoluta para sus intereses bajo administración cubana.

Gerardo Machado, 24 de abril de 1925.

Sr. Presidente de la República.
General Gerardo Machado y Morales.

Muy señor mío:

Su no siempre bien apreciada grandeza me evita consumirme en rodeos inútiles. Como ciudadano de esta nación me honra ser testigo de la serena maestría con que ha conducido la nave republicana. Ello precisamente explica mi desazón al escuchar no solo en boca de sus colaboradores sino en su propia voz que los máximos responsables de la situación actual son: la crisis económica mundial, las presiones extranjeras, el oro moscovita y los ácratas y perturbadores de toda laya. Esos, de atender a sus propias declaraciones, serían los artífices de las presentes penurias económicas, la agitación proletaria y los reiterados hechos de sangre. ¿Acaso piensa adherirse al canijo criterio que ve en estos hechos, síntomas de una decadencia? No, su genio incomparable no puede sino entenderlos como exigente prueba que nos impone el destino histórico para que resplandezca como nunca antes nuestra dormida grandeza. Porque, Ud., como egregio paradigma de glorias pasadas, concordará en que la tranquilidad envilece, la opulencia corrompe, mientras que la elevación moral y la pureza emergen allí donde es mayor la adversidad.

Creo haber entendido su plan. Constatada la ineficacia de las espléndidas construcciones con que inundó la república, cuando de restaurar nuestro espíritu se trataba, ha dispuesto esta prueba suprema. Lo ha combinado todo para que renazcan nuestras postergadas virtudes y encima poder achacar el resultado a circunstancias extrañas a su voluntad. Supongo que su innata moderación lo impulse a rehuir tales honores, mas, no sea excesivo en su humildad porque —como diría mi confesor— eso también es pecado. Reconozca lo mucho que le debe la presente situación a sus gestiones y al fin podré aplaudirlo públicamente sin que me tomen por loco o burlón.

Y no se puede decir que Ud. arase en el mar. A cada paso la personalidad cubana, durante años sobornada por la blandura, aflora hoy con gratificante vigor. El estallido algo desbordado de alguien que hace sus primeras armas en la oposición por allí, el gesto enérgico de un agente de la autoridad encima del primero, o el aviso solidario de un ciudadano amigo del orden que observó un trasiego sospechoso más allá. Todo esto denota un renacer de la virtud criolla. Y si es de lamentar la tensión inmoderada que la burla más sistemática (nuestro comentado choteo) no consigue aliviar, por allí penetra mi humilde aporte. Antes era farmacéutico en el sentido más amplio de la palabra pero ahora mi ocupación exclusiva es la preparación y venta de calmantes. Frente a la crecidísima demanda, con estos me basta para que el negocio prospere mientras otros languidecen. Todos solicitan mis pastillas a manos llenas: policías, estudiantes, partidarios suyos, oposicionistas, patronos, obreros y simples ciudadanos. Y a todos complazco porque pese a lo que dicen sus detractores, vivimos en un régimen democrático. Y si acuden a mis pastillas es porque saben que no soy un charlatán. Durante años he seguido de cerca los estudios sobre el estado de susceptibilidad enfermiza al que habitualmente nos referimos como nervosismo. Mucho se ha progresado desde que el genial Charcot le diese unidad al caos de descripciones sindrómicas y se viera el nervosismo no como entidad clínica sino como cuadro de predisposición morbosa. Pero no pretendo impresionarlo con alardes de erudición. Solo intento decirle que en el cuadro de intensidad emocional en el que la nación recupera sus épicos arrestos, mi persona en apariencia tan ajena a la acción, también encuentra su espacio con la naturalidad con que un sombrero da con la cabeza apropiada. Disculpe si le parece un rapto de vanidad el que vea en Ud. y en mí piezas complementarias de un mecanismo ideal. Sin mí las tensiones que genera su presencia estallarían a destiempo. Sin Ud. mis calmantes hundirían a policías y perturbadores en los pantanos del sueño. Pero pobre de mí si pretendiese disputarle el protagonismo de esta armonía perfecta de la que Ud. es estratega indiscutible.

Sin embargo, hoy se menciona con tortuosa insistencia la posibilidad de un acuerdo entre Ud. y la oposición, es decir, de un retorno a la tropical flaccidez. Quienes lo hacen mencionan a cada paso penurias y sangre derramada como si no fuera el precio duro pero lógico de la tensión espiritual de que hoy se disfruta. Ante el avance de los cabildeos ruego a Ud. que sostenga su más firme postura. No creo abusar de su confianza al pedirle algo que se aviene tan bien con su entereza, que debe ser la del país todo. Es preferible cualquier cosa antes de retornar al ya superado caos en que pasiones y sentimientos descurrían sin razón ni beneficio. Solo Ud. supo disculpar nuestra usual dispersión emotiva atrayendo hacia su figura la esperanza de unos y el odio del resto, sacrificio que espero que algún día sea comprendido. Por si fuera poco supo devolver a nuestra historia el dramatismo que tanto esta reclamó durante décadas de rumba y cencerro y sin secuelas que no puedan reparar unos buenos calmantes. Y le reitero que de esos méritos no debe excusarse más. No le pido ahora que revele cómo lo logra. El secreto es suyo y debe conservarlo. Solo le suplico a Ud. mantenga todo como hasta ahora, sin concesiones adversas a la superación patria. Y si alguien se le quejase de la formidable tensión recuérdele que «con las píldoras Pedraja/ quien no se cura, relaja».

CAMPESINOS FELICES

A Carlos Enríquez

El pueblo trabajador y humilde no tenía dinero para comprar los artículos indispensables aunque fueran baratos. Las familias pobres vestían camisas y pantalones hechos de saco de harina y esto cuando tenían diez o veinte centavos con que comprar los sacos vacíos, y de comer solo había, si acaso, agua con azúcar, harina de maíz o viandas.

Le Riverend, Julio, *op. cit.*, pág. 82.

No, Octaciano, cómo me voy a quedar así, con lo que me ha hecho ese señor. Uno se conoce mejor que la palma de la mano, y no está bien que otro venga a decirle de pronto: «mira, este eres tú». Vivimos mal, los tiempos no son buenos, después de tanta guerra, y tira y jala, mucho nos ha costado salir a flote, pero no me gusta que me lo recuerden, Octaciano. Sí, escribe todo eso que esta carta es bien merecida. No sé si te acuerdas de cuando ese hombre estuvo por acá, fue un domingo por la mañana igual que hoy, y nos pidió a Evangelina y a mí que nos paráramos frente a él para hacernos un retrato. Sí, con los chiquitos y todo. Imagínate, al principio nos moríamos de pena, yo le dije que fuera a buscarse a otra familia, que en mi casa no había dinero para pagarle; él porfió que éramos lo que buscaba, no quería dinero. La pobre Evangelina le rogó que así no, mejor era endomingarnos bien, con aquella ropa de andar no íbamos a quedar bonitos; ella quería verse con los chiquitos en un retrato. Mi mujer es un pan, ¡las cosas que se le ocurren!, ¡linda y con los muchachos!, no puedo quejarme, compadre. El señor nos dejó que nos vistiéramos, era un tipo flaquito, se veía que le faltaba el temple de la gente de campo, nunca había visto a alguien parecido ni en el pueblo. Al principio desconfié, no sabía cómo se las iba a arreglar para retratarnos, lo miraba con el rabillo del ojo revolver en una maleta vieja. Luego se acomodó en un taburetico con unos papeles grandes y nos dijo que nos pusiéramos delante. Estuvo casi media hora o más haciendo garabatos, los hacía rápido, de vez en cuando nos echaba una ojeada. Si yo, Octaciano, nada más me la huelo, de los planazos no lo salva ni la madre que lo parió, te lo juro por la chiquita que en paz descanse. Claro, hombre, pon todo eso, de verdad me sale de adentro.

Tenías que haber visto a la chiquita, de penosa y tullidita, siempre escondida cuando venía alguna visita, se puso loquita con unos dibujos que el señor le hizo en un cartoncito. Evangelina le decía: «el señor te va a hacer un retrato bonito para que lo guardes de recuerdo». Eso pensábamos, Octaciano, que todo iba a ser serio, ya no desconfiábamos; tú has estado en el pueblo, seguro te gustan las fotografías que sacan a la gente, y mira lo que nos ha hecho, Evangelina y la muchachita más

144

muertas que vivas y apenas vestidas. Te repito que no fue así, nos endomingamos que daba gusto vernos. Fíjate bien, Octaciano, mira mi cara, ese no soy yo, ¿verdad?, si fuera yo, hace rato que la Pelona me hubiera llevado. Lo único cierto ahí es la cara de la muchachita, la misma que tenía el día que la enterramos, fue como un aviso o una maldición, eso es duro, escríbele que no se puede jugar con los vivos por desgraciados que sean. A mí me gustaría verme distinto aunque fuera mentira. No la pasamos bien, pero tenemos raticos de alegría; ¿por qué no nos pintó sentados en la sombra mirando pelear a los gallos en la arboleda de mangos?; ¿por qué no me pintó montado a galope en medio de las palmas y los arroyos del monte? ¿Tú crees, Octaciano, que el señor aquel pueda pintar eso?, hazme el favor de preguntárselo en la carta; ¿y Evangelina?, pregúntale si sabe pintar a una hembra bien buena. Yo sé que uno tiene que conformarse con lo que Dios da; te juro que mi cabeza siempre anda en las nubes, a veces me gustaría no ser un guajiro bruto, tener una finca bien grande, vivir en el pueblo comodito, comodito, tener criados y una pila de pesos que no la brinque un chivo.

Lo mismo me pasa con lo que estamos viendo, estaría contento si el señor no nos hubiera hecho algo triste, bueno... la vida es la vida, una de cal y otra de arena, y debemos agradecer estar aquí.

Sabes, Octaciano, esto no lo escribas, después de todo el tipo me dejó inquieto, tenía un no sé qué en la mirada. Además, te fijas cuantas cosas hay en esa tela que son y no son a la vez. Mira ese papelito pegado en un palo del bohío, yo no entiendo y me doy cuenta de que es algo para reírse de las elecciones y esas cosas, sino para qué iba a pintar la cara de un cochino en el papelito. Eso lo inventó él, en mi casa no hay papeles pegados, en otras, Octaciano, sí los hay. Yo no me meto en política, es cosa para los que tienen dinero, algunos vienen, te regalan su retrato, después te compran el voto para que todo sea mejor, según ellos. Antes era más sencillo, no te gustaba, y te alzabas en el monte con la tropa igual que hizo mi padre, o seguías a la gente de Manuel García. Ahora los tiempos son de no fiarse, y tampoco se resuelve nada con lamentarse tanto, es cosa de mujeres. A fin de cuentas la tierra es bien poca, a la verdad que casi nada, pero se agradece. A lo mejor es mi cabeza que siempre sospecha, sin embargo, ¿no lo ves tú?, el señor parecía darse cuenta de todo y sus motivos tendría para hacernos tan feos y más muertos que para un entierro. Te digo, Octaciano, sí, ya puedes escribir, por muchas razones que se tenga para hacer una cosa así, no se puede jugar con la gente, en todas partes el más miserable aspira a algo mejor, y a mi juicio, el señor no lo entendió, o no quiso entenderlo. Para qué sirve, ponte a pensar tú, toda esa tristeza, ¿a quién le gustará ese trapo pintorreteado?, ¿a quién puede interesarle unos guajiros más muertos que vivos que a nosotros mismos? No me canso de hablar mal de la maldita tela y del señor, y lo que son las cosas, no puedo romperla por mucho que quiera. Te decía, no, no pares de escribir, que no entendió o no quiso entender, que a unos pobres guajiros nos gusta, también, vernos bien pintados; somos guajiros analfabetos, pero no bobos.

La gente es muy rara, Octaciano, ¡qué de cosas hace!, mírame a mí, porque estoy medio jodido, quiero mandarle una carta a alguien que después de todo tiene razón, y solo por hacerme como soy, y no querer admitirlo nadita nadita. Mira al hombre ese, venir de tan lejos para hacer esto, así porque sí, seguro que si se tomó todo ese trabajo debe estar loco... Bueno, no escribas más, que por ahí vienen Ultimio y Serafín, más vale irse con ellos a la valla, a ver qué gallo le gana este domingo al giro de Pacomio.

PENÚLTIMAS AVENTURAS DEL SOLDADO
DESCONOCIDO CUBANO

Tengo casi concluso mis «Aventuras del Soldado Desconoci-do», que son una coña terrible; (…). Y sobre todo esto, tengo la febrilidad casi loca de mi pensamiento sobre el viaje a España, que no se me ocurrió antes de puro imbécil que me he puesto cargando bandejas. Creo, firmísimamente, que allí está mi puesto, tanto como periodista como revolucionario.

Pablo de la Torriente Brau, 4 de agosto de 1936.

En la gloria del recuerdo inmarcesible o en la piedad del olvido generoso, se han serenado ya definitivamente los muertos y se han salvado, para la gloria fecunda, las memorias agitadas que ellos dejaron. Hay acaso una solidaridad, que a nosotros no se nos alcanza, en el reposo del más allá: el eterno hospedaje de la muerte no puede ser sino una conciliación de todos los opuestos.

Jorge Mañach, en la inauguración de la Asamblea Constituyente de 1940.

Estaba yo en España, en plena guerra civil, cuando me mataron. De regreso a las trincheras republicanas, tras un breve impase en mis funciones de comisario político, me alcanzaron los disparos de una avanzada italiana con el resultado que ya mencioné. Supe que eran italianos por los gritos que me daban para que me detuviese. De manera que por un momento me sentí un personaje de ópera, con la diferencia de que las balas eran de verdad. Yo muriéndome (eso es algo que enseguida se sabe) y a lo único que atiné fue a tratar de enterrar mis papeles de comisario político: espero que se me disculpe ese casi póstumo arranque de pudor. Luego, las convulsiones de rigor, el rigor mismo y al final, la nada.

Gracias a las experiencias que me trasmitiera en New York, el espíritu de Hiliodomiro, un amigo muerto durante la Gran Guerra, decidí cogerme las cosas con calma, pues interrumpida la vida en mi cuerpo, al menos la esencia inmortal de mi ser quedaba a salvo (si se descuenta, claro está, lo poco que quedaba de mis convicciones materialistas). Mi cadáver al menos sirvió para que mis compañeros se animaran a rescatarlo y para que de paso controlaran de momento unos metros más de tierra española. Más tarde, aun alcanzó para que le dieran una sentida despedida de duelo y para hacer escribir a un poeta amigo una magnífica elegía. Yo, aunque liberado de mi envoltura material, quise asistir al entierro por pura curiosidad. Cierto que nunca me he dejado impresionar por esos rituales, pero cuando vi tanto hombre tarajallú llorando, no niego que me conmoví. Me hubiese erizado de haber tenido con qué.

Después de aquello estuve un buen rato sin saber adonde ir. Contra las enseñanzas de Hiliodomiro descarté la idea de meterme en la Gloria Española que bastante revuelta debía estar con tanto muerto fresco.

Además, yo suponía que la entrada en la Gloria solo se podía avalar con acciones heroicas. Lector de Salgari, estudiante antimachadista, comunista amateur y agitador profesional, escritor a veces, exiliado casi siempre, no sabía qué podía ver la posteridad con mejores ojos: no dejarme morir de hambre en Nueva York o dejar que me mataran aquellos italianos de opereta. Luego, estaba mi fuerte tendencia al desarraigo. Nacido en Puerto Rico, criado en Cuba y muerto en España, no me iba a ser fácil encontrar acotejo post-morten.

Regresar a los campos de batalla no tenía sentido: cualquier acción a favor de mis compañeros de armas haría más daño que bien. Bastaría mi presencia, aun bien intencionada, para socavar los esfuerzos de los comisarios políticos por dotar a las tropas de fundamentos materialistas y hundirlas en la más oscura de las supersticiones. Tenía que empezar a hacerme a la idea de que los vivos, cualesquiera que estos fueran, y yo, no estábamos en el mismo bando.

Así que estuve un rato —exactamente tres años, pero ¿qué es eso cuando se tiene una eternidad por delante?— vagabundeando en un limbo atestado de almas. Aquello es como caminar por la 5ta. Avenida de Nueva York un 4 de julio, con la diferencia de que nadie tropezaba con nadie (ventajas de ser incorpóreo) ni reinaba ese entusiasmo bobo de las fiestas patrias. Todas las almas andaban preocupadas y no había que ser adivino ni estar muerto para comprender el motivo. Una nueva guerra mundial estaba al caerse de la mata y aun manteniendo el ritmo de producción de muertos de la anterior (y era de sospechar que sería mayor), la promiscuidad de los espíritus se volvería insoportable. Pronto dos y tres almas tendrían que ocupar el mismo punto en el espacio, cosa que si bien es posible, no es necesariamente cómoda. Ante esa perspectiva, la gloria o la reencarnación son las dos únicas salidas, aunque cada vez hay menos almas dispuestas a volver a probar suerte entre los vivos. Aspirar a la gloria más que lujo es una necesidad.

En todo aquello pensaba yo cuando de pronto siento que me llaman por mi nombre. Al volverme me llevé la mayor sorpresa de mi muerte, por así decirlo: allí, con su sabrosona estampa de siempre, estaba mi viejo amigo Hiliodomiro del Sol. Después de los abrazos (uno de esos impulsos inútiles que nos quedan a los que alguna vez hemos tenido cuerpo) pregunté que cómo le iba de Soldado Desconocido Norteamericano, puesto ese que ganara con la picardía elegante con que siempre hizo todo.

—No me digas nada. Al rato de tú irte de Nueva York mi condición de héroe universal se me puso difícil. Empezaron a subir las exigencias. Que si certificado de nacimiento, que si el de defunción, que si constancias de participación en combates. Yo al principio pensaba igual que Machado, que a mí con papelitos no me tumbaban y me descuidé. A los burócratas de la Gloria Universal nunca les hizo gracia que un mulatón cubano estuviera usurpando un puesto de héroe gringo y poco a poco me fueron arrinconando. En el examen de inglés acabaron conmigo. Pero no creas. Aun suspenso y todo no se apuraron en botarme. Ellos saben mucho para eso. Me dijeron que me darían otra oportunidad, cuando yo estuviera más preparado. Lo pensé bien y no me hizo ninguna gracia andar enredado con libros después de muerto, como un puñetero muchachito de bachillerato. Así que mandé a todos al carajo y me fui.

Cuando hizo una pausa como para que pudiese contemplar detenidamente lo que era un espíritu firme, le pregunté si ahora estaba como quien dice en la calle. Se rió bastante antes de decirme que si uno se acostumbra de verdad a lo bueno después no hay quien lo haga ir para atrás. Me contó entonces cómo pudo con su habitual destreza introducirse en la Gloria cubana, bastante revuelta en aquellos días por la llegada de los antimachadistas. Yo enseguida recordé cuando revolvíamos el presidio con nuestras discusiones sobre cual era la estrategia correcta para acabar con Machado, pero Hiliodomiro me aclaró que en la Gloria los comunistas, los camisas verdes, los auténticos y los guiteristas se habían puesto de acuerdo. Aquello me pareció maravilloso. Aunque fuese en el más allá se cumplía mi más cara aspiración: la unidad revolucionaria. Ya era hora de comprender que la lucha debe dirigirse contra el imperialismo norteamericano y sus aliados.

—Suavecito, como dice la canción —me atajó Hiliodomiro—. Ellos se unieron, sí, pero contra héroes reconocidos y entimbalaos como Maceo, Gómez, Agramonte, Céspedes, Quintín Banderas, Elpidio Valdés y todos esos que llegaron primero. Los acusaban de haber monopolizado la Gloria en detrimento de las nuevas generaciones.

Acostumbrado por Hollywood y la Comintern a tener más claro quiénes eran los malos y quiénes los buenos, tragaba en seco mientras Hiliodomiro entraba en detalles. Resulta que los héroes antiguos, celosos del prestigio de la Gloria, argumentaban que cómo va a ser héroe alguien que ni siquiera se atreva a dar la cara poniendo bombitas, haciendo atentados por la espalda y no como ellos que ganaron la Gloria de frente y a machete limpio. Y todo para derrocar a todo un

Brigadier del Ejército Libertador como lo era Machado. Los recién llegados le echaban en cara a los antiguos el vacío ideológico que había hecho estéril tanta guapería. De ahí no pasó mucho tiempo sin que empezaran los enfrentamientos armados.

—Si una carga al machete impresiona, un zimbombazo que te desconyunte el alma por un buen rato no deja de tener efecto —y el ex-soldado anónimo fue tan expresivo en su gesticulación que temí por su integridad espiritual—. Por fin los héroes antiguos decidieron que no era tan malo apretarse un poquito para que los muchachones cupieran, siempre y cuando cumpliesen ciertos requisitos. Si en algo todos están de acuerdo es que a la Gloria no puede entrar cualquiera.

En eso llegamos a las puertas de la Gloria cubana que, a juzgar por el gentío que intentaba entrar y por un negrón inmenso que les impedía el paso, parecía más bien la entrada de un cabaret famoso en su mejor noche. Por suerte, bastó que el negro viera a Hiliodomiro para dejarnos pasar. Adentro, por el contrario, parecía un cabaret pero en su peor noche por los gritos, chiflidos, abucheos y una que otra silla volando a cada rato en dirección diferente. Bueno, no todo era como en un cabaret. En realidad los decorados interiores intentaban imitar un campamento mambí, matas de mango y hamacas incluidas. También a ratos se oían relinchos de las cabalgaduras preferidas de los héroes antiguos. (—En la Gloria como en las estatuas —me dice Hiliodomiro— no se la pueden pasar sin sus caballos... aunque hay quien prefiere las yeguas). Por otro lado, a diferencia del peor de los cabarets, no vi mujeres, si se exceptúan unas cuantas señoras para las que parece haberse inventado especialmente el calificativo de «venerable matrona».

—¿Viste esa molotera en la puerta? Ahí hay de todo, desde héroes de segunda fila hasta muertos por un catarro mal cuidado. Cuando en la Gloria nada más que estaban los tipos retraqueteados, esos que salen en los libros y en los billetes, los de afuera estaban de lo más conformes. Pero no más que entraron los héroes nuevos con aquello de la democratización de la Gloria, todos los días hay jelengue en la puerta.

Empezó a explicarme Hiliodomiro que justamente en ese momento se estaba celebrando una convención para decidir quién tendría derecho a entrar en la Gloria y quién no. Calmados un poco los ánimos, me pareció una reunión como otra cualquiera con gente formando grupitos, fumando buenos habanos y diciéndose cosas al oído. Estaba hasta el clásico viejo dormido (—El ex-Marqués de Santa Lucía —me comenta Hiliodomiro— genio y figura...). con las manos apoyadas en el bastón de ébano y plata y alguien que le echaba cenizas en los bolsillos de la levita. En eso un tipo flaquísimo, sombrero de pajilla en una mano y la otra cerrada en un puño, declaraba que el requisito básico para acceder a la Gloria cubana era justamente ser cubano y, por tanto, todos los extranjeros debían quedar excluidos. No ha terminado de decir esto cuando el dominicano Gómez le tira por la cabeza la silla en que está sentado. Sin inmutarse, el del sombrero, acostumbrado a que los objetos sólidos pasen a través de él, continúa diciendo que obviamente se exceptuarían los que hubieran dedicado 30 años de su vida a la lucha por la independencia, se llamaran Máximo y usaran perilla. Con esto el viejo Gómez se sosegó un poco, pero al ir a sentarse, recuerda que ya no tiene donde hacerlo y decide permanecer de pie. Yo, que asumí la indirecta, giré en dirección a la salida pero el ex-soldado desconocido me agarró por el brazo (—No se preocupe que Ud. es puertorriqueño que es como decir un cubano daltónico) y me condujo hasta su hamaca.

Ya desde allí me fue mostrando entre los asistentes a algunos de mis amigos o enemigos más queridos a los que saludé por igual con gestos leves, como si acabara de regresar del baño. A otros apenas los conocía de algún libro de historia, de un busto o del nombre de alguna calle de la Víbora o Santos Suárez. Mientras unos conversaban a gritos desde lejos, había quienes preferían pasarse papelitos. A mi lado, un viejo general con bigote a lo Emiliano Zapata me muestra una nota que le han mandado y me pide que se la lea.

—Es que no tengo espejuelos —se explica—. Ahora han de estar en algún museo.

Intento ser amable diciéndole que solo se trata de un saludo pero no me cree y apunta con su machete en dirección al remitente. En eso veo en una esquina de la Gloria a un hombrecito de levita negra acompañado de un calvo mofletudo que usa un maltrecho traje de lana blanca. El hombrecito, huraño, no dejaba ver su cara, pero en cuanto se volteó a responderle algo a su acompañante entreví una combinación de bigote y frente demasiado conocida.

—Sí, es él. El mismitico José Martí. Aquí todo el mundo loco por oírlo, que dicen que tiene el pico de oro, pero no suelta prenda. Con quien único se relaciona es con el Bobo de Abela, el personaje de las caricaturas del *Diario de la Marina*. Hasta ellos en cuanto los descontinúan tratan de colarse acá. ¿No has visto por ahí a Liborio? Pues el Bobo me contó que el Apóstol está acomplejado, porque la gente de tanto repetir sus frases y copiarle el estilo, lo han dejado sin nada que decir. Cuando lo cuquean mucho lo más que suelta es alguna mala palabra. Al Bobo ha tenido que acostumbrarse porque es más cabeza dura que él... —de pronto Hiliodomiro parece entusiasmarse—. Mira, mira quién va a hablar. El poeta Julián del Casal.

Sí, allí en medio de la Gloria, el poeta que había muerto de un ataque de risa, se dedicó a recordarnos a todos que más que la ciudadanía era la muerte lo que nos daba derecho a entrar en la Gloria.

—... dígase muerto y ya está dicho todo—. Y aunque no creo que a nadie le guste que le recuerden su condición de difunto, lo cierto es que aplaudimos furiosamente. Sin embargo, a continuación se levanta el negro Quintín Banderas a decir que él sí no iba a convivir en la Gloria con cualquiera, incluyendo a los que él mismo se la había arrancado por traidores.

—¡La Gloria es para los que murieron peleando de cara al enemigo! —concluyó y me vuelvo para Hiliodomiro que me da unas sedantes palmadas en el hombro (No te preocupes que eso no es contigo).

Se pone de pie un comunista muerto de tuberculosis y con gestos que parecen sacados de *El Acorazado Potemkim*, pero más lentos, declama que todos los muertos son iguales. Todo aquello le combina muy bien con el impecable uniforme de chofer que usa (—En realidad no es chofer sino abogado, pero un día se disfrazó para huirle a la policía y le ha cogido el gusto al uniforme). El gremio de poetas patalea y el viejo Gómez, que ya no tiene más sillas que tirar, grita que aunque él haya muerto en cama, quién es hombre de negarle un lugar en la Gloria. Mientras intentan calmarlo, un anarcosindicalista que también viste de chofer, se ha puesto a hablar sobre lo injusto de la explotación del muerto por el hombre (—Ese es chofer de verdad pero fíjate que se pone la gorra al revés para que no lo confundan con el otro). Yo callo y tomo nota. Antes de sentarse, el anarco propone mandar un comunicado de solidaridad con los zombies.

El ambiente se caldea.

Maceo, que hasta ahora no ha dejado de discutir con todos los fumadores que tiene a su alrededor, toma la palabra. Primero pregunta que si los vivos se piensan que con estatuas van a resolverlo todo y que él no dio tanto machete para acumular óxido y cagadas de pájaro. Luego dice que los vivos debieran ser más considerados y echarnos de vez en cuando un poquito de ron como a los santos. O ponernos un racimo de platanitos manzanos pero por separado porque se sabe que ron y plátano no ligan. Hubiera ampliado el menú, pero su madre lo interrumpe para decir que basta de lágrimas que lo que hay que hacer es ir al combate. Maceo y la madre discuten (—De tanto leer libros escolares de Historia, que son los best-sellers de acá arriba —me susurra Hiliodomiro— hay quienes se han aprendido dos o tres bocadillos y de ahí no hay quien los saque). No termina de explicarme eso cuando el Padre de la Patria proclama, mientras todos callan para oírlo, que con doce hombres basta, pero, como no aclara para qué, vuelve la gritería.

En medio de la descomunal baraúnda, el coronel Elpidio Valdés pide un minuto de silencio y aunque no aclara si es por los muertos o por los vivos, el anarco insiste en pedir una declaración de apoyo a los zombies. El ilustre Varona (—Lo más parecido a un filósofo que tenemos por acá arriba) explica que los zombies, muertos que actúan como si estuviesen vivos, son una contradicción per se que solo traería más confusión y que nosotros, los ocupantes de la

Gloria, debemos ofrecer un ejemplo de coherencia que ilumine el camino de los vivos. El comunista acusa entonces de idealista pequeño burgués a Varona (—Ese soporta cualquier cosa menos que le digan pequeño) que a su vez lo amenaza con mandarlo a reencarnar en ladrillo para que sepa lo que es materia y así logra callarlo. Hay dos o tres segundos de silencio total que rompe el Marqués de Santa Lucía para cagarse en la madre del que le echó las cenizas en el bolsillo. Antes que nadie conteste, el fascista del ABC, encaramado en su taburete, proclama que la solución está en darle espacio a muertos nuevos con ideas nuevas. Con calma le responde el Padre Varela, citando fragmentos del Eclesiastés —«nada hay nuevo bajo el sol...»— pero lo único que logra es que le griten reaccionario. Varona dice que es una vergüenza que se trate así a quien nos enseñó a pensar y desde el fondo alguien grita:

—Para lo mal que le salió... —y hasta yo me carcajeo.

Cuando todos se calman, el padre de la Pedagogía nacional, Luz y Caballero expone que todo aquel que haya consagrado su vida a un ideal merece estar en la Gloria. Ahí mismo sale Maceo para defender a muchos hombres que pelearon a su lado.

—A lo mejor la cabeza no les daba ni para media idea, pero con el machete en la mano eran algo serio.

No termina de hablar y ya el comunista, el abecedario, el anarco y hasta un camarada de los tiempos del Ala Izquierda Estudiantil, casi a coro, gritan que no una sino muchas ideas hacen falta en este mundo moderno, y, que, hoy por hoy, sin una buena ideología no se llega a ningún sitio. Hiliodomiro pide entonces la palabra y como él se ve que tiene fama de jodedor, todos se callan para oír con la que va a salir. Sin embargo, se pone serio, toma aire y luego de pedir disculpas a la concurrencia porque alguien tan carente de méritos se dirija a ellos, me hace un gesto que no comprendo bien y continúa.

—Sin embargo, mi estricta equidistancia respecto a las partes en pugna, me permitirá evaluar la situación quizá con mayor mesura —y con sus manos se apoya en el espaldar del taburete que tiene delante—. Algo de razón llevan cada uno de los argumentos expuestos aquí pero convengo con Juliancito que la muerte es nuestro único patrimonio común. En realidad basta con haber vivido para merecer la Gloria. Desde el héroe hasta la simple víctima de las circunstancias, desde el fusilado al tuberculoso —hizo girar el índice a su alrededor— todos conforman parte de un pueblo merecedor de la Gloria, una Gloria con todos y para el bien de todos —y en eso mira a Martí como pidiéndole disculpas—. Pero allí está la confusión, no ver también la Gloria como agonía y deber —nueva mirada vergonzante al Apóstol—. Sí, porque debe estar claro que aunque esa legión de almas sufridas que aguarda allá, merezca acceder en su totalidad a este recinto, eso es algo que va más allá de nuestras posibilidades actuales. Por ello, considero que de momento admitir la entrada de cualquiera por muchos méritos que acumule, sería un error imperdonable. Lo realmente trascendente y definitivo sería empeñarnos en ampliar los marcos de la Gloria en la medida de las necesidades de aquellos, que, ni aún después de muertos, han podido descansar.

Terminado su discurso, va a sentarse a mi lado en medio del aplauso atronador del panteón patrio. Le grito al oído si cree de verdad que todo eso sea posible.

—De inicio, lo principal es ponerlos de acuerdo en algo. Ya habrá tiempo para lo otro: morir para ver —me deja un momento para darle la mano a varios que vienen a felicitarlo. —¿Lo ves? Si no les daba un buen argumento que los

calmase iban a estar discutiendo toda la eternidad y entonces ¿qué diferencia habría entre esto y el infierno? Además,
va y se puede resolver algo para los de allá afuera. Todo sea
por la Paz y la Concordia.

—Paz y Concordia son dos calles.

—Heredia y Varela también y míralos ahí.

Antes que pudiese contestarle se habla de elegir un presidente. De Martí ni hablar, la última vez que se lo pro-
pusieron, mandó para la pinga a todo el mundo. (—Después de decir eso, «pinga» se puso de moda). Y así se van
descartando uno a uno hasta que empieza a manejarse el
nombre de Hiliodomiro. Me dice que los que lo proponen
piensan que a él se le puede manipular mejor (—Eso habría
que verlo) y enseguida lo eligen por aclamación. (—Tanto
miedo a reencarnar y ahora soy la encarnación de la voluntad popular). Él agradece la confianza depositada, promete
estar a la altura y como primer acto de gobierno envía un
mensaje de solidaridad a los zombies. (—Nunca se sabe).
Me ha dicho que piensa proponerme para un Ministerio,
que escoja. Y es como para pensarlo. (—¿Qué te parece el de
Obras Públicas? Mira que con mi plan de ampliar la Gloria
ese va a ser un puesto de mucha responsabilidad). Afuera
no hay nada que hacer como no sea esperar la próxima encarnación. Y adentro… adentro a lo mejor se puede hacer
algo pero, —y que me perdone el Apóstol— es estar metido
en las entrañas del monstruo… esperando que te digiera
o te cague. (—¿Qué?, ¿Tiene miedo a corromperse? Una
gente decente como Ud. no tiene que preocuparse por esas
cosas. Además ¿a quién le puede importar lo que haga o
deje de hacer un pobre muerto?).

CARNAVAL

Había una vez una República. Tenía su Constitución, sus leyes, sus libertades, Presidente, Congreso, Tribunales; todo el mundo podía reunirse, asociarse, hablar y escribir con entera libertad. El gobierno no satisfacía al pueblo pero el pueblo podía cambiarlo y ya solo faltaban unos días para hacerlo (...). Toda su esperanza estaba en el futuro.

¡Pobre pueblo! Una mañana la ciudadanía se despertó estremecida; a las sombras de la noche los espectros del pasado se habían conjurado, mientras ella dormía, y ahora la tenían agarrada por las manos, por los pies y por el cuello.

Castro, Fidel, *La Historia me absolverá.*
Edic. COR, La Habana, 1973. págs. 81—82.

Luis es pateado violentamente en el estómago por el militar que acaba de echarle encima un cubo de agua. A duras penas logra arrastrarse hasta la pared de la celda, pega su cara al duro canto de granito en busca del alivio del frío. Tras muchos esfuerzos establece el ritmo normal de su respiración. Otro esfuerzo, vira la cara hacia la puerta con la esperanza de que, pasado el momento de fatiga y neblina, el guardia haya salido y él se encuentre solo. Pero el hombre sigue ahí, parado a dos pasos de su cuerpo. Entre el bulto sanguinolento que es Luis y las botas del agente, el suelo se extiende corto, cubierto del agua que se ha mezclado con la sangre del prisionero. Luis mira la figura cuyos rasgos casi no distingue a pesar de que el bombillo está muy cerca de su cabeza, ni siquiera puede precisar con exactitud el color del uniforme, aunque sabe que es un uniforme igual al que él y todos los demás, utilizaron en la acción, debe ser que también está manchado de sangre. El militar da un paso hacia su cuerpo, Luis cierra los ojos en espera de un nuevo golpe. Suerte, esta vez se limita a voltearlo con el pie, escupir y mascullar una oración confusa referida a Luis. El salivazo, lejos de hacer blanco en Luis, cae en el charco de agua y sangre; es el primero que no va dirigido al muchacho. Así, boca arriba, Luis vuelve a perfilar el rostro que tiene encima de él. Pese a la golpiza salvaje que le ha propinado, apenas recuerda los rasgos de ese perfil; para él, es el mismo que tienen todos aquí. Es el mismo que tenían aquellos borrachos a los que habían acudido, perdidos entre la zozobra de los hechos y la apoteosis del carnaval, para que los encaminaran por la maldita telaraña de calles empinadas. ¿Rostros de carnaval? Quizá, pero de un carnaval muy viejo, adormecido por el alcohol, tostado por la insistencia tenaz del sol y los calores, que en este lugar obcecan y dilatan la topografía convulsa de la ciudad. Carnaval estas caras sin nombres. Carnaval el comando disfrazado, los trajes de campaña, empapados, amarillos. Carnaval el plomo y la retirada, la fuga, el salvarse quien pueda, los disparos en la espalda, en el pecho. Carnaval la vida que es tan loca y que Luis creyó entender más de una vez por boca del Jefe.

Toda la sangre que brota de Luis no es solamente culpa del hombre que ahora esgrime abstraído una cachiporra. Siente las balas quemándole la pierna mientras socorría a alguien que cayó a su lado. Los disparos dolieron como nada de lo sufrido anteriormente. Nada fue la muerte del viejo allá en la finca, ni el dolor de la partida de Paulina, dolores que apretaban muy duro; pero que no eran esto: heridas de la pólvora en la carne, agujeros por los que la vida se le iba junto con la sangre. Tal vez él mató a otros en la balacera, viene a su memoria el tiroteo entre muchos hombres vestidos de amarillo y, ¿si disparó contra uno de los suyos? Cosa fea la guerra, meses y meses de escrupuloso entrenamiento, y a la hora de la verdad, nada, un desmadre inmenso.

Uno (al menos él) se olvida de todo, del ardor del Jefe, de los siglos de agravio, de que los malos no tienen cabida en el templo de la historia. La cosa es disparar, correr, se pierde cualquier noción, es algo sordo que no se explica. Es la vida que viene de muy dentro como el caos de imágenes en el que Paulina se marcha en un avión, línea la Florida; el padre es velado entre coronas y adioses quejumbrosos; y el ganado se arrima parejito en un extremo del potrero. Luis entiende poco, las visiones lo aplastan, piensa en un túnel del que barrunta el final, pero, ¿qué final?, ¿este?, ¿la sangre? Todo llega de muy adentro, se le agolpa en el pecho, quiere gritar; mas, si el sicario que tiene enfrente lo toma como un provocadora injuria contra el régimen o contra él mismo... Ha probado como nunca se imaginó balas, patadas, puñetazos, y esa cachiporra amenazante que baila, suerte de inofensivo juguete entre las duras manazas, y puede descargarse en su cabeza, o en su rígida espalda. Una ola de humillación le invade, cierra su garganta, ahí está el grito temido, de bestia herida, al borde del final. El militar no se inmuta, gira la cabeza, escupe nuevamente. Luis, en mitad de su dolor, no alcanza a ver la mueca de hastío que cruza desde hace rato por la faz del hombre; tal es la distancia que media entre ellos.

Luis grita, grita, corea consignas agitando las manos, vociferando más que ninguno. El Jefe, ¡vaya personaje! La muchedumbre de jóvenes baja por la ancha avenida, al final de la calle están los patrulleros y los carros de agua, cortesía de Ambar Motors. La policía y miembros del ejército salen al encuentro de la manifestación. El Jefe manda a detener la marcha, ordena que se le suba en hombros de un grupo de compañeros; por un segundo sus ojos se cruzan con los de Luis. Una vez afincado en los fuertes lomos de sus camaradas, salen de su boca las palabras más duras, los verbos más sedientos; de sus manos, los gestos más calurosos como si quisiera abrazarlos, tragárselos a todos. Ante la desbandada, las miradas del Jefe y de Luis vuelven a cruzarse. Luis conoce de sobra esos ojos que le ocultan un misterio y una profundidad insondables. Hay en ellos algo que él no alcanza a ver y que hechiza aun más que las palabras y su índice amenazante. Luis grita, grita, es la hora de gritar ¡Revolución! El correcorre, los palos, los disparos al aire, el potente chorro de agua sobre las cabezas; los detenidos, la soledad de la avenida, el agua que arrastra indiferente una bandera trenzada en el rostro del prócer. Luis grita y grita, pero nadie lo oyó porque todo ha sido un sueño, aunque él juraría que había cargado en sus hombros al Jefe y que aquellos eran sus ojos.

El militar ha traído la silla y permanece sentado un rato, al ver las convulsiones del joven, se para, lo mueve con el pie, endereza su cara con la cachiporra, le pega con ella en la mandíbula para que abra los ojos, lo arrastra hasta la otra esquina donde el piso está seco, y lo recuesta contra el ángulo de la pared. Así mismo estaba sentado cuando entró el fotógrafo clandestino para tomar la foto acusadora. Afuera lo daban por muerto, era necesario demostrar que no había caído durante el tiroteo y que había sido torturado con inusitada fobia. Quiso coger al fotógrafo por la solapa, decirle que lo único que deseaba era salir de allí, le rogó que lo sacara de aquel infierno, nadie sospechaba las barbaridades que le estaban haciendo. En el forcejeo, la cámara cayó al suelo, trató de patearla, sin éxito, con su pierna sana. El fotógrafo debía ser un provocador, nunca lo había visto en las reuniones, ni en las prácticas; solo logró calmarse cuando el visitante le informó —de buena tinta— que el Jefe y otros compañeros no habían sido capturados. Por poco lo arruina todo con su inmadurez. Sintió un leve remordimiento al pensar que por un momento no actuó con la madurez que desbordaban las enseñanzas y la serenidad con las que el Jefe instruía al grupo. Trató de responderse si el valor de una foto, por acusadora que fuese, podría compararse con el viacrucis por el que atravesaba; se esforzó vanamente en razonar y nada.

En la claridad de la celda el guardia continúa sentado jugueteando con la porra. Luis mira esa cara que también parece espiarlo a él. Lo mira o simplemente mirará al vacío; ese rapto de ausencia que caracteriza al Jefe, ¿qué verá ese hombre más allá del muro?, en todo caso sería mejor que el bombillo estuviese apagado. De niño temía a la oscuridad más que a nada, no había ni terror ni peligros mayores. Luis no era como su hermana que vagaba canturreando por los rincones de la casona familiar, prefería en las noches de

Santa Ana buscar la compañía y las historias del padre o de Filomeno, el negro. ¿Cómo estarían los de la casa?, ¿su madre ya se habría enterado? Su madre no era ninguna tonta, ella y su hermana le habían dicho que se cuidara, no era que el Jefe fuera una mala persona, todo lo contrario, se trataba de un muchacho encantador, solamente había que escucharlo hablar; pero tanta adhesión tampoco estaba bien. Mucho tiempo osciló entre las actividades del grupo y la vida hogareña, hasta que al fin las tareas apremiaron, y por indicaciones de las instancias superiores se trasladó definitivamente a la capital. Comenzó, entonces, para Luis, una nueva vida llena de riesgos y de peligros. ¿Habría sido un buen hijo por irse de su casa y no confesar todo a su madre, ni siquiera a Paulina, en los líos en que andaba metido? Solo el Jefe despejaba estas dudas: La Patria era para los revolucionarios la razón más alta, y más que la afirmación era el tono de convicción y el magnetismo. La Patria, la Revolución fueron las cosas que gritó a la cara del pulcro oficial que lo interrogó, si a aquella bestialidad puede llamársele interrogatorio. El capitán hablaba y preguntaba, y este de la cachiporra golpeaba y golpeaba tratando siempre de dirigir los golpes a los ojos o a los genitales. El oficial procedía con una suavidad y un cinismo que lo exasperaban, y para colmo aquel retrato del prócer colgado en la pared. Sí, hombre, ¡el prócer!, el mismo que allá en la capital corrió para vergüenza de todos enredado en la bandera y llevado por el agua que lanzaba la policía sobre los manifestantes. ¿Cómo podía estar el mismo retrato en dos lugares tan distintos? ¿Habría alguna clave secreta velada a su capacidad de raciocinio? ¡Qué disparate!

Paulina… de pronto recordó a Paulina, ¿qué estaría haciendo por allá por los Estados Unidos? La imaginaba caminando por hermosas calles o parada absorta ante alguna vidriera. Paulina actuó con meridiana claridad: «o te vas conmigo, o te quedas; ya no soporto esto ni un minuto más». Así era ella, recta, sincera; o lo tomas o lo dejas sencillamente. ¿Se habría casado realmente como le había dicho el Jefe? De todas maneras, Paulina no estaba, ¿volverían a encontrarse? Trabajo le costó adaptarse al carácter de la muchacha, era la única persona que detestaba al Jefe, ¡cuántas discusiones por su culpa! Paulina se preguntaba cómo tanta gente podía hacerle caso a aquel hombre, «pero es que no se dan cuenta, infelices, ¡allá ustedes!». Y el Jefe va y el Jefe viene, o que el país no le gustaba, y para allá se fue con su tía Matilde, «*bye, bye*, te quedas porque quieres, hasta más ver». Aparte de las discusiones, no había piernas como las suyas; ¿qué otra mujer lo había besado igual?; besos cálidos, dulces (si es que alguien puede tener la boca dulce), amores que lo arrancan de las casas de las fleteritas, de las parrandas con las que a veces alternaba sus actividades contestatarias. Boca y ojos que se fueron, brazos que se abrazan, labios que murmuran, frases que ardieron, cenizas que cayeron en el más triste de los boleros solamente una vez.

¿Por qué el militar no lo deja solo? ¿Qué espera? Luis no sabe cuál será el fin, pero que el sicario no se mueva es mal augurio, muy malo. De nuevo le asalta el sueño, no debe dormirse, y ¿si eso es lo que espera para asesinarlo? Intenta decirle algo, convencerlo quizá para que no lo haga. ¡Qué loco el mundo! Y él pateado, olvidado a merced del peligro y de la muerte. El fotógrafo le había dicho que el Jefe y varios compañeros estaban sueltos aún. El Jefe, ¿qué habría sido de su vida si no lo hubiese conocido? Reconstruye aquel día para evadir un poco la flojera y el sopor. Fue una tarde fría en casa de

María Julia. Abel y Chucho, sus iniciadores, lo urgieron, debían presentarle a cierta persona, ajá, un ex-estudiante de la Bicentenaria, uno aparentemente igual a ellos, pero que no fuera a pensar que en realidad lo era, en cuanto a madurez e inteligencia les sacaba a todos quince años por lo menos, y su lengua era el portento de los portentos, era capaz de hablar durante horas, de robarles la atención saltando de tema en tema: la política, la historia, el deporte, la balística, la cocina —de la que se consideraba, y sin dudas lo era, un maestro—, sus antepasados, las leyes. Además su osadía y su valor, ¿quién si no él tuvo el coraje de llevar al régimen ante la más alta instancia judicial, aunque sus demandas incendiarias y sólidamente fundamentadas se traspapelaran de buró en buró, zozobrando, como la acción en que estuvo metido, y que la resaca calle arriba y calle abajo lo había hecho naufragar en este sucio calabozo. El Jefe lo educó, puso en orden lo que en su cabeza era un hervidero de impresiones desordenadas.

¿Por dónde andaría ahora? Al menos esta era su zona; tal vez si él la hubiese conocido, no se hubiese extraviado y caído en las manos del Ejército. Según el Jefe, el plan era perfecto, ¿qué no habría resultado?, ¿se enteraría algún día? Luis no aparta la mirada del militar que se ocupa en cortarse las uñas, ¿qué esperará ahí sentado tanto rato? La espalda le duele sobremanera, ¿cuántas costillas tendría fracturadas? Otro sobresalto y regresa la imagen de Paulina: están los dos paseando por una céntrica avenida, los edificios son enormes, Paulina quiere tomar un helado. ¿Y si se hubiese marchado con ella? No, eso no estaba bien. ¿Qué pensarían el Jefe y los demás? Pudo haber arreglado las cosas y haber ayudado desde afuera; tampoco eso estaba bien. Del Jefe aprendió el raro privilegio de la primera fila, la exclusividad del heroísmo y del martirio, el sentido justo de que morir por la patria es vivir. Así y todo, una espesa bruma envuelve su pasado; del otro lado van su padre, acompañado del negro Filomeno y de los monteros, vienen arriando el ganado desde los cafetales. Luis, en el portal, espera ansioso por las guayabas que de seguro Filomeno recogería para él. Por primera vez se da cuenta de que llora, que hace rato que llora a lágrima viva. Difícil poder dominarse, ¿qué pensará el policía?, mejor volver a injuriarlo. ¡Qué extraño provocar al verdugo, preferir los golpes que la humillación de sus lágrimas!

Grita, Luis grita, aúlla a todo pulmón; y el sargento ahí, ahora son sus uñas lo más importante. De alguna parte llegan los alaridos, estallan en sus oídos; a pocos metros alguien es masacrado. Transcurren, lentos, varios minutos, el militar se pone de pie, a su lado está el relamido capitán, ambos cuchichean algo. El oficial se retira. A Luis no le hace falta escuchar, sabe perfectamente lo que han hablado. La espalda parece quebrársele al menor movimiento, sus brazos tampoco responden, debe buscar a su hermana que está escondida en el cuarto oscuro, vocea a Filomeno que llega con las guayabas, detrás quedan su padre y los monteros. A pesar de la claridad que lo rodea, Luis logra divisar al grupo que viene hacia él, Filomeno primero, su padre, los monteros, el ganado después. La luz lo enceguece. Luis busca al Jefe, trata de preguntarle cuál es el sentido de lo que sucede, si realmente morir es vivir, pero ya Luis se ha encontrado con el grupo, llena sus bolsillos de las guayabas que le extiende Filomeno. Su padre lo monta en la silla y se alejan cabalgando en medio del inmenso resplandor.

El cabo Moya, después de masacrar metódico el cuerpo del joven, arrastra el cadáver hasta el pasillo. Ordena a dos subalternos recoger al occiso y limpiar la celda, darle bastante escoba a la sangre, «que rieguen desinfectante como en las otras». Todas estas instrucciones las cumple sin abandonar la mueca de hastío y desgano. Mira su uniforme, se asemeja al de un carnicero en vez de al de un miembro del ejército —piensa. Estos jóvenes creen que ellos son revolucionarios, para ellos, estudiar y leer libritos les da derecho a saberlo todo, incluso lo que es mejor para el pueblo. ¿Sería él parte del pueblo?, claro que sí, y fuera del General, ¿quién en este país se preocupa por los simples militares que trabajan y velan en silencio? ¿qué pensará el Capitán? Por su parte, Moya confía en el General, pero ¿y ese desbarajuste?, ¿será el que perseguía el sueño de los próceres? —se pregunta. Por un momento se detiene ante la duda de la utilidad de la carnicería en la que ha tenido que participar. Si el que acaba de matar supiera con los pocos deseos que lo hizo —vacila.

Pero no, en la morgue se encontraban los rígidos despojos de sus compañeros caídos valerosamente, de frente y luchando en la defensa del cuartel; y en los pasillos, a baba y moco, lloraban encogidos los íntimos, las viudas —trató de alentarse. La sangre, el uniforme, la misma cosa, ahora la pobre Josefina es quien tiene que lavar este asco de ropa. El nombre de su esposa le hace recordar a sus hijas. En su casa, es el único lugar donde se siente a sus anchas. Apura a los soldados, se cambia el uniforme de campaña por el del diario, da parte al Capitán, sale del cuartel, deja tras la última posta las cuestiones que solo resolverán otras cabezas, la suya no, a fin de cuentas no se le paga a alguien como él por pensar tanto. En casa las niñas se le colgarán del cuello, cubrirán de mimos esas manazas que hace un rato jugaban con la cachiporra, mientras vigilaba al muchacho.

La muerte brava del jovencito retoza extraña y familiar en sus pensamientos, mezclada, burlona, con las imágenes de sus hijas; ¡qué de sollozos!, y además, se portó como un hombre hecho y derecho. Tres cuadras antes de llegar a su casa, decide pasar primero por el Bar Virginia, el calor es insoportable, y debe aprovechar porque este año parece que se le ha aguado el carnaval.

ÉL SABE

… fue confinado a estar solitario durante largos meses, negándosele durante los primeros cuarenta días hasta la luz eléctrica.

A pesar del aislamiento a que fueron sometidos, lograron mantener la comunicación. Para ello fue utilizada una ingeniosa pelota de tela que conteniendo las noticias más significativas era lanzada a determinadas horas del día hacia distintos lugares en que se encontraban prisioneros. A esta forma de comunicación le llamaban «correo aéreo».

Albelo Ginnart, Regla Ma., *op. cit.*, pág. 107.

Luego del fracaso de la insurrección destinada a liberar el país de la feroz tiranía que lo atenaza, el líder está preso. La condena ha sido de trece años, número que hace pensar en malos presagios. Además, una reclusión tan prolongada interfiere en el adecuado cumplimiento de su planificación revolucionaria. Debe salir lo más pronto posible, con apoyo o sin él, que para eso ya tiene pensado abrir un túnel con una cuchara. Si aún no inició las excavaciones es porque le preocupa que se afecte la imagen de la causa si trasciende que está comiendo con las manos.

Afuera, partidiarias suyas se consagran a planchar sus cartas. El calor hace visibles órdenes secretas, alegatos y confesiones íntimas que el líder, para burlar a los carceleros, escribe con jugo de limón. Quizá a la planchadora le parezca el método cosa de muchachos pero cuando alguien está preso y aislado debe consentírsele cualquier capricho. Él es la esperanza y para la esperanza ningún cuidado sobra. Ahora mismo, saldrán a protestar un nuevo vejamen contra el jefe. Las autoridades del presidio interceptaron un libro que le enviaban, en franca agresión a sus menguados derechos. Se trata de *El Conde de Montecristo*. ¿Serán estúpidos los carceleros? ¿Qué peligro pueden ver en ello? Ya van a iniciar la protesta pero he aquí que acaba de llegar un recado confidencial del líder, oculto en un pastel que él mismo cocinó. Dice que no se molesten. Él se sabe de memoria cada detalle de un libro tan instructivo en fugas y revanchas.

II

Es en vísperas de cumplir sentencia por estupro y amenazas, que la vida de Primitivo Sánchez sufre un cambio inesperado y sin precedentes. De las galeras para presos comunes, la dirección del Reclusorio lo selecciona al azar, y es destinado a una cómoda celda del hospital. La decisión de las autoridades se debía a la reclamación de los familiares de un importante preso político; estos, valiéndose de una ruidosa campaña —comité nacional pro-compañía por medio— gestionaron la posibilidad de romper el estricto e injusto aislamiento a que se le sometía, con la presencia de algún reo, preferiblemente uno que no tuviera que ver con inquietudes revolucionarias de ningún tipo. El preso político llevaba encarcelado varios años por haber planeado y tratado, junto a un grupo armado, de tomar un cuartel del ejército en alguna ciudad del interior. Y ahora, cuando hacía tiempo que sus compañeros de causa habían sido amnistiados, y a él mismo le restaban breves meses, aparece la figura de Primitivo —regalo del director— en el amplio pabellón.

Con su simple entrada en la celda, Primitivo reconoce al líder nato que lo educará desinteresadamente en el disfrute del béisbol radiado, de la mejor tradición oral, de la cocina italiana. Con los días, y a los ruegos de Primitivo para que le enseñase a leer y a escribir, su compañero le responde que tenga paciencia, no estaba lejos el día en que él se ocuparía personalmente de erradicar en todo el país el analfabetismo y otros males. Y si le pregunta para qué se lee aquellos libracos, le responde invariablemente —por si Primitivo es un espía— con la misma sutileza con que había engañado, tiempo atrás, al oficial encargado de la censura: «Es para el día que salga convertirme en capitalista y ganar muchísimo dinero». Esta respuesta suena más que grata a los oídos de Primitivo; debía lograr a toda costa que el líder no lo olvidara. La idea era más agradable que seguir desgastándose en el drama diario de los delitos comunes. Por fin, solucionaría qué hacer con su vida encontrándose como se encontraba a tres pasos de la libertad.

Entonces Primitivo hizo lo imposible por ganarse su confianza. Pasaba días y días escuchando al líder —a quien la proximidad de la salida había puesto aún más eufórico, y no paraba de hablar ni un minuto—, o bien exprimiéndole limones para su correspondencia secreta. Hasta que logra arrancarle la promesa de incluirlo en su proyecto de futuro propietario. Una persona que supiera tanto no podría equivocarse, todo sería un éxito.

Llegado el ansiado día de julio, Primitivo llevaba sus pertenencias y la maleta de su camarada, donde descansaban *El Capital* y el libro de recetas italianas. Iba risueño, mientras el líder saludaba de lejos a sus amigos y familiares levantando graciosamente la mano derecha. (Del momento se conserva una foto).

En medio de la alegría, Primitivo le pregunta al líder:

—Bueno, ¿y para cuándo es la cosa? Estoy loco por meterle mano al negocio.

Y responde el interpelado:

—Pronto, Primitivo, pronto. Pero primero haremos un movimiento clandestino para resolver ciertos asuntillos. Tú sabes cómo son los compromisos, esa gente que me está esperando seguro me lo pedirá, y de veras, no puedo negarme.

—Pero, ¿eso demora mucho? —insiste Primitivo.

—No sé, no sé, por ahora estoy pensando qué nombre ponerle al movimiento —responde el líder que llega al grupo y es recibido con los primeros abrazos y apretones.

APUNTES PARA UNA CRONOLOGÍA DE LA LUCHA INSURRECCIONAL CONTRA BATISTA EN TIÑOSA BLANCA (1952-1958)

> *¿Por qué en cada período la lucha adquiere un desarrollo cualitativamente superior?*
> Albelo Ginnart, Regla Ma. y otros, *op. cit.*

INTRODUCCIÓN

Es natural que como historiadores sintamos un profundo sentimiento de deuda con la reconstrucción del pasado de la localidad que nos viera nacer, el barrio suburbano de Tiñosa Blanca. Pero no debe pensarse que a ello nos mueva un perjudicial regionalismo sino el reconocimiento necesario y justificado al heroísmo. En más de una ocasión se ha reconocido que aquella localidad, en el período de la tiranía batistiana, fue una de las zonas donde existió una mayor correlación de fuerzas represivas en relación al número de habitantes, a razón de un agente por cada 75 habitantes, llegando a una relación de 1 por 50 habitantes en los momentos más arduos de la contienda. Y es que a pesar del alto nivel represivo, cada uno de los 150 pobladores de Tiñosa Blanca supo ser un baluarte en la lucha contra la dictadura para continuar así toda una tradición de lucha que se remonta a la fundación del barrio hacia 1915 en terrenos aledaños al cementerio del término municipal de San Remigio.

Esta humilde localidad, de fugaces esplendores, muy vinculados a los momentos de mayor actividad de su principal centro económico —la necrópolis municipal— se encontraba, en el momento del golpe de estado de Batista, en perfectas condiciones objetivas y subjetivas para apoyar el proceso que ya se gestaba. A lo largo de esta cronología veremos cómo surge y se desarrolla la célula inicial del movimiento en Tiñosa Blanca, compuesta por Diosdado Martínez Ulloa (Tato), Roberto Fleites Quintana (Tico), Efrén Dávila Jiménez (Guatusi) y Sinesio Infiesta Romero (Espuma). Solo resta agradecerle al Espuma de aquellos días, presidente de la Casa del Combatiente de Tiñosa Blanca, que generosamente nos brindó su colaboración al acceder a la consulta de sus «Memorias de un combatiente», inéditas aún, las que junto al diario de Roberto Fleites Quintana fueron la base para la confección de esta cronología. Esta ayudará a valorar las acciones de quienes verdaderamente dieron el aporte a la lucha y a fijar la verdad histórica frente a cualquier tergiversación de quienes en algún momento han querido aprovecharse de los prestigios emanados de las acciones del grupo fundador.

Tamara Infiesta Calzadilla.

10 de marzo de 1952. En La Habana, Batista derroca al gobierno de Carlos Prío. El cabo Rebolledo, jefe del puesto de Tiñosa Blanca, se emborracha escanda-

losamente junto a su subordinado y sobrino, soldado Astudillo, al darse a conocer un aumento de sueldo para todos los miembros del ejército.

11 de marzo de 1952. Tato (Diosdado Martínez Ulloa) y Tico (Roberto Fleites Quintana) comentan que para el próximo aumento de sueldo de la soldadesca, deberían aprovechar y tomarles las armas a los soldados y alzarse.

27 de julio de 1953. Tato, Tico y Guatusi compran entre los tres un periódico y comentan las noticias.

3 de diciembre de 1956. Tato, Tico y Guatusi piden prestado el periódico para informarse sobre el desembarco de la expedición del yate Granma procedente de México. Ante la falta de contactos deciden esperar.

27 de febrero de1957. Tato, Tico y Guatusi efectúan una reunión clandestina en el cementerio. Allí conocen a Espuma (Sinesio Infiesta Romero) que hacía apenas 15 días trabajaba como sepulturero en la necrópolis. «Nunca pensé, cuando comencé a ocupar ese modesto puesto para ayudar a mi familia que allí, entre tumbas y cruces, conocería a aquellos combatientes, Tico y Tato (es que aún no los puedo ver de otra forma) que tanta influencia tuvieron en mi vida. Ellos dos, junto a Guatusi y yo y otros seríamos los 5 integrantes iniciales que condujimos la lucha contra la tiranía en la localidad e hiciéramos nuestra modesta contribución a la derrota de la tiranía feroz y sanguinaria». Tomado de Infiesta Romero, Sinesio. *Memorias de un combatiente.*

13 de marzo de 1957. «La gente del Directorio asalta el Palacio Presidencial en La Habana sin éxito. Aunque no pudimos escuchar la arenga que lanzaron

por Radio Reloj llamando a la lucha, pues a esa hora mi abuela oía su radionovela, no hemos dejado de apoyar el esfuerzo de los combatientes en cuanto conocimos del hecho». Fleites Quintana, Roberto. *Diario personal de lucha.*

20 de marzo de 1957. Nueva reunión en el cementerio. Tico propone incorporar a su primo Puntillita (traidor) a la célula clandestina. No obstante las reservas exhibidas por Tato, finalmente se le acepta.

25 de marzo de 1957. Se decide iniciar actividades de propaganda escrita, para lo que se le encomienda a Guatusi la misión de escribir en el muro del cementerio un cartel que diga: ¡ABAJO BATISTA! Sorprendido en plena faena por el soldado Astudillo, Guatusi debe disimular y deja escrito ¡ABAJO LA LA LA! No obstante, el pueblo sabe captar perfectamente el significado real del cartel.

4 de abril de 1957. Tato, luego de varios intentos, logra hacer contacto con la organización clandestina municipal. Las instrucciones: 1) crear una célula cuyos integrantes no se conozcan entre sí y 2) mantener en jaque a la dictadura.

19 de abril de 1957. Con espíritu profundamente dialéctico, los integrantes de la célula deciden volver a saludarse y conversar normalmente ante las continuas preguntas de los vecinos y familiares sobre si andaban disgustados.

Segundo domingo de mayo. Ante los insistentes pedidos maternos, los integrantes de la célula fundadora deciden llevar a cabo una corta tregua en sus actividades clandestinas. No obstante, se mantendrán en contacto habitualmente.

8 de septiembre de 1957. Nuevo contacto con instancia superior de la organización. Además de las órdenes sobre la multiplicación de acciones, reciben un grupo de bonos con el fin de recaudar fondos para el Movimiento.

5 de octubre de 1957. Primera venta de bonos en Tiñosa Blanca. La realiza Tato, en ese momento dependiente de la bodega, a Tirso Canales, quien solicitó que le fiaran los frijoles y la manteca. Promete pagar en cuanto cobre. En el resto del mes se hacen nuevas ventas de bonos que, dada la difícil situación financiera del pueblo, se realizan mediante el trueque. A través de este se recaudan fundamentalmente flores, producto esencial de la economía del poblado. Al no existir un mártir local, Tico le hace entrega del ramo a Lali, hija del cabo Rebolledo, con miras a desestabilizar las bases del cuerpo represivo local. Consciente de lo que esto representa, Rebolledo amenaza a Tico con crueles maltratos físicos de insistir en acciones de ese tipo. Por su profunda conexión con las raíces nacionales, debe destacarse que mediante este método de recaudación se obtuvo un racimo de plátanos que fue destinado como ofrenda a Ochosi, orisha guerrero, y así dar respaldo concreto a la lucha guerrillera en la Sierra Maestra.

25 de noviembre de 1957. Nueva reunión en el cementerio. Recordando el fusilamiento de ocho estudiantes de medicina el 27 de noviembre de 1871 (acusados falsamente de profanación de tumbas) deciden: 1) hacer una manifestación el día del aniversario, 2) no reunirse más en el cementerio.

27 de noviembre de 1957. Exitosa manifestación. En clara alegoría al cuadro que representa el fusilamiento de los estudiantes, desfilan por la calle

central (hoy Avenida Roberto Fleites Quintana) con los ojos vendados. Al salirles Rebolledo al paso, lo neutralizan diciéndole que estaban jugando a la gallinita ciega.

Diciembre de 1957. Se intensifica trueque de bonos por productos. «Obteníamos de todo. Hubo un caso muy significativo. El viejo García, veterano tallador de lápidas, nos ofreció a cambio de bonos de a cinco, una de sus obras maestras aún en blanco. Le dijimos que la dejara para cuando cayese el primer mártir de Tiñosa Blanca. Ese día llegó, por desgracia, al morir Roberto Fleites Quintana (Tico) en Playa Girón, en 1965, producto de una embolia. Hoy la lápida encabeza dignamente la tumba de nuestro compañero de luchas». Infiesta Romero, Sinesio, *op. cit.*

3 de diciembre de 1957. Ante el éxito de la manifestación del 27 de noviembre, se organiza una protesta contra la censura en la que se desfila con la boca amordazada. Sim embargo, esta vez las autoridades no aceptan la explicación de que jugaban a la gallinita muda y los dispersan violentamente.

31 de diciembre de 1957. Se reúne íntegra la célula revolucionaria en casa de Espuma. Aunque los fines de esta reunión no son estrictamente conspirativos, se llega a hablar mal del gobierno. Guatusi, incluso, le mentó la madre a Batista tomando las debidas precauciones. Hacia las 12 de la noche, al no conocerse entre los presentes ningún himno combativo, se cantó «Lágrimas negras» con rebelde entonación.

4 de enero de 1958. En reunión, luego de profundos análisis, concluyen que, para el paso a la lucha armada, se necesitan armas. Para obtenerlas planean el

ataque al puesto del ejército en cuanto se produz-
ca alguna festividad que permita sorprender a sus
miembros en baja disposición combativa. Al no
ser predecible el próximo aumento de sueldo de la
soldadesca, se decide averiguar la fecha del cum-
pleaños de Rebolledo. Es designado Tico para preguntarle a Lalita el signo zodiacal de su padre. Por
lo pronto, deciden suspender toda actividad para
proteger estos planes de mayor envergadura.

10 de enero de 1958. Rebolledo resulta ser Escorpión (4
de noviembre) por lo que en caso de una acción
son de temer sus represalias. Además, las ansias
combativas de la célula no permiten tanta espera.
El plan adoptado es el siguiente: Espuma, Tico y
Tato pelearán entre sí y Puntillita (traidor) fingi-
rá un fuerte dolor de estómago. Todo esto con el
fin de distraer a Rebolledo. Esto sería aprovechado por Guatusi para apoderarse de las armas e
inmovilizar a Rebolledo y a Astudillo. Luego, se
convocaría al pueblo haciendo sonar la campana
del cementerio y, una vez reunidos, leerles un comunicado cuya redacción se le encarga a Tico.

25 de enero de 1958. Conseguidos los cuchillos, sogas,
y tras una reactualización de los respectivos tes-
tamentos, solo faltarán algunos adjetivos para
terminar el comunicado y marchar a la acción.
«He sido encomendado para la honrosa tarea de
redactar el manifiesto al pueblo y precisamente,
en un momento de tanta tensión, ¡es tan difícil
encontrar las palabras adecuadas! Por ejemplo,
¿cómo calificar nuestra acción? ¿simplemente
«heroica» o, quizás también, «legendaria»? No es
que nos preocupe una palabra u otra a quienes

como nosotros estamos dispuesto a entregar la vida. Simplemente este manifiesto es para nuestro pueblo y como dice la propaganda de la Hatuey «para el pueblo lo mejor». Fleites Quintana, Roberto. «*Diario personal de lucha*».

26 de enero de 1958. Reforzado el puesto militar de Tiñosa Blanca con el vigilante Miguel Antuño González (Turrón). Se suspende la operación que, de realizarse, equivaldría a un suicidio inútil.

«En aquel momento nadie podía imaginar nada, dado que el comportamiento de Puntillita era aparentemente correcto. Pero cuando en 1980 desertó y huyó a Estados Unidos, siendo dirigente municipal de cultura y acreedor de la medalla «20 años de luchas y victorias» pudimos ver todo claro. Ahora podemos afirmar con seguridad que él delató nuestros planes de enero de 1958». Infiesta Romero, S., *op. cit.*

24 de febrero de 1958. Nueva reunión para reanudar planes combativos. A fin de despertar la conciencia de las masas deciden que vestirán de luto el 10 de marzo, aniversario del golpe de estado.

1 de marzo de 1958. Muere la tía de Tico. Deciden, entonces, adelantar para ese día el luto programado para el 10 de marzo a fin de burlar la férrea vigilancia a que están sometidos. Esta demostración de luto es secundada por parte de los pobladores de Tiñosa Blanca, fundamentalmente, entre parientes y allegados a la difunta.

9 de marzo de 1958. Nueva reunión. Se analiza el peligro que entraña la aparición de banderas, carteles y volantes distribuidos anárquicamente por elementos ávidos de aventura pero sin ninguna

madurez política. Se decide efectuar una manifestación por la calle principal (hoy Roberto Fleites Quintana) con un cartel que diga abiertamente: ¡ABAJO BATISTA!

13 de marzo de 1958. Manifestación exitosa. Como medida de seguridad se ideó un novedoso método. Las letras componentes de la palabra *Abajo* fueron portadas por cada uno de los miembros de la célula. Para la palabra *Batista* se solicitó la cooperación del compañero Bataclán.

«Hemos desafiado a los esbirros con nuestra inclaudicable consigna. Sin embargo, debido a la confusión que provocó Bataclán, más curda que nunca, y a nuestra natural tensión, la consigna, a la altura del puesto militar, decía: ¡BATISTA JABAO! con la consecuencia de que nos detienen por ofender al presidente de la República, que, como todos conocemos, es mulato aindiado». Fleites Quintana, Roberto, *op. cit.*

14 de marzo de 1958. Son liberados los manifestantes.

4 de abril de 1958. Víctima de las leyes implacables de la economía capitalista, Tato es cesanteado de su puesto de dependiente. El dueño de la bodega lo acusa de darle a los clientes el vuelto en bonos, en vez de en efectivo. Ese día conocen del plan de huelga general nacional con apoyo armado para el 9 de abril.

9 de abril de 1958. A partir de las 11a.m., hora del inicio de la huelga, los miembros de la célula se suman al paro nacional, ejemplo que cunde entre el resto de los desempleados de la barriada. Dada su conocida trayectoria revolucionaria, son detenidos junto a unos cuantos alborotadores que intentaron incendiar el puesto militar.

«Tato, no obstante sus irresponsabilidades, en la celda los invitó a subordinarse a nuestro grupo y ellos, al parecer, han sabido reconocer el prestigio y capacidad de nuestro grupo y de Tato como su máximo líder. Por ahora solo hablan de acción. Habrá que trabajar mucho con ellos». Fleites Quintana, Roberto, *op. cit.*

10 de abril de 1958. En su segundo día de encierro, a iniciativa de Tico, se funda la Escuela Ideológica «27 de febrero» (día de la fundación de la organización clandestina local). Ante la ausencia de textos apropiados, Tico lee en voz alta *Los Tres Mosqueteros* con el objetivo de dar base teórica a la unidad de todos los luchadores, incluyendo a los más jóvenes.

11 de abril de 1958. Tras la entrega de los aretes a la reina por parte de D'Artagnan el interés por la preparación ideológica decae.

12 de abril de 1958. Gracias al éxito de una huelga de hambre relámpago y a la presión popular representada por las madres de los detenidos, estos son liberados. A la salida de la prisión, con motivo de la proximidad del día de las madres, acuerdan mantener la tradicional tregua combativa.

20 de mayo de 1958. A continuación de una serie de provocaciones contra las autoridades, elementos irresponsables de la organización en Tiñosa hacen estallar petardos y roban el fusil de Astudillo. Dos son capturados, mientras el resto huye al monte atrayendo a Guatusi en un momento de vacilación. Solo quedarían para hacerle frente a la desorbitada soldadesca Tato, Tico, Espuma y Puntillita (traidor).

21 de mayo de 1958. Súbita desaparición de Tato que hace pensar en lo peor.

15 de junio de 1958. Llegan noticias de Tato a Tiñosa Blanca. Se encuentra preparando una expedición para traer armas desde el exilio. El telegrama dice en clave: «Caramelos llegan por el aire. Preparen pista de aterrizaje».

Mes de julio. Se acondiciona y chapea terreno apropiado situado en la parte trasera del cementerio bajo el pretexto de crear un campo de béisbol. Para reforzar la coartada, se realizan una serie de juegos contra Rebolledo y sus subordinados. Puntillita (traidor) resulta líder en ponches recibidos.

16 de agosto de 1958. A la espera de la expedición aérea que preparaba Tato, su sustituto al frente de la célula, Tico, propone un enérgico plan que contribuya al reforzamiento de la preparación ideológica del grupo. Para ello envía a Puntillita (traidor) a San Remigio a conseguir con un tío suyo, dependiente de la biblioteca municipal, *El Capital*, obra cumbre de Marx.

18 de agosto de 1958. «En descarada maniobra diversionista, Puntillita (traidor) en vez de El Capital, nos trajo un folleto turístico sobre La Habana, diciendo que su tío le había asegurado que el cambio de género del título *La Capital* no tenía mayor trascendencia». Fleites Quintana, Roberto, *op. cit.*

20 de agosto de 1958. Se apresuran los preparativos del grupo de acción de Tiñosa Blanca para incorporarse a la lucha clandestina en La Habana. «El libro que trajo Puntillita nos ha hecho ver con cuántos centros recreativos nocturnos cuenta la tiranía mientras el pueblo sufre. Hasta allí iremos para golpearles donde más les duele». *Idem.*

22 de agosto de 1958. Mensaje de Tato, anunciando próximo arribo de la expedición. Queda en suspenso el proyecto de incorporación a la lucha en La Habana.

30 de agosto de 1958. Tato es sorprendido por las autoridades norteamericanas probando las armas en los pantanos de Everglades, Florida. Juzgado por infringir la ley de veda, se le confiscan las armas.

27 de septiembre de 1958. Al recibir el mensaje sobre la ocupación de armas, reactivan preparativos para la marcha sobre la capital del país.

29 de septiembre de 1958. Llega nuevo mensaje de Tato en que les pide que tengan paciencia (el mensaje en clave, es una cita de la Biblia) y notifica que pronto estará preparada una nueva expedición. El grupo de lucha clandestina decide reactivar sus labores de preparación ideológica y propaganda.

Octubre de 1958. La población de Tiñosa Blanca acata con ardor la consigna de resistencia cívica de no asistir ni al cine ni al cabaret difundida por el grupo clandestino. La no existencia de cine ni cabaret en el poblado no le resta valor al éxito de esta campaña.

3 de noviembre de 1958. Ese día se efectúan fraudulentas elecciones generales organizadas por la dictadura. En cumplimiento al llamado de la Dirección Nacional a saboteárlas, el grupo clandestino acuerda asistir a las urnas y votar por el pato Donald.

9 de noviembre de 1958. Llega mensaje de Tato sobre proximidad de desembarco aéreo. Tico decide entonces reacondicionar otra vez el terreno. La serie contra las fuerzas castrenses en esta ocasión queda empatada a cuatro juegos por bando. Puntillita (traidor) vuelve a ser líder en ponches.

4 de diciembre de 1958. A pesar de nuevas dificultades surgidas, Tato asegura que la expedición aérea llegará el día 16. «Nos reunimos y decidimos preparar un plan para, con las armas que trajera

Tato, tomar el cuartel de San Remigio, cabecera municipal». *Idem.*

10 de diciembre 1958. Nueva reunión para definir detalles de la operación «Navidad feliz». Se acuerda allí lo siguiente: luego de descargar las armas y repartirlas entre los combatientes y simpatizantes de Tiñosa Blanca que se les quisieran unir, marcharían sobre San Remigio. Allí rodearían el cuartel y varios voluntarios parados frente a este fingirían una riña tumultuaria, otros, dolores de estómago, mientras los que rodearan el cuartel gritarían: «¡Fuego!», «¡Auxilio!», «¡Al ladrón!». Justo en ese momento Tato, al frente de la operación, telefonearía al cuartel y preguntaría: «¿Ya cerraron la puerta de atrás?». Entonces, aprovechando la confusión, se tomaría el cuartel y ocuparían las armas para marcharse después a las montañas.

20 de diciembre de 1958. Nuevo mensaje de Tato. Esta vez es definitivo. Llega con las armas el 5 de enero o morirá en la empresa. El plan, a pesar del cambio de fecha, se mantiene intacto con la única variante de que tres de los voluntarios intentarán penetrar al cuartel disfrazados de Reyes Magos. Tico le explica al grupo clandestino la necesidad de desyerbar nuevamente la pista.

1ro de enero de 1959. Huye Batista de Cuba. En Tiñosa Blanca se toman los lugares estratégicos (el puesto militar, la bodega y la necrópolis). Tico, acompañado por Espuma y otros, se dirige a la multitud reunida junto al cementerio. «Era increíble esta victoria que tantos sufrimientos nos costara y ver cómo Tico hablaba a las masas en lenguaje de pueblo, de la libertad alcanzada y de todos los cambios y transformaciones que habría. Fue, sencillamente, algo emocionante». Infiesta Romero, Sinesio, *op. cit.*

5 de enero de 1959. Tato arriba por vía aérea a La Habana junto a otros exiliados. Tico, con sus grados de capitán, se incorpora a la caravana de la victoria. «Me parece increíble. Viajar a través de mi patria ya liberada, recibiendo este homenaje inmerecido de mi pueblo que se merece, como dice la Hatuey, siempre lo mejor». Fleites Quintana, Roberto, *op. cit.*

EN LA AURORA

Duro y largo ha sido el camino, pero hemos llegado.
Fidel Castro Ruz, de enero de 1959

Del *jeep* que ha llegado al caserío por el destartalado y polvoriento camino que se extiende por todo el valle, hasta más allá del límite impuesto a la vista por la distancia y el polvo, se apean dos hombres vestidos con ropas verde olivo. Ambos llevan los cabellos largos y sucios, de su aspecto se infieren días de larguísimas privaciones; y del andar, las miradas, las barbas magníficas, días de infatigable epicidad. El más pequeño (el de la Thompson) lleva en sus hombros los grados de teniente, hace unas cuclillas para desentumecerse las piernas y llama a su subordinado (el del tabaco).

—Entra en la bodega y anuncia que hemos llegado —dice oteando a través de las casuchas y el silencio.

—Teniente, ¿y si ahí hay algún soldado escondido? —pregunta respetuoso el del tabaco.

—Qué soldado ni qué soldado, Bermúdez, entre y diga que el teniente Zaldívar, de la columna 5, está aquí

—responde, y mientras Bermúdez se aleja en dirección a la bodega «La Aurora», le grita que no olvide decirles que se acabó la dictadura, «va y esta gente anda detrás del palo».

Zaldívar se sacude el pantalón. Recostado en la puerta del Willys, repara en unos muchachitos que abandonan temerosos una yunticas hechas con botellas de Coca-Cola (vacías) a guisa de bueyes, y corren a esconderse debajo de unos tablones. Los llama y ellos de nuevo echan a correr. «Infelices, todo tiene que empezar por los niños» —piensa al verlos descalzos y casi encueros. En las casas que hay alrededor del *jeep* no se ve ni un alma. A ratos, sin que él se dé cuenta, algún rostro de mujer fisgonea en la oscuridad de la cocina. «A estas horas deben andar en el campo o en otra parte. Tal vez salieron a esperarnos en otro lugar». El teniente sigue con la vista el vuelo lento y circular de las auras por encima de las palmas que baten sus pencas en las romas lomitas empinadas después del caserío. Es casi la una de la tarde. El sol apenas calienta, enero ha entrado con mucho frío. Bermúdez sale de «La Aurora». Zaldívar cambia la ametralladora de una mano para la otra, la apoya en el hombro izquierdo.

—Teniente, dentro solo hay dos borrachos y el dueño de la bodega.

—¿Pero qué les dijiste, hombre? —pregunta Zaldívar pasándose la Thompson de hombro.

—Exacto lo que usted me ordenó, pero ellos no sabían nada, en la bodega no hay radio. Ni siquiera se extrañaron de verme armado sin ser del ejército —contesta Bermúdez, y acercándose al teniente continúa con timidez—, creo que hay mujeres y una victrola… no lo digo por nada…

—Olvídese de eso, vinimos para otra cosa, recuerde las instrucciones del Comandante —increpa Zaldívar. Por enésima vez se sacude la ropa, se arregla el pelo bajo la gorra: presunción involuntaria, gestos olvidados, incondicionados. —Es un orgullo para nosotros cumplir estas órdenes. Mira que calamidad, ¿vio los niños que estaban jugando cuando llegamos?

Entre ellos y «La Aurora» el polvo levantado por el viento forma una ligera cortina, de la que solo una ínfima parte desaparece en sus gargantas. El teniente Zaldívar prepara mentalmente su arenga para soltarla a los presentes. De todas maneras no parece haber puesto alguno ni de la guardia ni del ejército, que lo priven de la ceremonia de rendición simbólica, la entrega de armas y de poder. A su lado, Bermúdez sujeta la correa de su M-1 y le da vueltas al tabaco en la boca. De hablar en estos instantes, el teniente tendría que pedirle que repitiera lo dicho para entenderlo, a fin de cuentas, Bermúdez, excelente soldado, no está aquí para hablar, por lo menos para hablar demasiado. «No lo digo por nada, fue que me pareció que habían mujeres, teniente». La pequeña bodega tiene dos mesas delante del mostrador, una vacía, y en la otra hay dos hombres acodados entre botellas de cerveza, medio llenas o medio vacías según cómo se miren. En las paredes hay carteles del cercano «Happy New Year» que realzan la decrepitud del poblado y de la casa. No obstante, tras el mostrador hay mercadería buena y barata. El negocito, si el bodeguero no es uno de esos pequeños comerciantes «abrumados de deudas», debe rendirle sus beneficios. Y absurdo, lejano, con la sonrisa «Distribuidora-la-Nacional», un cartel de Santa Claus: barba blanca relegada con la presencia de Zaldívar y Bermúdez, verdaderos barbudos tan colmados en pueblos y ciudades, portadores en sus sacos verde olivo del mejor de los regalos: la devolución de la libertad apuñalada en los idus de marzo de un año aciago.

De los hombres de la cerveza, y del que debe ser el propietario —uno que enrosca o desenrosca la victrola— y que no sospechan en lo más mínimo que el tipo de gracia escondida, verde olivo, proveniente del fragor y de las contingencias, va destinada a ellos, presentes, ¿afortunados de esta hora? Dos, totalmente ebrios, canturrean, dicen incoherencias, la pasan bien y, a juzgar por las risas cómplices, parecen entenderse pero, sobre todo, ¿sabrán lo que hacen? El tercero, el dueño, hoy evidentemente, no es su día. La Maruca —mujer que por una estimable comisión se encarga de los hombres— lleva dos días sin querer trabajar, y para colmo de males el aparato antediluviano se ha descompuesto sin arreglo con el segundo disco, uno de Daniel Santos que gusta mucho y que dice cosas bárbaras sobre las mujeres y los hombres. Mas Zaldívar sabe que la historia brota de la nada. La misión que le ha sido encomendada tiene que cumplirse con toda satisfacción para sus superiores, y Bermúdez, edecán ejemplar, permanecerá en silencio aprendiendo cómo se hace la historia.

Los borrachos, hora es de decirlo, a todas luces se ve que no son paisanos del lugar. Han llegado mucho antes que los héroes, incluso, por el mismo camino, y si el sino ha sido el mismo, los primeros son el viento y la marea; ellos, el objeto flotante arrastrado (sin saber) por la corriente, traído al despertar, y que las olas seguirán empujando cada vez más lejos. Sin embargo, trascienden porque están aquí, dan a los hechos cierto aire universal, lejos de todo color local, de toda suposición premeditada. Es decir, la lógica pondría en su lu-

gar a dos campesinos doblados por el peso de la igno-
minia y desdentados desde la más temprana juventud,
pero (asuntos del destino) son ellos y no otros quienes
registrarán por entre la bruma de su conciencia el nacimiento del tiempo heroico.

—Oye, hay algo que quiero decirte... algo que no
entiendo...

—¿Algo que no entiendes? No, eso no puede ser, ¡qué
casualidad!

—Mira, es algo, a ver si me explico... ¿ves ese cartel?... lo que pasa es que no puedo decirlo, ¿entiendes?

—Claro, yo también siento algo que no entiendo
—ríe, y ríen los dos—. No sé, debe ser que hay muchas
cosas que nos confunden.

—Sí, compadre, ¡cómo hay palabras!... pero hay algo
que no entiendo, ¿tú comprendes?

—Hay algo que nos confunde.

—Eso es, sí, estamos confundidos. ¿Tú crees que mañana seremos los mismos?

—¿Mañana? ¿Cuándo es mañana? —y así por el estilo.

II

—Buenas, ¿qué desean, señores? —pregunta el propietario.

—Venimos a informarles que hemos triunfado. Hace
días que el tirano huyó porque lo sacamos a la fuerza, como
mismo entró, salió. Por supuesto, entró con sus compin-
ches, y lo ha sacado el pueblo —explica en voz alta Zaldívar.

El dueño se queda mirándolos fijo por primera vez.
Acostumbrado al ritual de su profesión y ocupado en
su victrola, apenas había visto y escuchado a Bermúdez
y ahora al teniente.

—Y ustedes, ¿qué buscan? Cuidado con esas armas acá dentro, puede írseles un tiro. Aquí los únicos que vienen armados son los de la guardia.

A Zaldívar el discurso preparado le barajea en la cabeza.

—Se trata de eso, ya no habrán ni más guardias ni más crímenes. Ahora somos soberanos. Nadie en lo adelante lo molestará a usted. Este país es libre gracias a su pueblo. ¿Se da cuenta? Ni soldados, ni guardias. ¿No se alegra?

—La guardia viene poco por aquí, a veces alguno a verse con la Maruca, eso sí, siempre es un lío. A la hora de pagar, no les importa que la otra se rompa el fondillo. ¿Quieren almorzar? Tengo arroz, camarones, cerveza, dulce...

Una pregunta de Zaldívar flota en el aire.

—¿Que qué hace la Maruca? ¡Señor! Pues de qué iba a tratarse, trabajar con hombres, usted tiene deseos de mojarse con una mujer, ¡que escasas andan por ahí!, viene a la bodega y se restriega con ella por el precio que se pida. Un negocio como otro cualquiera.

—¡La prostitución tiene que acabarse de una vez! —sentencia molesto Zaldívar, y no queda la menor duda: la Historia entra en el caserío.

—¿Usted cree que se acabe algún día? Mire que dicen que es un oficio de los viejos. Todo el mundo está acostumbrado, no se acuerda de lo que pasó cuando el General trató de acabar con las putas allá por el treinta y pico.

—¡Tiene que acabarse! Para eso estamos aquí. ¿No le parece detestable que alguien para vivir tenga que cobrar por ofrecer su cuerpo?, ¿no es una injusticia? Lo del General fue pura politiquería.

—Es lo mismo que yo pienso, pero no creo que sea así tan rápido. Acabar en un dos por tres con algo tan antiguo... —dice dudoso el bodeguero.

—Se acabará y no solo las putas, también el desempleo, el tiempo muerto, las deudas. ¿No se da cuenta de que esto es una revolución popular y no politiquería?

El comerciante permanece pensativo unos instantes al oír hablar de deudas.

—¿Verdad? Eso sería bueno, mientras más se prospere mejor se vive. Y hoy la vida está que chifla. Si usted supiera las cosas que tengo que hacer para defenderme con la bodega. Hoy mismo se rompió la victrola, y comprar otra es imposible, además estoy endeudado con la mayorista hasta el cuello.

—No se preocupe, todo cambiará de arriba a abajo. Nada como una revolución para y por el pueblo, haremos grandes cosas —añade Zaldívar entusiasmado. El discurso no ha salido bien, la Historia fluye por sí sola.

—Siéntense para almorzar los señores. Enseguida les sirvo. ¿Cuántas cervezas?, ¿seis solamente? —pregunta el dueño complaciente.

Zaldívar y Bermúdez ceden, se sientan en la mesa desocupada. Al lado los borrachos no han agotado el tema de la confusión, brindan solícitos de sus botellas a los recién llegados, estos niegan agradecidos, los borrachos continúan el debate.

—Teniente, ¿es tan malo que haya putas? —pregunta Bermúdez.

—Sí, es indigno —responde Zaldívar.

—Usted no se molesta si le digo que yo visitaba una casa de putas de un chino en la capital —dice Bermúdez, y se queda en suspenso esperando la respuesta de su superior.

—Todos hacemos cosas así, Bermúdez.

—Teniente...

—Suelta de una vez, hombre.

—A mí me gustaría verme con la Maruca esa... me da pena pero es la pura verdad, y creo que el dueño tiene razón, es algo que no se acaba así como así. Mientras tanto usted me permite... vaya, si se puede...

Zaldívar mira ceñudo a su subordinado, pero en el fondo no sabe qué hacer, él mismo lo ha hecho, ¿y si le da permiso y después lo compromete con el resto haciendo el cuento?, «uno nunca sabe». «Si el Comandante se entera que ellos andan con putas». «Solo se enteraría si Bermúdez habla», «además, si esta fuera la única puta del mundo». Se agita inquieto en la silla.

—Mejor no hablemos más del asunto, ¿entendido?

—Yo lo decía porque estamos lejos de la columna, una cosa entre hombres no tiene que salir de aquí... y esta gente más nunca nos va a ver el pelo —insiste, y el teniente es un manojo de dudas.

—Bueno, voy a pensarlo —evade Zaldívar. Mientras el bodeguero sirve el almuerzo y las cervezas, el cuerpo se le ablanda. La guerra en eso se parece a la cárcel: «hombres sin mujer».

—Señor, ¿ustedes me protegerán de la mayorista? Malditas deudas...

—Palabra, ya le dije que esta revolución es legítima, del pueblo, y los pequeños comerciantes son parte del pueblo.

—Y ¿a partir de cuándo? —pregunta, pide permiso, se sienta en la mesa.

—¡Desde ya! —exclama el teniente, bebe sediento un vaso lleno hasta el borde, la espuma se impregna en los restos de salsa por su boca hasta el borde de su mano.

—¿Podré comprar, entonces, una victrola nueva?

—No solo usted, todos podremos tener una victrola nueva más rápido de lo que se imagina, le di mi palabra, ¿no? —afirma Zaldívar sin parar de comer.

—Menos mal que sacaron al tirano. Enseguida les traigo más cervezas. No importa, de todas maneras ustedes están, digo, todos estamos de fiesta, dos más y ya, ¿sí?, verá que cortan de frías.

En una hora los rostros de Zaldívar y Bermúdez, encendidos, anestesiados, traslucen expresiones de satisfacción, hay mucho en ellos del reposo de los guerreros, si es que cabe el reposo a los forjadores de magnitudes y dimensiones nuevas. Han hecho varios brindis por los nuevos tiempos, por varios de sus superiores, por la libertad. Le cuentan muchas anécdotas de emboscadas, marchas, contramarchas, ataques aéreos y tiroteos nocturnos, al propietario que mezcla su voz con la de ellos en los brindis, e indaga curioso acerca de esto y de lo otro. A veces la charla se cruza con la de los borrachos.

—¿La libertad? Eso tampoco lo entiendo. ¿La libertad no es esto? —pregunta confundido el primero.

—¿Ataques con mortero?, ¿en la noche? ¡Qué confusión! —exclama el segundo.

—¿Pero es que no hay nada que uno entienda, oficial? —insiste el primero.

Y Zaldívar:

—Para mí todo está clarito, clarito. Ni el agua.

—¿De verdad que usted cree que no habrá más putas? Este es un país de putas, además, quién ha visto bares sin putas —afirma el dueño desinhibido.

—Acabaremos con las putas, haremos la reforma agraria, nacionalizaremos la electricidad. Ustedes verán compañeros —asegura el teniente (¡cuánta razón!) botella «Cristal», helada, deliciosa, refrescante, de tantos grados en mano.

Pese a la embriaguez, Bermúdez no ha olvidado el asunto de la Maruca, es desde que llegó al caserío, idea fija. «Palabra de hombre, si no se van a joder los dos».

—¿Dónde está la Maruca? Ahorita cuando entré me pareció escucharla —le pregunta Bermúdez al dueño.

—Debe estar en su cuarto. Hoy tampoco ha querido trabajar, me pide más de lo que acordamos. Después de todo la bodega es mía, ¿no? Le dije que más tarde nos arreglaríamos. Tengo que darme mi lugar, si no, ya sabe. Vaya, vaya, que se le notan las ganas por encima de las ropas.

Bermúdez, sin abandonar su M-1 —cosas de la guerrilla—, camina tambaleándose, apenas escucha entre risas: «tenga cuidado, la bruta tiene sus mañas». El teniente pide la cuenta. El propietario celebra «un guardia jamás haría eso, pero, deje, todo va por 'La Aurora'».

—Hay que dar el ejemplo. Nosotros llevamos uniformes verde olivo para bien de la patria. Aquí le dejo su dinero —se para a duras penas Zaldívar, se aguanta de las sillas—. Ahora necesito salir. Dígale a Bermúdez que lo espero en el Willys.

El dueño recoge el dinero. Los borrachos hace rato duermen acodados entre las botellas desparramadas. Para ellos el día también ha sido intenso. Finalmente sucumben en la invisible batalla contra la confusión y las palabras. Han caídos exhaustos. A su manera son otros guerreros, quizás mucho más viejos que los buenos heraldos de la metralla y el caos originario.

III

Trabajo le cuesta llegar hasta el *jeep*. Hacía tiempo que no la cogía en grande. «Y la gente del caserío por dónde andará». «Estos ni sabían que habían derrocado a la dictadura». «O no lo sabían, o no les importa». Pone la

Thompson en el asiento trasero. Se abre la portañuela, tampoco orinaba así hacía rato, qué alivio, «pura cerveza». La cabeza le da vueltas «como las tiñosas allá arriba». «¿Y los niños que estaban jugando con las botellas? Es una vergüenza que ningún gobierno haya resuelto los males que aquejan al país». Sus propios hijos estarán en su casa «jugando sin juguetes y malcomiendo antes de dormir». «¿Y las putas?, ¿quién había dicho eso de mujer raza maldita/ del hombre la perdición/ pero qué sabrosas son». «¿Por qué son putas las mujeres? ¿Solo porque la situación las obliga? ¿Qué decía el cura aquel del pueblo sobre las putas». No se acuerda. Se recuesta en el asiento trasero con la ametralladora entre las piernas —cosas de la guerrilla. Su mente se diluye en un sueño pesado, pastoso, poblado de imágenes confusas y palabras, muchas palabras, sordas, incomprensibles. «¿Desde cuándo no dormía?».

Transcurren casi tres horas que pueden extenderse a cuatro o cinco, si Bermúdez no lo sacude fuerte, pero respetuoso.

—Teniente, teniente, son más de las cinco.

Zaldívar apenas se despereza, y cae del sueño en el estupor y la sorpresa.

—¿Y a usted que le pasó, Bermúdez? —pregunta incrédulo el teniente.

—Nada, tuve que rogarle mucho, al final se dejó si me afeitaba y pelaba primero. Hasta tuve que bañarme, todo eso sin contar el dinero.

—Mírese en el espejo, parece un novato; ¡un barbudo sin barbas y pelado! ¿Qué van a decir el Comandante y los muchachos cuando lo vean? —se rió. «¿Sería muy rápido para quitarse la barba?». «Después de todo no estaba escrito en el reglamento». La de él le picaba bastante en los últimos días, recuerda que una vez tuvo piojos y fue muy incómodo, un verdadero fastidio.

—Disculpe, teniente, yo soy el mismo sin pelo y sin barba. Creo en todo lo que ustedes me enseñaron allá arriba.

En las casas aún no se veía a nadie. «¿Qué habrá hecho esta gente durante la huelga de agosto?» —piensa Zaldívar. «La información fue que el paro tuvo una masividad rotunda». Recuerda haber leído que en la zona funcionó un activo comité rural. «Hay que trabajar serio, la cosa apenas empieza».

Los niños escondidos espían los movimientos de los hombres del *jeep*.

—Arranca, Bermúdez, vámonos para la Columna.

—¿Irnos? Pensé que usted quería arrimársela.

—No, es mejor que no nos coja la noche aquí. La cabeza se me quiere partir. Dale, arranca.

El *jeep* da marcha atrás, dobla y sale del caserío. En la puerta de «La Aurora», el dueño gesticula, grita algo que el ruido del motor no permite escuchar, y Zaldívar no se entera de que el bodeguero ha concluido: «jamás podrán tener una victrola, y las putas nunca se acabarán, vivir para ver». El *jeep* acelera por el terraplén, todo es igual al principio. Solo Zaldívar sabe que la página permanece abierta. Él no ha hecho más que volverla y, aunque pasadas las cinco, el tiempo es reciente, un nuevo amanecer se abre para todos. Respira profundo: el aire de enero que ha entrado frío y glorioso, le refresca la cabeza. Siente un momentáneo alborozo, se vira hacia Bermúdez, al verlo pelado y afeitado, se deja caer en el asiento, no queda otra cosa que preguntarle.

—¿Qué tal? ¿Era buena la Maruca esa?

—¡Un fenómeno! Si quiere viramos para que usted vea.

—No, Bermúdez, la gente nos está esperando, tenemos que informar que el sol también ha llegado a este lugar.

Y confianzudo Zaldívar por primera vez:

—Compadre, aquí entre nosotros, ¿quién te peló y afeitó? ¿Ella?

CON LA MARUCA

Bermúdez, el recién llegado, el rebelde del mocho de tabaco, el del M-1, miembro de la Columna 5 en importante misión, se levanta eufórico en medio de la animada charla de su superior, el Teniente Zaldívar, y las carcajadas del propietario de la bodega «La Aurora». ¡Déle, hombre! —le apremia el dueño— dele que se le notan las ganas por arriba de la ropa». No fue fácil convencer al Teniente para entrar en tratos con la Maruca. Si no llega a ser por las cervezas, todo se hubiera quedado en el discurso de Zaldívar. Que si el tirano, que si la libertad, que si el pueblo, que si las deudas y los pequeños comerciantes. Ya él, Bermúdez, el campeón de cien batallas, estaba cansado de tanta matraca. Aquel tenientico cuando le daba por hablar donde no debía y en el momento menos oportuno, era más atravesado que un miércoles. Todo estuvo dicho: la luz había llegado al caserío, la tiranía era cuestión del pasado. Pero, ¿y la mujer que estaba en el cuarto de atrás? No ha sido jamón convencer a Zaldívar, si no es por las cervezas y porque el tipo es hombre a todas, él, Bermúdez, de que se va en blanco, se va. ¿Quién iba a enterarse en la Columna, si ninguno de los dos hablaba? ¡Qué tanto lío por una puta! Está bien eliminar la prostitución pero: «Una putica, Teniente, una putica aquí en este caserío donde la gente que queda no sabe nada de la victoria, por favor, déjeme verla. Le doy mi palabra que nadie se enterará».

—Cuidado que la muy bruta tiene sus mañas —advierte el dueño.

Bermúdez busca equilibrio sosteniéndose de las sillas, apoyándose en el fusil. Intercambia sonrisas cómplices con los dos borrachos de la otra mesa. «Una putica, teniente, una putica…». «Si usted supiera que le he dicho mentiras; yo nunca he estado en La Habana. Esos cuentos me los hizo mi primo que sí estuvo, que no salía de los balluses». De la Sierra para atrás, ¿qué hubo? Nada. De Luisa, su novia, era mejor ni acordarse. La muy mosquita muerta, «vete, vete para la Sierra, esto no puede seguir así, yo te espero, te lo juro por mi abuelita que en paz descanse». Entonces él le hizo caso a Fernando Fuentes. Había que hacer algo, las cosas no podían continuar como estaban, y en el pueblo, el Capitán Peralta no daba chance a moverse, tenía al Movimiento quieto en *home*. Mejor era pasar a la segunda fase. Y en la segunda fase estaba metido todavía. Cuando se encontró con Mauricio que andaba por la zona de Mayarí con la gente de Raúl, se enteró de la noticia: Luisa se había ido para La Habana con un comisionista que se había establecido en el pueblo. El hombrín resultó un agente del BRAC. ¡Puta! ¡puta! ¡puta! Y él aquí, jodiéndose por todos ellos, exponiendo el pellejo, aprendiendo a leer y a escribir para mandarle —en caso de que se pudiera—, aunque fuera una notica. Si se la hubiera olido, aquel mismo día en la cañada… Primero la cogió con Fuentes por haberle metido en la cabeza toda aquella historia del Movimiento. Después se enteró de que el desgraciado había caído en una escaramuza y la mente se le alumbró: la culpa no la tuvo él sino ella, todas eran iguales. La muy mosquita se la dejó en los callos. Solo con la negrita canilluda pudo mojarse a gusto. Dos o tres veces no más porque si la familia se enteraba que él, blanquito y con novia, se sonaba a la negra, ¿en qué cubo habría metido la cabeza? ¿Y Rosaura? Había que ver cuando ella lo olía de lejos. «Oiga, esa mulita lo que tiene con usted no parece cosa de animales», le dijo una vez don Palmerio. A partir de ese día fue más que cuidadoso. Así y todo, Rosaura era una bola de humo, conocía su olor como seguro no lo conocería otra mujer. Sí, mujer, porque a Rosaura, cuatro patas y todo, daba gustazo ponérsele detrás. Cuántas veces cuando la cosquilla ya no se puede aguantar, y la leche viene para afuera que ni las mangueras de los bomberos se les pueden comparar, cuántas veces en ese instante divino mordió fuerte las ancas alazanas. ¡Si don Palmerio lo hubiera visto! Pero, ¡qué coño, a ese no le faltaban su mujer y sus queridas, siempre calienticas esperándolo! El hacendado tenía billetes para frenar un tren. Claro, él, Bermúdez, rebelde, barbudo, «honor y gloria de la patria hoy» —como gustaba llamar al teniente— si hubiese tenido la misma cantidad de dinero, quién lo hubiera cogido trepado por las lomas de Oriente. Pero cuando hay tanta gente jodida, sin tierra, niños con la barriga llena de parásitos —por cierto, a él, revolucionario y todo, no se le quitaban las malditas lombricitas que noche a noche hacían de su fondillo un campo de batalla, y le daba pena decirle al médico del campamento que le picaba el culo, va y luego todo el mundo se enteraba, no quería choteo. Las tenía desde niño y guardaba la secreta esperanza, ahora que todo cambiaría, de poder adquirir una medicina apropiada y liquidarlas como a los batistianos— analfabetos, etcétera, etcétera, etcétera. Pues, cuando eso pasa, vale más el heroísmo que toda la plata de don Palmerio. Eso había aprendido en la lucha contra la dictadura. El país se arreglaría, entraría por el hilo. Mientras, él, Bermúdez, el del cabo de tabaco, se apretaba la braguera con la culata de su inseparable M-1 para disimular su erección frente a la pequeña habitación donde permanecía la mujer que hoy no había querido disparar un chícharo. «¿Una puta en huelga, Teniente? Y yo que creía que las huelgas nada más las hacían los obreros y los estudiantes en el momento en que la caña se ponía a tres trozos. Por lo menos eso me dijo usted tantas veces que puedo repetirlo con los ojos cerrados». ¿Qué era entonces mejor para ella, un salario decoroso o eliminar la prostitución?

Dentro del cuartico hay una cama lamentable, en la que una mujer recostada se lima las uñas de las manos. Al lado de la cama, la clásica palangana —¿quién ha visto una mujer pública sin palangana?— encima de una silla. Y en la pared, el también clásico retrato del Sagrado Corazón con el rostro y la candelita casi borrosos de las cagadas de moscas. La mujer lleva una bata rosada algo raída y manchada. Bermúdez aprieta con fuerza en la portañuela, fusil contra fusil. Pasea la vista por la húmeda habitación. ¿No sentirá frío? Este enero, aparte de glorioso, ha entrado que pela, y esa batica rosada… Ella, sin verlo, alarga perezosa su mano derecha. Las uñas largas como garfios hacen tragar saliva al rebelde. «Con esas manos debe ser una fiera». (Pobre de él si lo coge). Toma un cigarro de un paquete que está en la mesita. Lo enciende, echa una bocanada hacia el techo.

Él sigue ahí clavado como una estaca igual a la que, en vano, se aplasta con el arma. Bermúdez aparta la cortina de saco. Se para decidido frente a la mujer. Esta da un respingo:

—Y tú, ¿quién eres? ¿Saliste de un cuento de Tarzán?

—Usted…, usted debe ser la Maruca.

—La mismitica. ¿Y tú qué quieres? No me vayas a decir que Agustín te mandó. Ese me zumba para acá atrás cuanta bazofia viene a parar a la bodega. Además, hoy no trabajo para nadie. Me cansé; o me paga más o me largo como mismo vine.

Reducido a tan maltrecha condición, Bermúdez, euforia aparte, vacila, piensa retirarse. «Con esta leona pelúa no se puede». Y efectivamente, si la Maruca no llega al ideal de casi nadie, sí se asemeja a una leona. Tiene el don de retorcerse con esa expresión corporal de los felinos, y esa melena negra, y esas uñas pintadas de rojo. ¿De dónde Agustín, el dueño, la habría sacado? El rebelde está a punto de retirarse. «La pendejera que debe tener». «Pero, ¡qué cojones!, las putas están para eso y si le pago más…».

—Mire…usted pone el precio —y hace el ritual característico del hombre metido en tragos— ¿Dinero?, aquí hay, ¿cuánto quieres?

La Maruca ríe con una risa que le espumea desde la garganta. Se retuerce flexible. Se cubre la cabeza sin dejar de reír. Bermúdez sabe que sí, que va a pasar algo rico. Algo que no pasaba desde la última vez con la negrita o con Rosaura. De las pajas ya estaba cansado. Cada vez que se masturbaba juraba que era la última. Le daba miedo que le restaran fuerzas para la lucha o que todos se burlaran de él por pajiao, aunque él sabía de sobra que allí todo el mundo le daba a la manuela en la misma costura.

A la Columna, en vez del nombre y el número que llevaba, bien podría llamársele la Columna de los Pajizos. Con todo y eso, placeres conoce Onán que no los sabe don Juan, igualitico que en el poema. Logró dejar el vicio por varias semanas. Un día, por casualidad, entró en el puesto de mando, y vio al Comandante clavándose a Magalis. El hombre tenía los pantalones bajados y la mujer estaba desnuda completamente de la cintura para abajo, en cuatro patas encima de la mesita. Ni el comandante ni Magalis repararon en el intruso. ¡Qué clavada, coño! Magalis, quién iba a pensarlo, tan seria y responsable, una organizadora del cará, tremenda compañera, hombre a todo, pero, qué clase de culo, caballero. Si Bermúdez fuera el comandante... Desde aquel día volvió a reincidir sin frenos. Él nunca lo había hecho de aquella forma con la negrita. El comandante se templaba a Magalis como si fuera una mula... ¿Así lo harían Luisa y su agente del BRAC?

—Ven, chino, siéntate, enséñame el dinero.

Bermúdez apartó la manta y se sentó en silencio en la punta de la cama. La borrachera, el alborozo y la erección habían desaparecido completamente. Las rodillas de la Maruca levantaban la frazada. ¡Qué olor a hembra! Sin embargo, el olor que prima no es a hembra; Bermúdez lleva en su piel, en su pelambre, en su ropa, la huella inequívoca de la vanguardia: un fuerte olor a polvo, a matorral, a sudor, a cabo de tabaco. La invasión ha sido —además de un éxito bélico y estratégico de incalculable envergadura—, una agresión vivificante a todas las narices nacionales. —Mira, ¿ves?, puedo pagarte. Y si quieres, le digo al dueño que no te chulee el dinero.

La Maruca vuelve a reír. Se destapa. Bermúdez puede verle los muslos; toda ella un poco flaca para su gusto, y muy lejos del canon femenino de los tiempos que corren. A mitad de camino entre Luisa y Magalis pero una leona, un sol de fuego…

—¿Piensas que vamos a hacerlo con todo ese churre y esos pelos? —dice la Maruca. Y, por primera vez, el invasor siente vergüenza por su condición y facha de barbudo. Maldice por dentro a Fuentes, al difunto Fuentes. Se trata de una contienda para la que no está entrenado. De cómo tratar a las putas, allá arriba no se hablaba. Pero, ¡qué cojones!, las putas están para eso.

—Si te pago estoy en mi derecho, ¿no? —responde Bermúdez venciendo su cohibición natural de hombre de campo. El macho se le ha soltado, ¡y de qué forma!

La mujer deja de reír, se para frente a Bermúdez, le retira la gorra. La melena cae completa, despeinada sobre la nuca, la revuelve, lo toma suavemente por la barba.

—Está bien, papacito, pero dime de donde saliste. Anda, dímelo que me muero por saberlo.

—Venimos de la Sierra. Somos de la Columna 5. Batista huyó hace días.

—¿Sí?, no me digas. ¿Y eso qué tiene que ver? —pregunta la Maruca sin dejar de acariciar la cabeza del guerrero. Qué poca cosa eran los hombres. Al final todos iban a parar a su cuarto, lo mismo el rebelde que los casquitos que los de la rural. Así había sido desde el comienzo. Alguien lo había dispuesto, era un mecanismo infalible. Los ojos de Bermúdez le recuerdan a aquel soldadito de la rural. El infeliz, se había enamorado como un perrito. Quiso llevársela y todo. Tuvo que venir el jefe del escuadrón a tratar personalmente con Agustín y con ella. El muchacho era el hazmerreír del cuartel. Finalmente lo trasladaron para Matanzas. Estos ojos, aquellos ojos: una expresión para comérsela.

—Ahora todo va a cambiar. Se acabó la dictadura y también se acabará el tiempo muerto, el analfabetismo. Cuba va a ser un país de verdad —responde Bermúdez. Y solo saberse metiendo la misma descarga del Teniente lo hace callar algo avergonzado. No, ese no era él. Lo hizo para disimular que las caricias de la Maruca lo han desordenado bastante. Nunca nadie lo había acariciado igual. Tal vez su mamá cuando niño. Sí, era lo mismo. Sin embargo, esta maldad. Las manos de la leona que se perdían entre su pelambre, la bata semiabierta delante de su cara, las tetas sueltas, bailándoles suavemente.

—La prostitución también se va a acabar. Dice el Teniente que es feo eso de que las mujeres tengan…

—A ver mi bola de churre, párate. Ven, ven…

La Maruca atrae hacia arriba a Bermúdez. Se estrecha contra el cuerpo del rebelde. Entrelaza sus dedos con los de él. Ella puede sentir sus latidos disparados. Se separa un poco. De frente a él. Arrodillada ante él. Abraza sus piernas fuertemente y pasa las manos por su cintura. Lo suelta. Mira la cara de Bermúdez desde abajo. Ella arrodillada. Él, inmenso, sin saber qué hacer. Ella que se enreda en la safazón (no era fácil desnudar a un rebelde, cinto, soga, cantimplora, portañuela, cuchillo, cargadores). Hasta que por fin aparece a los ojos de la Maruca la estrepitosa caída del mito masculino: chiquito, minúsculo, allí perdido entre la pendejera que emana un fuerte olor, salta paradito, tieso, el miembro de Bermúdez. En eso sí que no se parece al muchacho de la rural, porque había que ver lo bien dotado que estaba. Daba gusto trabajar, gusto y dolor, sobre todo si no era el único en el día. Siempre la dejaba con la papaya ardiendo. Bermúdez solo atina a dejar el fusil sobre la cama. La Maruca ríe como hace un rato. Una risa franca, salpicona, desenfadada. Ríe como ríen las putas.

—Ay, mi madre, con esa pinguita ayudaste a tumbar a Batis...

Pero ya Bermúdez, ducho en dar siempre el paso al frente, se adelanta y se la introduce en la boca.

—Ríete ahora, puta. Chúpamela, pero no se te ocurra mordérmela.

Y sin más remedio la mujer se dispone a pasarla lo mejor posible. Sin embargo, el olor del hombre es insoportable. «Yo creo que este tipo ni se limpia el culo y seguro tiene ladillas». Se levanta bruscamente. Lo mira frente a frente. Vuelve a unírsele. Lo empuja hacia atrás. El héroe se enreda con el pantalón que tiene por debajo de las rodillas. Cae sobre la cama.

—A mí no me importa esa locura de que ustedes acaben con las putas, pero si quieres meterme ese rabito tienes que pelarte y bañarte primero.

—No puedo pelarme. No se puede... —se defiende Bermúdez hecho aguas por lo que la boca de la Maruca acaba de propinarle.

Y responde la mujer, levantándose la bata:

—¡Entonces esta no la vas a ver pasar!

Fulminado por la visión, Bermúdez es un pelele en manos de la Maruca, que ya está encima de él con una tijera y un peine. Pobre Bermúdez, menudo trance le ha reservado la Historia. Todo empezó por un tirano y parece terminar con una puta. Una puta que lo sienta en una silla y mete mano a desenredarle la melena y la barba. Presenciar el pelado y afeitado de un rebelde es situarse justo a la zaga del devenir. ¿Qué podrían pensar los compañeros de Bermúdez?

A uno lo enviaban a una misión y regresa como acabado de llegar de su casa. ¿Y el Teniente? Menos mal que Zaldívar ha cogido una juma peor que la de él. Va y también quiere verse con la Maruca. «Aquí nadie es de piedra. Teniente, ande por favor, una putica, qué tiene que ver, una putica». ¡Qué coño!, él era Bermúdez con o sin barba. Bastante tenía con la cruz de sus pajas escondidas y sus lombricitas intestinales. A la Maruca él no se la perdía. Allá los jefes y sus discursos sobre las putas, los analfabetos y los parásitos. Muy bien, la tierra es de todos, no más niños barrigones, no más guardias rurales ni tiempo muerto. Pero si lo de ahorita solo fue una chupadita, Bermúdez no quiere perderse lo que viene. Se veía bien que el Comandante y Magalis se entendían, y que a Zaldívar, al parecer, le bastaba con darle a la lengua.

—A ver, chino, mira para acá. Así, así…, no te muevas. Levanta la cabeza y no me mires tanto.

La tijera suena y suena y a Bermúdez lo entretiene el ruidito. Siempre, desde niño, le gustaron las barberías. Le atraían mucho los objetos utilizados por el barbero con sabiduría y parsimonia, además, podía ver las figuritas de las revistas y escuchar las cosas que hablaban las personas mayores. Ella cuenta y cuenta de su vida e indaga e indaga sobre toda esa historia de la Sierra y el Movimiento. Le hace preguntas que no vienen al caso sobre Fidel. «Ese sí debe tener una bola de cojones. Tanta gente así allá arriba y a mí viene a tocarme este». Realmente no había consideración ninguna con las putas. Por eso se iba a desquitar con el rebelde, le cobraría más caro que a nadie. Aparte de todo, a ella le gustaba su trabajo y con el rabito de Bermúdez no sentiría ni cosquillas. ¡Qué se aguantara el bolsillo!

—Toma el espejo. Mírate, y ahora a bañarse.

La nueva estampa lejos de molestar a Bermúdez, le agrada. Era como en las fotos de las revistas, el pelo brillante, el bigotico bien recortado. ¿Quién podría decir que el hombre venía desde casa de las quimbambas detrás de los batistianos? El contacto con el agua, a pesar de la frialdad, le devuelve sensaciones domésticas casi olvidadas. La Maruca le restregaba la espalda con las uñas.

Jamás mujer alguna lo había tratado igual. Valía la pena pagar lo que fuera. ¿No tendría razón la Maruca por considerar que acabar con las putas era una locura? «…una putica, Teniente, nadie se va a enterar». Además, en el caso de ella, es puta porque quiere, prefirió —cuando el dueño fue a buscarla a Consolación a la muerte de su marido, un pariente lejano del propio Agustín— la vieja profesión a ser la esclava de «La Aurora». Como puta era más libre, se había regalado hasta el derecho a huelga, igual que los trabajadores y los estudiantes.

En verdad, no era para tanto, y Agustín, el propietario, tenía razón: «Cuba era un país de putas. Ni Machado pudo liquidarlas» —¿Desde cuándo no te bañabas, chino?

—Desde la toma de la…Pero ya la Maruca está arrodillada nuevamente frente a él. Esta vez el paso lo ha dado ella.

Comienza una nueva justa para Bermúdez. Un combate singular en el que se mezclan las imágenes de la negrita, Rosaura, el Comandante, Magalis, los discursos de Zaldívar. La Maruca, de quien puede decirse que no es una nulidad en su oficio, se ha divertido mucho hasta el momento y continúa. «Qué mierda eran los hombres, delante de una puta que les exprimiera el seso no eran nada. Y así había algunos que querían acabar con la prostitución. Miren a este lo rápido que le saco la leche» —piensa la Maruca. «Esto sí que es gozar. Qué rico mama esta puta, cojones. Una leona, ¡y cómo araña!Eso que la tengo chiquita y mira como se mueve» —se dice Bermúdez.

Se dicen y piensan todo eso, pero, en realidad, solo se escuchan los cubanísimos «ay, papi», «ay, mami», «sí, chini», «así, pipo, así», «lo que tú quieras, china», y los universales «ay, ay, ay», «sí, sí, dámela», «dámela ahora». Palabras e interjecciones que la Maruca convierte, día a día, mano en cintura en sus necesarias herramientas de trabajo. Y que, Bermúdez, el macho del cuento, —pinga chiquita y demás— no deja, en un normal acceso de heroísmo e ingenuidad, creer que tales palabras son el canto de su victoria. Ha hecho huir a Batista y ha vencido también a una mujer en la cama.

Al final, lo de siempre: solo cenizas. Huellas. La Maruca que alarga la mano y toma un cigarro. La bocanada de humo hacia el techo. Bermúdez sin barba, sin melena y cubierto de chupones, con la espalda llena de arañazos. Y con una afrenta más en su haber. Porque la Maruca, en medio de la clavazón, le pidió que la dejara meterle el dedo en el culo. Y él, sin saber qué hacía, accedió para mácula de su hombría. ¡Qué de cosas ocultas! «Las lombrices, las pajas, y ahora esto». Y de pronto, el clásico dilema que lo sucedido trae consigo: ¿sería maricón Bermúdez por haberse dejado meter un dedo en el fondillo? Un dedo aunque fuera de una puta a la que no iba a ver más nunca en su vida, un dedo a secas, para no cuestionar si le gustó o no.

—¿Y esa cara, chino? ¿No te sentiste bien, papi? ¿Todavía quieres que no haya putas?

—Me jodiste, tú sabes que me jodiste, no debería pagarte, coño.

—De la única manera que cojo esa escopeta —dice la Maruca y coge en sus manos el miembro encogido del rebelde.

Ya vestido, Bermúdez, con ese ademán teatral que siempre envuelve el final del acto en que ha participado, arroja el dinero sobre la cama destendida de la Maruca. El cuartico está igualito que cuando entró: la silla con la palangana, los cigarros en la mesita, el Sagrado Corazón cagado de moscas. Allí quedan sus peores pecados. Un dinero sucio que ha obtenido vendiendo botas del ejército a miembros de otras columnas y otros frentes. Los mechones de pelo regados por doquier. Su virginidad impresa en el dedo del medio de la mano ¿derecha? de la Maruca. De todas maneras se enmascararía. Él era Bermúdez con o sin barba. Bermúdez, el del M-1, el del cabo de tabaco, el de la invasión, el de la herida en la pierna. El Bermúdez que ocultaría al pajizo; al de la picazón en el culo; al que vendía botas aunque fuera a gente de otras columnas; al que una puta le dio sabroso por detrás y con la espuela. A mal tiempo, buena cara, y sobre todo, hombrecito delante de Zaldívar y los demás.

Ya fuera de «La Aurora» despierta al Teniente que duerme en el *jeep*.

—Teniente, Teniente, son más de las cinco.

A Zaldívar la estampa de Bermúdez le da un leve ataque: —Mírese en el espejo, parece un novato; ¡un barbudo sin barbas y pelado! ¿Qué van a decir el Comandante y los muchachos cuando lo vean? Después ríe, «total, no estaba escrito en el reglamento.»

—Disculpe, Teniente, yo soy el mismo sin pelos y sin barba, creo en todo lo que ustedes me enseñaron allá arriba. Antes de arrancar Bermúdez pregunta al Teniente si no quiere arrimársela. Zaldívar se niega so pretexto de una tardanza que no afectaría en nada el éxito de la misión. El *jeep* da marcha atrás, dobla y sale del caserío. En la puerta de «La Aurora», Agustín el dueño, gesticula, grita algo incomprensible sobre las putas y las victrolas. El *jeep* acelera por el terraplén, todo es igual que al principio. Solo Zaldívar sabe que la página permanece abierta. Él no ha hecho más que volverla. El tiempo es reciente, ha llegado un nuevo amanecer. Una vez en la Columna, Zaldívar, luego de rendir parte al Comandante, por boca de su superior, recibe la más trascendental de las noticias: «Hoy, ocho de enero, Fidel ha entrado en La Habana». No se equivocaba la Maruca, ¡tremendas bolas las del número uno! Pero la evocación de la Maruca entristece demasiado pronto a Bermúdez. Y vuelven a rondar las lombrices, el negociante aprovechado, el maricón que se dejó dar espuelas. Vaya tiempo el que le ha tocado vivir. Ahora ni siquiera sabía de qué lado de la epopeya se encontraba.

EN EL KILÓMETRO 36

Cuba no vaciló en adoptar legítimas medidas de defensa y contó con la ayuda de los países socialistas, en especial de la Unión Soviética. Los cohetes atómicos instalados en nuestro territorio para su defensa, fueron el pretexto esgrimido por el gobierno imperialista de los Estados Unidos para amenazar a nuestra patria con el exterminio nuclear y ordenar el bloqueo de la Isla. Lo que estaba en juego en ese momento no era solo la defensa de nuestros intereses nacionales sino también la posibilidad real del socialismo en el hemisferio occidental.

Albelo Ginnart, Regla Ma. y otros, *op. cit.*, pág. 154.

Si se mide la distancia desde el lugar donde debería ir el diamante del Capitolio, punto inicial de los caminos de la República, la caravana se aproxima en dirección oeste al kilómetro 36 de la Carretera Central. Es noche cerrada, los pueblos se ayuntan silenciosos, partidos en dos por la línea en la que se deslizan tres, cuatro, cinco camiones militares marca Zill con destino a un puesto militar perdido en las estribaciones de la Sierra del Rosario. En el último camión el camarada que va mane-

217

jando pasa la botella de Matusalén a su copiloto, le dice algo, el otro ríe, los dos tienen dientes de oro y llevan uniformes e insignias de soldado raso. El que va en la ventanilla derecha se empina un trago ruidoso, tiene los antebrazos tatuados, sirenas, espadas, anclas..., de no saberse de donde viene y las nobles intenciones de su presencia, se le tomaría por un presidiario o un triste remedo de Popeye. Las botellas de Matusalén estaban implícitas en el viaje. Quizás si llevaban ejemplares de Los hombres de Panfilov y de La carretera de Volokolams (ediciones en español de la Editorial Progreso), podrían cambiarlos por buen ron del Caribe. Allá los milicianos se vuelven locos por esas novelas y darían cualquier cosa por tenerlas en sus mochilas —les contaron, entre otras cosas más inverosímiles, en el puerto de Odesa. La mujer les dijo que nada de libritos que ella no entendía, y poseída como estaba por la moral de emergencia de las situaciones límites, exigió varias latas de carne. La guerra era inminente, ella no tenía dinero suficiente para comprar comida igual que hacía todo el mundo, además, su marido llevaba semanas movilizado y no podía ocuparse personalmente de los asuntos domésticos; a él le estaba reservado, en trincheras y azoteas, un destino más épico. Antes de despedirse de la mujer, aquella se levantó sorpresivamente la falda y les dijo: «Y esta, ¿ no la quieren, tabarich?». Los camaradas estupefactos rieron sin saber qué hacer ni qué decir. Luego se dieron varios codazos cómplices y finalmente se largaron como mismo habían aparecido. En esto no se equivocaron los marineros de Odesa: la gente aquí era imprevisible.

Los dos camaradas están más que eufóricos, bastante ebrios, se saben un ínfimo detalle del bondadoso y desinteresado gigante que ha arrojado leña suficiente en la hoguera del mito de David y Goliat que consume a la joven revolución, poniendo en manos del pequeño guerrero una honda mortífera capaz de segar a tantísimos filisteos. Y eso, el otro gigante también lo sabe. Todavía recuerdan a la mujer y ríen, no hubiera estado mal... En ese momento el camarada que va al timón pierde el control del pesado camión, y este se viene abajo por la pequeña quebrada que hay al lado de la cuneta, justo a la salida del pueblecito que ocupa el kilómetro 36 de la Carretera Central. A pesar del gran estrépito, la carga parece no haberse dañado y yace exánime debajo de la vía, aunque nadie, ni los mismos que la traían sabían que todo estaba listo y activado en espera de la menor eventualidad. Rápidamente se retira a los dos cadáveres de dentro del vehículo. El chofer se ha aplastado la cabeza contra el timón, y al Popeye de las sirenas en los antebrazos le ha sucedido otro tanto contra el cristal y el techo. En toda la cabina hay coágulos de sangre y dislocadas páginas (en español) de Los hombres de... y de La carretera de... Acto seguido se toman las primeras medidas de seguridad en espera de que el mando de la misión decida actuar. Un fuerte cordón de tropas regulares y de milicianos impide que cuando amanezca los habitantes del pueblo se acerquen a la fosa que ha abierto la pesada carga.

Bien temprano la pésima nueva sacude a los vecinos, y los más cercanos al lugar del lamentable accidente, son evacuados y conducidos a los mismos sitios destinados a los desafectos recluidos días antes, y por otras razones de peso diferente. A lo largo y ancho del kilómetro 36 se extiende una traducción de la idea del pánico para estas latitudes. El ciudadano medio responde comprando y acaparando más comida, aunque de vez en cuando rompen aquí y allá algunas congas contagiosas que hacen que los hombres vuelvan a sentirse hombres; los milicianos, milicianos; las mujeres, mujeres; y los gusanos que permanecen encerrados por cuestiones de seguridad, eso: gusanos encerrados por cuestiones de seguridad. La mañana transcurre tensa, algunos recuerdan cuando en la capital un buen día apareció un platillo volador que resultó estar tripulado por aclamados artistas, y el incidente terminó a ritmo de cha-cha-chá. La gente insiste, y a cada minuto, por toda respuesta vuelve a adquirir y a acaparar más alimentos, o improvisa nuevas congas que hablan de cómo el país más poderoso del mundo ha tropezado con las dimensiones de los genitales del líder barbudo armado, encima de eso con el poderoso juguete que el «oso mielero» ha desempolvado para él como premio por su osadía, y en nombre de supremos, indiscutibles ideales. Ya entrada la mañana ocurre un escape de gas desde algún mecanismo secreto del artefacto. Otra vez el pánico, mueren algunos gorriones y garzas que desde la madrugada se han posesionado del aparato y se resisten a cualquier propósito vagamente migratorio. Los soldados y milicianos del cordón se tiran al suelo como rezan las indicaciones a la hora de accidentes con este tipo de armas. Luego, al rato, después de un prolongado silencio, de nuevo las congas; los hombres, hombres; los milicianos, milicianos; las mujeres, mujeres; los gusanos encerrados, gusanos encerrados.

Finalmente, a eso de las tres de la tarde es retirado el artilugio del hoyo que ha abierto con su propio peso. El mando supremo de la misión ha controlado el imprevisto con un espectacular mínimo de perjuicios: dos bajas casuales y algunos pájaros asfixiados; irrisorio si se compara con la posibilidad factible de destruir de un sombrerazo parte de un hemisferio. Pasados los días, los gigantes, ateniéndose a ciertos intereses que constituían viejos diferendos ajenos a esta parte del mundo, y convencidos de lo peligroso que se había vuelto el pequeño David, negociaron el regreso de los camiones a casa. Con el tiempo las lluvias inundaron el hueco y el pueblecito tuvo una pequeña laguna que apenas es hoy en la memoria colectiva un esbozo de nostalgia.

Cuando los grúas sacaban el artefacto de la hondonada, podía apreciarse el estado lamentable en que lo había dejado la caída. Nadie realmente imaginaba que aquel objeto enfangado y cagado de pájaros escondía tanta muerte en sus entrañas. Y para mayor sorpresa, el loco del pueblo se las había ingeniado para burlar el cerco y estampar su firma en la parte que daba al lado opuesto de la carretera. En la punta del cohete, y gracias a la Campaña de Alfabetización, todos podían leer: «Fito Pinpollo».

COMPAÑEROS SON LOS BUEYES

A la entrada de la cueva las sombras de los cuatro hombres son largas. El quinto, el que está tendido, siente en su nuca el cañón frío de un fusil. Esta vez va en serio, lo sabe: es el vaho que sale de la tierra y se pega al rostro. En el momento en que el tipo del arma inservible lo encontró soñaba con su madre. Reunirse con la vieja era una de sus obsesiones. La otra era casi colectiva: tenía la sospecha, incluyendo al Mexicano, de que no escaparían. Llevaba tres días deambulando. No tenía idea si aún estaba o no dentro del anillo de hierro y plomo. El de la metralleta sabía que allí, donde se cruzaban las cuerdas de todas las causas, el coraje era útil. En el momento en que fue sorprendido palmeaba en broma el trasero de su madre, y el capitán daba paseítos en la jefatura con las manos detrás. A sus pies estaban los cuerpos del Mexicano, de Domingo, de Neno... Pero eso era lejos. Despertó sobresaltado sin atreverse a tocar el M-3. Había fallado víctima del cansancio. Los motivos se habían despojado del sentido originario. Salir con vida, irse con la vieja, no hacía falta más. El monte era de quien fundiera sus sentidos con la tierra hostil.

La criatura había dejado de ser infalible para convertirse en un hombre que sueña con una vida y un lugar que no le pertenecen. Los que estaban fuera acudieron para verlo. Nunca habían tomado un prisionero ni matado a nadie. Felicitaciones. Se la había jugado. El jefe debía saberlo.

—Pupi, registra la mochila —ordena el negro de la barba y los dientes careados—, y tú, Mayito, amárralo bien que aquí mismo vamos a pasar la noche.

... aquí mismo vamos a pasar la noche... Repite Pupi nervioso. Desde que fue alejado de su automóvil de alquiler lo aqueja una especie de eco que consiste en repetir la última frase de lo que escucha o le dicen.

Mayito ata las manos a la espalda al prisionero. Mientras hace el nudo piensa que tal vez el negro le dé el M-3 a cambio de su inútil metralleta. Habérsela jugado tiene un precio. El Lingo le quita la gorra, remueve su pelo negro y sedoso con el cañón de su fusil. Con la mano libre se escarba los dientes. Un pelo así solo lo llevan las mujeres. Arroja el palito y se chasquea una de sus muelas haciendo con la lengua una cámara vacía. El sonido en la boca del Lingo contagia al negro que le sigue con igual procedimiento. Pupi pone en el suelo un juego de cartas, una bayoneta, un tubo de crema, un manoseado ejemplar del *Nuevo Testamento*, un brazalete, un cargador, un Sony sin pilas...

—¿Quién tú eres? —pregunta el negro estirando una hoja que saca del bolsillo.

El prisionero permanece en silencio.

—Responde, hijeputa —insiste el Lingo sin dejar de jugar con sus cabellos.

Pupi (sentándose lejos del prisionero): *...responde, hijeputa...* Las manos le sudan.

—¿El Mexicano? No, tú no eres el jefe.

... tú no eres el jefe...

—¿Domingo?

—¿Manuel Quintero?

—Acaba de decir quién cojones tú eres —dice el Lingo empujando con el cañón.

... quién cojones tú eres... Los labios de Pupi. Las manos sudadas.

—Ramón Hernández —susurra el prisionero.

—¿Ramón Hernández? Aquí no hay ningún Ramón Hernández.

... ningún Ramón Hernández...

—Habla, coño, que tienes la mierda hasta el cuello —apremia el Lingo.

—Toni Curtis... yo soy Toni Curtis.

—¿Toni Curtis? —pregunta el Lingo.

—Sí, el capitán dijo que a uno de los que andaban con el Mexicano le dicen Toni Curtis —afirma el negro doblando el papel.

... le dicen Toni Curtis...

—Toni Curtis, verdá que algunos prefieren quemarse —ríe Mayito, los ojos puestos en el negro y el Lingo. Estos no entienden el chiste.

Pupi mueve los labios: *... algunos prefieren quemarse...*

Con el negro y el Lingo jamás se sabe, por eso Mayito intenta ser gracioso. Necesita el M-3.

Toni Curtis se contrae. Por primera vez se avergüenza de un apodo que siempre le trajo admiradora(e)s, ligues fáciles. Tampoco él entendía el chiste, aunque era evidente: algunos preferían quemarse. Él lo estaba.

—¿Quién carajo es Toni Curtis? —pregunta el negro.

—Toni Curtis es un artista americano que hace películas, ¿es o no, Pupi? —explica Mayito contento de ser útil.

—Di tú, Pupi —lo emplaza el Lingo.

—Sí, Lingo, es verdá.

—¿Y este pendejo se parece al Toni Curtis ese? —pregunta el negro a los dos hombres.

—Sí, un poco. Afeitao y pelao sería igualito —responde Mayito.

… afeitao y pelao…

—Si la cosa es así, éste está listo —dice el negro, después Pupi se escucha a sí mismo.

Toni Curtis traga en seco. El vaho caliente ya no es una premonición. Siente que nunca volverá a ver a su madre ni al Mexicano ni a nadie. Quizás había sido saberse en el límite lo que lo ha ido preparando para la escena final. Una escena en la que Toni Curtis va al encuentro con la Pelona. Su película se había vuelto triste. Toni Curtis. El nombre adquiría desconocidas y misteriosas connotaciones. Desde que le habían dicho que se parecía a un actor famoso, él, Ramón Hernández, vivía su propia película. Una buena que se cortaba delante de estos tipos implacables que llevaban semanas persiguiéndolo. Al que le dicen el Lingo no cesa de hurgarle el pelo con el fusil.

—Este debe ser un niñito bitongo —dice el negro inspeccionándolo de cerca.

… un niñito bitongo… A Pupi las manos dejan de sudarle.

—Un yaqui negro —dice Mayito sin quitar la vista del M-3.

—¿Un yaqui negro? —pregunta el negro.

… un yaqui negro: Pupi y Toni Curtis.

—¿Qué cosa es un yaqui negro? —vuelve a preguntar el negro y se suena las muelas con la lengua.

Saber, a esta hora, qué es un yaqui negro tiene su cosa. Toni Curtis también desea saberlo.

Mayito, (*engallado y mirando el M-3*):

Los yaquis negros eran una pandilla que había en mi pueblo. Se ponían unos abrigos de nailon prietos y andaban en motos gritando consignas y ofensas. Una noche daban una película americana y los niñitos se metieron en el cine. A nojotros nos avisaron y nos llevaron en un camión. Cuando llegamos, la película había empezado. Hubo una escena en que salían los marines marchando parejitos. Los yaquis se alborotaron y empezaron a dar vivas. Esa fue la señal. Les fuimos pa'rriba. Aquello fue pa' nunca acabar. Qué tranca. Recuerdo a un compañero que había ido con un yerro envuelto en una tela pa' no dejarles marcas, y porque los niños estaban bien jamaos. A partir de ese día se perdieron los yaquis negros.

—Bien hecho —dice el negro.

—Pero este no es un yaqui negro —dice el Lingo.

… se perdieron los yaquis negros…

En parte el Lingo tiene razón, él no es un yaqui negro, ni andaba en moto. Su madre le había comprado una para cuando se reunieran. Una Harley en la que ninguna mujer se negaría a apretarse contra su cuerpo. La Harley en la foto frente a la casa. Novias pegadas a la espalda: pelo suelto y carretera. El no era un bitongo ni un yaqui negro. Era un comemierda por haber seguido al Mexicano y a su padrastro. Ahora su vida pendía de un hilo. Tal vez sus captores lo entreguen para que lo juzguen y, de acuerdo con lo que salga en el juicio… Negaría los cargos. Él no era un asesino, aunque ellos dijeran que estaba en el bando equivocado. ¿Y si mañana ya no viviera? ¿Intentaría al menos aceptar su destino? Era una idea con la que debía conciliarse. Volvió a pensar en su madre, en sus amigas… Era absurdo, cómo había cosas de las que no se despediría. El arma del Lingo lo trajo de vuelta. El sol se hundía en el Poniente.

—Mejor nos acomodamos pa' pasar la noche —dice el negro.

Los hombres se echan cerca del prisionero … *pa' pasar la noche*… Luego el negro registra entre las pertenencias de Toni Curtis. Toma el *Nuevo Testamento*. Husmea. Sociedad Bíblica Americana. Reina-Valera 1949. Conque esta mierda es lo que lee el enemigo. Los hombres miran al negro. Hace una mueca de disgusto, había aprendido, tras un sonido de ruedas dentadas y cadenas rotas que la religión era peor que la marihuana. Enajenaba al hombre, lo volvía conformista, reaccionario. Cada gesto del negro con el libro opaca más la suerte de Toni Curtis. Mañana, como si nada, volverían el día, el sol sobre los firmes, el vuelo de las auras. ¿Y Dios se acordaría de él? Tuvo miedo de un pensamiento tan sombrío. Quitó la vista del negro. El Lingo lo miraba abriendo y cerrando las rodillas. Un dolor insoportable corría desde la espalda. Las muñecas le ardían.

El negro sigue hojeando el libro. Al rato nadie le hace caso. Mayito ensaya cómo pedir el M-3. Pupi, sin nada que repetir, se limpia el sudor en sus rodillas y piensa que va siendo hora de volver a casa. El Lingo mira a Toni Curtis y el prisionero hundido en su martirio tiene los ojos fijos en la noche que se encima.

—Mira, Roque, yo estaba pensando… —sugiere Mayito poniéndose de pie—, vaya… si la metralleta está rota y fui el que cogió a este tipo… vaya, yo creo que se pudiera hacer un cambio…, ¿entiendes?

—¿Quieres que te diga una cosa? —dice el negro sin apartar la vista—, yo también quiero el M-3.

—Y yo también —protesta el Lingo—. Nadie es bobo, hasta Pupi le gustaría tener un M-3.

… hasta Pupi le gustaría tener un M-3…

Roque lo sospechaba: no conocía a nadie que no le gustara tener un M-3. Ríe. Enciende la linterna sobre las páginas del libro.

—Oigan lo que dice aquí. Y lee mal, lento: «… tomaron sus vestidos e hicieron cuatro partes, uno para cada soldado. Tomaron también su túnica, blablablá… Entonces dijeron, no la partamos sino echemos suerte sobre ella…».

… echemos suerte sobre ella…

Estos evangelios según fulano y mengano pueden ser útiles. Los hombres ríen. El negro distribuye las pertenencias menos el M-3. La repartición es justa. Ordena que le cambien a Toni Curtis las manos hacia alante y lo recuesten contra una piedra. Las cosas pasan de mano en mano. Así había sucedido con Jesús. La comparación, lejos de aliviarlo, ensombrece aún más al prisionero. El de Jesús era un papel grande. El Lingo guarda el Sony en la mochila sin dejar de mirarlo. Su vida no era precisamente la de un santo. Tendría que vivir el doble para al final cargar con grandes motivos que expiar y estar de regreso y en paz. Los cuatro hombres procedían como los soldados al pie de la cruz, alegres y sin temor a la ley de Dios. Tuvo ganas de llorar. El llanto podría complicar las cosas. Se durmió soñando que lloraba.

Cuando Toni Curtis despertó Pupi y el negro habían quedado fuera. A Pupi no le interesaba, aunque aceptó que deseaba un fusil semejante. Repetir actos era como repetir palabras. Jugó sin resistencia. Salió a la segunda ronda después del negro. Roque tenía puestos los ojos en las cartas y las manos, el Lingo era tramposo. El juego no avanzaba a la luz de las linternas. Mayito y el Lingo empataban, volvían a empatar. El Mexicano le tomó cariño. El M-3 era un regalo por haber puesto un petardo en un almacén. El día que habían matado a Cheo Ramírez, antes de recordarle que ocupaba una finca que no era suya y que ahora sí iba a tener tierra hasta taparle el cielo, el jefe lo dejó encaramarse de segundo encima de la sobrina del administrador. Toni Curtis sintió el semen tibio del Mexicano en las entrañas de la mujer. Los otros esperaban. El jefe tenía sus gestos. Respetable el jefe. Disfrutó el privilegio y sacudiéndose, metió las narices en el *Nuevo Testamento*. El Mexicano cantó tres corridos. Aquella noche se había comportado como los soldados al pie de la cruz. Los papeles a veces cambiaban. Cada uno sombra en un lente mientras no llegara el final.

Roque sigue atento al desenlace. Un nuevo intento por componer la metralleta y esta se desarma en dos partes. Qué negro más bruto, carajo, piensan Mayito y el Lingo. *Qué negro más bruto, carajo*, murmura Pupi. Se reparten las últimas cartas. Roque y Mayito están convencidos de que el Lingo gana. Pupi enciende su linterna, hojea el *Nuevo Testamento*. El tampoco creía. Llevaba un año entre campamentos y marchas infinitas. Cuando recorría la ciudad llevando pasajeros, leía los carteles que decían que el país estaba en guerra. Carteles misteriosos, incitadores, uno, dos y tres que paso más chévere, graves carteles. Nunca pensó que podía tocarle a él. Un día reclutaron a los miembros del sindicato de choferes de alquiler. *¡Vamos a pulverizarlos y vamos a tirarle con todos los morteros y todos los cañones!* Desde ese instante fue el eco vuelto miles de ecos. Esto era la guerra: ver cómo dos tipos se jugaban un fusil y vigilar a un siquitrillao que le decían Toni

Curtis. Pasa las páginas. El negro se suena los dientes, se arranca un esputo, escupe. Pupi se suena los dientes. *Si un reino está dividido contra sí mismo, tal reino no puede permanecer...* No entiende. A lo mejor el negro tenía razón, no debía ser nada bueno cuando estaba en la mochila de Toni Curtis. El libro parecía tener que ver con la *Biblia*. No se fiaba de los negros, pero con la batida que le estaban dando a los religiosos, algo habría.

El Lingo puso las cartas sobre la piedra.

—Te jodiste, el yerro es mío.

... el yerro es mío...

—Y ahora qué hago, Roque, tú me acabaste de desgraciar —se queja Mayito

—Vamos a hacer una cosa —pensativo, uhm, malo, el negro.

... una cosa... una cosa...

—Que el Lingo te dé su fusil y entregamos la metralleta.

—Claro, Roque, tú sí eres inteligente, me acojo a esa orden —dice el Lingo pasándole el springfield a Mayito.

...tú sí eres inteligente...

Mayito coge el fusil. Al menos si mañana hay jaleo no pasará lo mismo. Nadie, ni el capitán se explica cómo el Lingo no ha llegado más lejos. De los cuatro pudiera ser el jefe, sin embargo respeta al negro.

Toni Curtis ha seguido la maniobra de cambio de dueño del M-3. El Lingo sostiene la linterna encendida. Evita el haz de luz. El pelo cae a un lado y a otro. El Lingo lo toma de la barbilla, le aprieta la boca le mueve la cabeza hacia ambos lados. Lo coge por el cuello.

—Este maricón tiene el pescuezo caliente —ríe, apaga la linterna.

... caliente...

Buen juego. Limpio. El negro guarda las cartas. Abren latas de carne y comparten el pan. Extraño, Toni Curtis no tiene hambre. ¿Final? ¿Esperanza? No piensa. Siente que algo secreto y remoto lo invade hasta devorarle cualquier expectativa. Por los ruidos y las frases a boca llena calcula que el rancho no es bueno y el hambre que los tortura. No tiene hambre pero sabe de él. Un hambre que viene del monte y los sentidos aguzados. El Lingo dice que lo que comen es basura. Adonde primero irá cuando regrese es a un restaurante caro. Mayito mastica despacio, el springfield sobre las piernas. El Lingo vuelve a quejarse. El negro le da la razón, pero la guerra es la guerra. *...la guerra es la guerra...* El negro siente en sus espaldas la mano del capitán. Buena faena, muchachos. Un cabrón menos, capitán... El resto de la comida transcurre en silencio. Al final beben, escupen, la comida en las muelas ahuecadas... El negro reparte los turnos de guardia. El Lingo se pone de pie. El chorro de orine en las piedras. Pupi mira la luna en el charquito.

—Dime —pregunta el Lingo a Toni Curtis—, ¿tú estuviste cuando mataron a Cheo Ramírez?

... mataron a Cheo Ramírez...

—Dime, ¿verdá que se templaron a la sobrina del viejo? Tú sabes, si estuviste ahí, del muro no te salva nadie.

—Yo no estuve ahí —dice Toni Curtis. Su único plan es negar lo que le preguntan.

—¿Y dónde coño estuviste? —interviene el negro—. ¿En la quema de la guagua?

El semen del Mexicano; los cuerpos incendiados de los obreros...

—Yo no quemé ninguna guagua.

—Vamos a ver si eres tan bravo en los interrogatorios —amenaza el negro dando por terminadas las preguntas.

... tan bravo en los interrogatorios...

A pesar de la oscuridad y el silencio flota una tensión en la que el Lingo y el prisionero son los extremos.

—Dime, ¿cómo tiemplan ustedes? —insiste con el mismo tono.

El negro ordena que no haga más preguntas.

—Na, Roque, que tipito este no me cae ni regular, ¿no ves la cara de puta que tiene?

A lo lejos se escuchan ladridos de jíbaros. Al poco rato comienza la charla en voz baja. Hablan de sus vidas, del regreso, del jefe. Al final terminan hablando del único desvelo que no los abandona: las mujeres. Del tema todos tienen qué decir o contar. Pupi pasa la palma sudada por la culata de su carabina. Toni Curtis infiere que, hombre por hombre, los bandos son un equívoco. La noche avanza. El tema no se agota. El negro le pide al Lingo, famoso por sus cuentos de lances singulares, que cuente algo « bien descojonante» . El Lingo se hace rogar.

El Lingo se aclara la voz.

—Un día estaba en una parada, había acabao de llover y el agua corría por las cunetas. La guagua se demoraba. En eso llegó una tipa que era una tranca. ¿Que la describa? Tenía la cinturita estrecha, buenas tetas, tremendas caderas, un culo grandísimo. Pero lo que más me gustó fueron sus piernas y la cara que tenía. Pa' colmo caminaba como si estuviera pidiendo pinga a gritos…

… *pinga a gritos…*

El cuento promete. Mayito olvida el M-3. El negro admira al Lingo, tramposo y lo que sea no quisiera a otro en su escuadra.

«Pues la tipa vino y se me paró al lao, miró pa' toas partes. Se le veía muy al tanto de los hombres que estaban en la parada. Dispué se fijó en mí. Me caló de arriba abajo.

Qué cara de leona, compay. Yo quería decirle algo, pero no me salía na. Me quedé parao como una estaca. La muy cabrona parecía saberlo y gozar. Entonces se le ocurrió la cosa más empingá que he visto en mi vida…».

Verdad. Mentira. El cuento pega.

… cosa más empingá que he visto …

«Cogió, se paró en el borde del contén, se quitó el tacón, metió la pata en la corriente de agua y empezó a moverla como si se la estuviera limpiando. El agua estaba sucia, pero el descaro me puso fuera de órbita, me llegó a los mismísimos cojones. Al momento tenía la pinga como una cabilla, pero tampoco me salía na"

—Y ¿cómo eran los pies de la tipa?, ¿era blanca? —interrumpe el negro. Es el único de los presentes, incluyendo al prisionero, al que le interesa el color de los demás.

… la tipa ¿era blanca?…

—Un poquito más clara que yo, tenía el pelo igual que este maricón y —toma aire—, se pintaba las uñas de rojo como a mí me gusta.

—Dale, y qué más, yo pensaba que era rubia —dice Roque.

—No sé qué tiempo estuvo lavándose el pie en la cuneta. Luego me volvió a mirar de arriba abajo y se fue de la parada. Yo no sabía qué hacer, si caerle atrás o quedarme esperando la guagua… —corta el Lingo, maestro de las pausas. Y se acaricia con el fusil el miembro endurecido.

El resto de los penes sufre la misma erección. Toni Curtis escucha. Los suyos contaban cosas así, pero ninguna como ésta. Los bandos son un equívoco, intuye. Sudan las palmas de Pupi: *… caerle atrás o quedarme esperando la guagua…*

«Por fin me quedé parao donde estaba. Cuando llegó a la esquina se viró y se me quedó mirando. Fue la señal. La tipa caminaba y a cada rato miraba pa' mí. Yo la iba siguiendo despacio. De pronto se quedó pará como esperándome y a boca'e'jarro me preguntó qué quería. Cuando eso yo tenía un cuarto en Bella Vista y la invité. Ahora era ella quien iba atrás de mí.»

Nueva pausa. Los rostros implorantes. El Lingo lo sabe, Toni Curtis bebe de sus palabras.

... iba atrás de mí...

—No, Roque, no tomamos na'. Llegamos y la encueradera duró un segundo y en menos de lo que canta un gallo la tenía metía en la boca hasta la garganta. Mamaba como una fiera. Me la llenaba de saliva y me hacía una señora paja con la mano y la boca. La cogí por los pelos, el pelo como el del mariconcito este, y no le solté la cabeza hasta que no vino el chorro...

—¿Y se lo tragó, Lingo?

—Cómo no se lo iba a tragar, negro, se le salieron las lágrimas, pero se lo tragó.

—Me imagino, Lingo —dice el negro y cada uno hace suya la mamada brutal.

—Qué va, eso no hay quién se lo imagine.

—Y ya, ¿tanto lío pa' una mamá? —reta Mayito pinga y fusil.

—Qué va, papito, lo bueno viene ahora. Yo soy de los que echo un palo y la pinga no baja. Pues así mismo me la clavé hasta los güevos y empezamos a dar vueltas por la cama. El cuarto parecía que iba a reventar. En eso se rompió la cama, pero nojotros seguíamos trabaos. Ella gritando y yo dándole pinga.

—¿Y no te la templaste por el culo, singao? —pregunta el negro.

... por el culo, singao...

Lingo, (*sin quitar la vista del prisionero*):

Que si no qué, ay, chico, no tuve que pedírselo. Ella misma se puso en cuatro patas y me dijo que si no la enganchaba por atrás era como si na' pa' ella. Es como decirle a un americano si quiere chicle. Al principio no resbalaba bien, pero llegó un momento en que no sabía en cuál de los dos huracos la tenía metía. Cuando empezó a arañarme y nos vinimos supe que la tenía alante. ¡Qué clase de venía, negro!

—Y ya, ¿no pasó más na?

—Todavía no viene lo mejor. A mitad del tercer palo, la tipa se paró en la cama y me dijo que quería mearme. Pensé que estaba tostá y a mí me daba lo mismo ocho que ochenta. Entonces soltó un chorro que me cayó en la cara, el pecho, la barriga. Dos veces me lo hizo de arriba abajo y en la última se clavó ella solita y empezó a darse pinga con una furia hasta que se me tiró arriba dando gritos...

La anécdota hace estragos. Los hombres respiran fuerte. El pecho de Toni Curtis palpita agitado. Nadie habla. El Lingo no termina de contar que jamás volvieron a verse, que no le preguntó el nombre. No puede, la abstinencia, larga, absurda, hace volar las mentes.

—Es mucho tiempo en estas lomas, compañeros —logra articular el negro.

—Y nojotros no obligamos a las mujeres pa' luego arrancárselas —dice el Lingo.

...pa' luego arrancárselas...

—Claro, Lingo, no podemos... —dice Mayito.

—¿Estaba buena la sobrina de Cheo Ramírez? —vuelve a preguntarle el Lingo a Toni Curtis. Apenas disimula que la excitación lo ha puesto malhumorado.

—Lo malo de esos cuentos es que a uno le quedan ganas de hacerse una paja —resopla el negro.

... hacerse una paja...

—Cuántas pajas te ha'jecho acá arriba, maricón —le pregunta el Lingo a Toni Curtis.

—Dicen los nuevos que están recogiendo a las putas —informa Mayito, sabe que la cosa no es del agrado de Roque y del Lingo. La religión y la marihuana son malas, ...las putas...

—Pa' qué tú quieres una puta tan lejos si aquí tiene'juna —le dice el Lingo a Mayito.

... si aquí tiene' juna ...

—Porque no me digan que no tiene cara de jeba — insiste el Lingo provocador.

—Claro, Lingo, sino no le dijeran Toni Curtis —le sigue Mayito burlón

...le dijeran Toni Curtis...

—Estoy seguro, el Mexicano se lo templaba, ¿verdá, tú, puta? —pregunta el Lingo sobándose el pene y los testículos.

... ¿verdá, tú, puta?... las palmas mojadas.

— El Mexicano tenía que quitarse la picazón con alguien, ¿dime?

Los otros siguen en vilo las preguntas del Lingo.

Toni Curtis calla. Buen cuento, reconoce. ¿No lo habría leído en alguna parte? No, ese hombre no lee, descuenta. Piensa otra vez en su estado, en lo que podrá ser de él en las próximas horas. Y, raro, está tranquilo como si su vía crucis apaciguara el posible final de su película.

—Artista, putica, el negro y estos dos quieren saber si el Mexicano te cogía el culo. Dilo...

... a ellos porque yo sí lo sé...

Toni Curtis juega con las imágenes de la muchacha debajo del Mexicano. Los otros excitados con los ruegos del viejo antes de romperlo de un fogonazo. El semen del jefe. Los sollozos de la muchacha. Un corrido. La voz aceptable del Mexicano. El rey. Cielito lindo. Cómo había cosas de las que no se despediría. Y esta otra voz que lo enerva, asomo al filo de algo que teme, atrae.

—Negro, qué tú crees de esta yegua.

—Que yo creo de qué —devuelve Roque. En su cabeza la mujer metiendo los pies en la corriente de agua sucia.

El Lingo es más ágil de mente que el negro y siempre logra acorralarlo o empujarlo a decisiones que le favorecen y lo convierten en cómplice. Es cuando los otros deben ponerse a buen recaudo o... eso, también convertirse en cómplices.

—Na, negro, prende la linterna pa'que veas que carita de susto.

—El cuento me dejó mal, Lingo —afloja el negro.

... me dejó mal...

—Por eso te pregunté lo del maricón.

El negro hace un esfuerzo. Huele adonde el Lingo quiere llegar o tal vez ha escuchado entre líneas, para lo que no es bueno. La mujer. El pie en la corriente. No sabía que hubiera cosas tan sutiles.

—Qué tú quieres, Lingo, suelta.

—¿Quién aquí se ha singao a un maricón?

Pupi repite la pregunta. No es un pie jugando en el agua. A él lo avasalla la criatura dominadora que mea sobre el hombre vencido. Tantas putas que ha llevado y traído en sus viajes. Mayito está alerta. El negro y el Lingo: mala espina. Toni Curtis mide sereno las palabras del Lingo. Palabras inquietantes, las justas para contar historias de putas, ajenas como su madre y la motocicleta, lejanas, ajenas, lejanas.

Silencio.

—¿Nadie? Yo tampoco, pero no es lo mismo apuntar que banquear.

Las frases y el silencio que las preceden son una nube espesa que ciñen al prisionero. Hacia él van las preguntas, el vacío de las respuestas. Algo invisible se agita a punto de estallar. El Lingo camina entre Toni Curtis y los suyos. Regresa.

—Negro, este maricón tiene el pescuezo caliente.

El prisionero se cubre el rostro. El Lingo lo coge con fuerza por la nuca. Las manos chocan con la portañuela abultada. Luchan brevemente. Al final logra bajárselas trabando el pie en el amarre. El rostro contra el bulto. Los otros siguen la escena ...*este maricón tiene el pescuezo caliente*... El negro rastrilla su metralleta, no es una advertencia, es el maldito pie en la corriente.

—Te gustó, ¿eh? —dice el Lingo con la respiración entrecortada. Y es el momento en que los demás, aun el negro, reconocen que el Lingo es el líder.

—Esto me lo haces porque estoy amararrao, sing... —responde Toni Curtis y el Lingo lo empuja contra las rocas.

... *estoy amarrao*...

—El singao eres tú, maricón, y me la vas a tener que mamar.

... *me la vas a tener que mamar*... repite Pupi.

El Lingo lanza mandobles con su pene al aire.

En vano Toni Curtis trata de pararse. El Lingo vuelve a trabarle las manos con la bota. Siente en su rostro lampiño el pene tenso del Lingo. Los otros se paran. Toni Curtis se las arregla para esquivar el grueso glande. En boca cerrada no entran pingas... Pero las armas no se llevan encima por gusto. El negro le pone la metralleta en la sien.

—Que se la mames, cojones, o te dejo tieso.

... te dejo tieso...

Toni Curtis cierra los ojos. El negro apura con el yerro en su oreja. El pene del Lingo en sus labios. El negro empuja. El Lingo empuja. Toni Curtis abre despacio la boca. El Lingo comienza a moverse. Toni Curtis se eriza de pies a cabeza, el orine corre entre sus piernas. Pupi no puede creer lo que ve: este Lingo está fundío. Se seca las palmas. Su pene está tan erecto como el que entra y sale de la boca de Toni Curtis. Todos esperan que el prisionero vomite. Toni Curtis no vomita.

—¿Mama rico, Lingo? —pregunta el negro—. ¿No te la muerde?

Y el Lingo, ¿se meará en la boca de Toni Curtis?, se rasca Pupi.

—A ver, pásame la lengüita por la cabeza pa' que Roque vea.

Toni Curtis cierra los ojos. El tiempo se ha detenido. Nada existe, ni él ni sus captores ni su madre ni esta pinga en la boca ni los evangelios ni el animal que ha dejado de ser infalible. Nada existe, sólo un gran sentimiento de despedida que lo embarga y corroe. Da un fuerte tirón y logra sacársela de la boca. Un hilo de baba pende de sus labios al glande del Lingo. Otro golpe de cintura y Toni Curtis se da cuenta de que lo hace con cuidado para no morderlo: es tan frío el cañón de un fusil.

—Dame un chance, Lingo —dice el negro soltando la metralleta y zafándose la portañuela.

—¿Así, se la mamó a ustedes la sobrina de Cheo Ramírez? —pregunta el Lingo cogiéndolo otra vez por la nuca—. ¿Así se la mamabas al Mexicano?

—Cojones, que me des un chance —casi implora el negro y el Lingo se retira pegando el cañón del M-3 en la cabeza de Toni Curtis.

En la boca del prisionero desaparece la cuarta parte del largo falo. Pasan unos segundos, ordena a Mayito abrir una lata de leche condensada. El Lingo sigue en su puesto, pene y fusil en ristre. Mayito obedece, de acuerdo a lo que ve cualquier cosa puede suceder. Además, la mamada lo ha excitado. Entrega la lata al negro. El líquido empieza a chorrear por el falo lustroso. El Lingo empuja con el cañón. Toni Curtis abre la boca.

—Te la tenías guardá, negro —reconoce el Lingo.

Roque se aferra al cuello de Toni Curtis. Este se saca de la boca el pene del negro con un movimiento instintivo. El negro emite un gruñido de placer, un delicioso ay, mami, y el chorro de semen cae sobre la cara y el pelo de Toni Curtis sobre el M-3 sobre el Lingo.

... *te la tenías guardá, negro...* suspira Pupi. En medio del descontrol le asalta la misma idea: es hora de volver.

El negro cae junto a Toni Curtis. ¿Y ahora?, se pregunta Mayito. El Lingo ordena que lo pongan en las piedras y le bajen los pantalones. La leche condensada, ¿resbala?

Toni Curtis forcejea. El negro le pone el cañón en la frente y antes de gritar que lo maten si quieren, pero eso nunca, el Lingo comienza a patearlo por las costillas y la barriga. Así le pasaba a los maricones como ellos. Era muy rico clavarse a las mujeres indefensas, grita a voz de cuello. El negro ordena a Mayito y a Pupi que lo aguanten. El prisionero queda inmovilizado con las manos hacia alante. Pupi y Mayito sostienen las piernas. Entre el negro y el Lingo logran bajarle los pantalones y taparle la boca. El pataleo y las nalgas afuera le recuerdan a Pupi las inyecciones de su niñez. Mamá, papá, aguanten al niño. El Lingo pide que le abran más las piernas. El cañón de la metralleta en la frente. El Lingo separa la raja de las nalgas, la leche, condensada, chorrea hasta los testículos. Repite la operación sobre su miembro. Pupi admira lo bien dotados de sus compañeros. La visión atropellada de su niñez y las inyecciones, su pinga encabritada, la del Lingo untada de leche condensada, él y Mayito aguantando a un prisionero, le reafirman que anda metido en una locura de la que ni Dios sabe cómo saldrá. Dios le recuerda los evangelios. A lo mejor, aunque él no crea, debía de andar con un libro así. El Lingo pugna con el culo cerrero que le ofrecen. Pese a la cierta lucidez de sus pensamientos Pupi sigue excitado. Al igual que los demás, lo único que desea es ver la pinga del Lingo perderse dentro del culo de Toni Curtis. Algunos prefieren quemarse, se da fuerza Mayito. Considera que a este muchacho le ha pasado lo peor que podía pasarle en esta guerra. El Lingo abandona la pugna y se mete más entre las piernas de Toni Curtis. Comienza a pasar su pinga de la cabeza a los güevos por la raja del prisionero. Los movimientos son rítmicos, casi de bailador. El Lingo sabe moverse, admite Mayito. El cuento le ha costado más caro a Toni Curtis que todos los tribunales revolucionarios. El Lingo se mueve y en cada vaivén parece que el culo cederá. Pero no. El Lingo sabe demorarlo, irlo gozando a poquitos. Toni Curtis solloza por encima del pañuelo que le tapa la boca. De pronto Pupi recuerda el tubo de crema que la ha tocado en la repartición. Luego es el grito sordo y la admiración con que siguen la maniobra del Lingo. Toni Curtis no piensa ni que es un vencido ni que los bandos son un equívoco… La voz del negro en sus oídos. El Lingo se acerca a su cuello y susurra palabras groseras, cariñosas, el aliento fétido…

Apenas terminan los espasmos del Lingo y está el negro encima de Toni Curtis sujetándolo con fuerza por la cintura. El Lingo toma el M-3 y devuelve el ánimo a su compañero. El negro se menea brusco repitiendo la misma, misteriosa frase: «Maritza, qué rico, Maritza», hasta venirse espalda de Toni Curtis abajo.

—A quién le toca ahora. ¿Cuál de ustedes dos quiere mojarse? —pregunta el Lingo a Mayito y a Pupi.

Los dos hombres no responden. El negro se abotona la portañuela. Su cabeza está más clara.

—Lingo, ha sido ese cuento…

—Estos dos no quieren mojarse.

Mayito advierte más la amenaza que una invitación. Si rechaza el ofrecimiento se la pueden arrancar, las cosas han dado una vuelta insospechada. Si acepta puede ser aceptado de una vez. Eso no está mal…

Pupi se moja los labios. Mayito monta escrupuloso a Toni Curtis. El Lingo y el negro ríen …*no quieren mojarse*… Al final Mayito se entusiasma. Un poco. Golpea flojo la espalda de Toni Curtis.

—Son tus cuentos y la guerra, Lingo —dice incorporándose.

… *tus cuentos y la guerra*…

Los tres miran a Pupi. Nadie repara en que Toni Curtis ha perdido el conocimiento. Pupi se baja los pantalones. Su miembro tan airado minutos antes cuelga discreto. Se disculpa. El Lingo le dice que se quite la ropa, a lo mejor encuerándose va y sí. Que más quisiera él pero no puede. Los otros insisten. Qué se encuere…

Toni Curtis vuelve en sí. Sobre sus espaldas está el cuarto hombre. Pupi entorna los ojos. El reino y la casa divididos. Fuga. La madre de Toni Curtis diciéndole adiós. Pelo suelto y carretera. Pupi entrando en su automóvil por la avenida y los carteles fatídicos de los hombres en guerra… Está arriba de una de las putas pobres y flacas de sus viajes nocturnos. Le cuadra. Eso, una-puta-joven-una-puta-joven... ñanga, ñanga, ñanga... pinga y cepillo.

Nadie habla. Toni Curtis se arrastra entre el suelo y el dienteperro. Le han vuelto a poner las manos hacia atrás para que no se quite el pañuelo de la boca. Nadie desea escucharlo. Al rato el Lingo ronca a pierna suelta. Eso tranquiliza. ¿Cómo alguien puede dormir después de lo que acaba de suceder? Piensan Pupi y Mayito y se abandonan relajados al fresco, los ruidos nocturnos. El negro no piensa nada, se ha templado a una escoria y punto. Son la guerra y aquella maricona lavándose las patas en el charco. Toni Curtis solloza. Lo último que piensa es que viene en un camión entrando a la capital, la multitud vitorea, las mujeres tiran flores a los guerreros sobre el escudo, luego Roque, el negro, también ronca. Poco a poco enmudecen los sollozos de Toni Curtis. Sólo se escuchan los ronquidos del Lingo y la respiración pesada del negro. Mayito se acerca al prisionero. Increíble: Toni Curtis duerme. Entonces, se tiende boca arriba. Solo Pupi siente una agitación desconocida para él antes de esta noche. Tiene la impresión de que demorará semanas antes de conciliar el sueño y estar en paz. Recuerda el *Nuevo Testamento*. El reino dividido. Pasa la luz de la linterna. Busca la escena en la que los soldados se reparten y echan a suerte las pertenencias de Jesús. Hojea sin preguntarse si lo embarga o no la necesidad de una clave que... Jesús llora ante la tumba de... hay un nombre borroso que no puede leer... La tristeza se convertirá en gozo. El niño Jesús en el Templo... ¿Pa'qué Toni Curtis andaba con el libro en la mochila? Los ojos le arden por el esfuerzo.

¿Cuándo estará de vuelta? ¿Cuándo podrá a descansar? Así hasta que el negro lo despierta y ve al Lingo que camina alrededor de Toni Curtis y a Mayito estirándose de pie.

—Compañeros, tenemos que decidir qué hacemos con este tipo —dice el negro metralleta en el hombro.

—Sí, negro, hay que decidirlo *ya* —aprueba el Lingo. Luego se vira para el prisionero: —Esto no se decide jugando cartas.

Antes de seguir, Roque autoriza a Pupi guardarse el *Nuevo Testamento*. Las cuatro sombras largas que se mueven junto a la marcha.

Subir lomas hermana hombres.

CANTAR DE GESTA.

En la fase comunista existirá una forma única de propiedad sobre los medios de producción, la de todo el pueblo; habrán desaparecido las clases, toda la sociedad estará integrada por un solo tipo social; no existirán diferencias sustanciales entre el trabajo físico y el intelectual, entre la ciudad y el campo; la disciplina en el trabajo no requerirá medidas legales y administrativas, el trabajo será la primera necesidad vital del hombre y con ello, los factores morales sociales y humanos se convertirán en su única motivación; desaparecerán las relaciones monetario-mercantiles; el desarrollo de las fuerzas productivas alcanzará un nivel cualitativamente más alto, la riqueza colectiva será capaz de satisfacer plenamente las necesidades racionales del hombre y permitirá que la sociedad pueda inscribir en sus banderas el principio luminoso de la distribución comunista: «¡De cada cual, según su capacidad; a cada cual según sus necesidades!», y el ser humano tendrá una cultura y una conciencia social superior.

Plataforma Programática del Partido Comunista de Cuba, 1975.

—Desde hace tiempo, por las noches yo oía ruidos como de alguien que bajaba por la lomita esta que está detrás del bohío rumbo al cañaveral. Al principio quise suponer que era un animal, pero fíjese que encuentro huellas de persona. Cuando aquello, estaba fresco lo de los bandidos. Pero resulta que si al día siguiente preguntaba —con disimulo, claro— si algo malo había pasado en el cañaveral, me decían que nada.

—Allá por los años 70 yo era jefe de lote en aquella zona. Sí, yo me daba cuenta de que cuando las brigadas iban al corte, encontraban montones de cañas cortadas y apiladas. Pero dígame ¿quién se iba a molestar por eso?; broma no podía ser porque nadie va a levantarse cuando todos duermen a cortar caña para otro. Con el tiempo —es que los cubanos somos tremendos— la gente de las brigadas, antes de acostarse, le rezaba a Santa Mocha para que a la mañana siguiente la caña cortada apareciera en su plantón. Y si tenían suerte, la caña amanecía limpia y despajada que era una maravilla.

—No, no le dije nada a nadie. Me dio por pensar que el tipo de los ruidos era cosa de Juliana, mi mujer. Las mujeres son muy resbalosas, compay. Dígamelo a mí. Pues me puse a velarlo varias noches seguidas, pero nunca logré topar con él. Yo sé que no tenía mucha lógica, pero cuando uno se encela, no entiende de razones.

—Esas cañas recién cortadas por la mañana eran como una bendición al que le cayera. Por supuesto que aquello no podía salir de nosotros. Hubo un muchachito de la Juventud que el día que le tocó andaba traumatizado; decía que no podía aceptar aquella caña cortada por no se sabe quién, porque era filosóficamente inadmisible algo que no tuviese una adecuada explicación científica, y lo peor que, además, en lo moral, no se podía atribuir una caña que él no hubiese cortado. Le dije que anotaría en una nómina aparte lo que hiciera el machetero no identificado, y solo así se calmó un poco. Pero cuando el muchacho se fue, volvimos a nuestra lotería.

—Por mi vainá con el tipo de la loma ya ni le hacía caso a Juliana por las noches. Yo vigilando cualquier movimiento que hubiera detrás de la casa y la muy salía se me iba todas las tardes al pueblo. Así fue hasta que un día se fue con un tractorista. Por verraco me lo tengo merecido.

—Pero luego no fue igual. Parecía que la Santa Mocha estaba desvariando; cortaba mal, dejaba un montón de tallos salidos, no despajaba. Una catástrofe. En vez de una ayuda, aquello empezaba a convertirse en un estorbo. Cuando llegábamos al cañaveral, había que meterse media hora recogiendo aquello antes de empezar a trabajar.

—Entonces la cogí con el tipo de la loma que me había desgraciado la existencia. Agarraba una escopeta y a Canelo y salía a buscarlo, pero nunca pude dar con él. Era más inteligente que un perro jíbaro.

—En cuanto nos impusieron de la cuestión de los sabotajes en el cañaveral, nos personamos en el lugar de los hechos. Inmediatamente preparamos un dispositivo de búsqueda y captura, y tiramos varios peines por la zona sospechosa con resultados negativos. Bueno sí, nos encontramos con un hombre armado al que estuvimos a punto de poner fuera de combate, pero alguien lo reconoció como vecino del lugar. En el interrogatorio declaró estar a la caza de perros jíbaros.

—En cuanto me soltaron volví para la casa. Después, aunque seguí oyendo ruidos, no salía para nada. Con el tiempo me acostumbré.

—Aquello empezó a tomar forma de provocación. A veces, por ejemplo, amanecíamos con un letrero hecho con cañas que decía «¡DE QUE VAN VAN!». Eso nos intrigaba más aún. Sí, yo sé que era la consigna de cuando la zafra de los 10 millones pero en aquel momento no reparamos en ello. Llegamos a instalar un puesto de mando junto a los cañaverales.

—Con los años uno se va acostumbrando y hasta cariño le cogí a aquel ser que no conocía. Fíjese que todas las noches antes de acostarme le dejaba un plato de comida en el trillo por donde él cogía. Cuando uno está solo, esas cosas ayudan.

—Finalmente todo quedó claro. En el último peine que tiramos apareció un carnet laboral del ciudadano nombrado Evidio Iglesias Montalvo, instructor político. Así, atando cabos, concluimos que aquellas señas coincidían con un individuo cuya desaparición se había reportado en 1970. Este sujeto participó en la zafra del referido año junto a un batallón de macheteros del Ministerio de la Pesca en un campamento situado en esta zona. Al parecer sufrió una repentina perturbación de sus facultades mentales y desde entonces se refugió en las montes aledaños desde los cuales cada noche visitaba los cañaverales para realizar faenas propias de la zafra. Visto esto y ante las dificultades de dar con dicho ciudadano, nos retiramos del caso y lo dejamos en manos de la Academia de Ciencias. Otras tareas mucho más urgentes requerirían nuestra atención... cuando aquello aparecieron en unas letrinas letreros que decían «Beatles» y «The Doors».

—Mi hijo de niño era muy atento y respetuoso. Muchacho al fin hacía sus travesuras, pero en general era muy bueno como hijo y como estudiante. Ahora recuerdo que le gustaba mucho jugar a los mambises. Él salía para la calle —porque como Ud. puede ver esta casa siempre ha sido muy chiquita—, salía para la calle con un machetico de madera a jugar a los mambises. Él era muy serio en todo ¿sabe? Repartía grados y nombres entre sus amiguitos (Maceo, Gómez, Céspedes, Agramonte) y luego con sus macheticos en la mano le iban para arriba a las matas porque nadie quería hacer el papel de malo. Yo creo que por ahí empezó su afición por el corte de caña.

—El machete lo guardamos como glorioso recuerdo de dos cosas: las cargas de la caballería mambisa y la carga de los mambises del siglo XX, que son los cortadores de caña (APLAUSOS), ¡la carga de los 10 millones!

—¡Claro que me acuerdo! Siempre estaban metidos aquí diciendo que mi jardín era la trocha de Júcaro a Morón. Sí, les peleaba un poco pero en un final me daba cuenta de que eran muchachos y Ud. sabe cómo es eso.

—Cuando no jugaba, leía o iba a estudiar a casa de sus amiguitos. Aquí no porque como le dije esta casa es muy chiquita.

—Me acuerdo que en la Universidad cuando estudiábamos Ciencias Políticas, él siempre se destacó por su entusiasmo. Aunque, cómo explicarle: él era bastante introvertido y poco hablador, pero cuando había una discusión teórica, él se paraba y defendía sus ideas con mucha fuerza. Claro siempre desde el punto de vista de la Revolución y sobre todo, muy convencido. Y cuando marchábamos durante los entrenamientos de la milicia quizás no tuviera lo que se dice marcialidad pero sus botazos contra el piso sonaban más fuerte que los de nadie. Eso lo recuerdo bien. Por lo demás era bastante retraído lo que quizás explique que nunca llegara a ser dirigente estudiantil.

—No considero que para ser un verdadero revolucionario haya que ser dirigente, aunque la condición esencial de un dirigente a cualquier nivel es ser revolucionario. Evidio no fue dirigente pero en cambio fue siempre nuestro mejor activista. Participaba en todo con mucho entusiasmo al punto que a veces le pedíamos que no se desgastara demasiado. Su preparación ideológica era impecable y nos ayudó mucho con los círculos de estudios para discutir con los estudiantes los distintos discursos, las categorías del marxismo, el comunismo científico y todo eso.

—Desde el principio me atrajo su carácter, su inteligencia. Sobre sus cosas personales era bastante reservado e incluso un poco misterioso pero por lo demás siempre tenía una explicación para cada cosa. Me explicaba muchas cosas sobre el futuro, de la sociedad, de lo que sería eliminado y lo que habría en abundancia. Era un visionario.

—Aspiramos, ciertamente, a un modo de vida —al parecer utópico para muchos— en que el hombre, para satisfacer sus necesidades esenciales de alimentación, de ropa, de recreación (..). no necesite del dinero para recibir esos servicios.

—Aunque estudiábamos juntos, debido a las movilizaciones y actividades no disponíamos de mucho tiempo para vernos. Claro que tratábamos de que nos ubicaran en el mismo campamento pero no siempre fue posible. Nunca tuvimos tiempo para hablar de gustos musicales ni de literatura. En realidad, él prefería hablar de cosas de filosofía. Recuerdo que las últimas veces que nos vimos —antes de que empezara la zafra del 70— su tema preferido era la conciencia y sus posibilidades de desarrollo, o la importancia para el desarrollo, no recuerdo bien.

—Ahora hay otra ciencia, otra ciencia más profunda, que es la ciencia verdaderamente revolucionaria, es la ciencia de la conciencia, es la ciencia de la confianza en el hombre, es la ciencia de la confianza en los seres humanos.

—En junio del 69 nos acabábamos de graduar y pidieron un grupo de instructores políticos para que dieran un curso de superación en los centrales azucareros. Por supuesto que para integrar ese grupo entre los primeros que seleccionamos estaba Evidio que, precisamente, había hecho su trabajo de diploma sobre la conciencia comunista.

—Él no se fue en verdad muy contento. Prefería estar en primera línea; hacer el papel de intelectual mientras todo el mundo andaba cortando caña lo avergonzaba. Aceptó ir porque tenía un concepto muy firme sobre la disciplina. Me dijo que intentaría escribirme si tenía tiempo pero parece que no tuvo oportunidad de hacerlo.

—A última hora quise meterle en la mochila una lata de leche condensada que había cambiado por cigarros —de eso me acuerdo bien— pero él no me dejó. Entonces le dije que la conciencia también tenía que alimentarse, pero no me hizo caso y se fue.

—Después de la graduación lo vi. Fue en la reunión donde nos dieron las instrucciones sobre el curso que debíamos impartir en los centrales azucareros. El tema del curso era el desarrollo de la conciencia para la construcción simultánea del socialismo y el comunismo.

—El problema desde nuestro punto de vista, para nosotros, es que en la misma medida que las fuerzas productivas se desarrollen hay que desarrollar también la conciencia comunista; cada paso de avance de las fuerzas productivas tiene que ir acompañado de un avance en la conciencia revolucionaria, en la conciencia del pueblo.

—¿Cómo no me voy a acordar de Evelio? Yo fui precisamente la primera persona que él vió cuando vino al campamento. Nada más llegar me pidió una mocha, pero en ese momento no apareció la llave del almacén, y le dije que fuera a ayudar a la cocina, que al día siguiente empezaría en el corte. Recuerdo que se disgustó bastante porque no había podido comenzar en el corte ese día.

—Para serle sincero, en cuanto me enteré de que al instructor político lo habían mandado a cortar caña, pensé que estaba castigado. Era lo lógico.

—Siempre en alguna parte aparece un extremista. El administrador del central donde fue a dar el curso —capitán del MININT, creo que era— lo acusó de tener debilidades ideológicas ¡a él, que tan fuerte estaba en eso!

—Creo que fue por una discusión sobre la duración del feudalismo en Cuba. A Evidio lo mandaron a cortar caña y él contentísimo. Años después al capitán lo tronaron, pero no sé por qué fue. Al final esa gente siempre cae.

—Hundía la mocha a la altura más o menos de la mitad de la caña, cortaba el cogollo y despajaba. En otro corte bien abajo descuajaba el resto del plantón.

—Trabajaba en el corte con mucho cuidado. No era precisamente de los que más caña cortaba, pero lo hacía con bastante entusiasmo. Decía que prefería el ejercicio físico a andar entre papeles.

—Quien corte un poco de caña está garantizado contra la hipertensión, el problema circulatorio y la arteroesclerosis. Hablo de verdad, en serio. Yo les digo a ustedes que las reuniones me agotan más que cortar caña. Yo prefiero estar cuatro horas cortando caña, que estar cuatro horas reunido. Seguro, hasta en el mes de agosto, mira como es la cosa. Aquí se suda, pero se siente uno bien. En cambio, en una reunión sale uno mareado y sin apetito.

—Evidio cuando llegó era un poco muelero, pero muy buena persona. Para molestarlo le decíamos intelectual, filósofo, pero lo que se le quedó fue el nombrete de El Teórico. Siempre estaba teorizando sobre cuál era la mejor forma de cortar la caña, la mejor hora…

—Evelio, ¿qué Evelio? ¿El Teórico? Ah sí, ¡cómo teorizaba ese hombre!

—Se empieza suave por la tarde, calentando el cuerpo. Entonces se produce una sincronización al reducirse la temperatura que crea un ritmo creciente de trabajo. Uno se siente mejor. La caña está más seca. Todo es mejor, en una palabra. Después de unos cuantos días de entrenamiento se va racionalizando el esfuerzo y se imprime en el corte la fuerza estrictamente necesaria.

—Hacía mucho énfasis, por ejemplo, en que debía picarse la caña de frente al sol de manera que la sombra de esta cayese sobre uno.

—… porque lo que más agota es el calor y no el ejercicio físico.

—A veces el central no daba abasto y teníamos que parar. Entonces para matar el tiempo alguno, con la cara más inocente del mundo le preguntaba que para qué tanto lío con querer producir 10 millones de toneladas de azúcar. Había que verlo hablando de los compromisos económicos, los morales…

—Pero no se trata aquí solamente de una cuestión política, de una cuestión moral, de una cuestión de prestigio; se trata de una cuestión económica fundamental para nuestro país. Esta zafra de los 10 millones abrirá la confianza hacia el país absolutamente, abrirá de par en par las puertas del crédito a nuestro país (..). ya no habrá manera de detener la avalancha tremenda de recursos que tendremos a nuestra disposición.

—Nos hablaba de la necesidad de crear la base material del desarrollo. Luego que si el socialismo, que si el comunismo, y uno que había empezado por fastidiarlo, se quedaba embobecido oyendo que, gracias a los 10 millones, en el futuro todo sería distinto.

—El dinero tendrá cada vez menos sentido. Llegará un día en que para transitar de un lugar a otro no haya que abonar pasaje.

—Si hubiera podido cortar caña con la lengua, habría sido el mejor machetero del país.

—Lo que decía nos alentaba mucho. Sobre todo con tantos contratiempos y los rumores de que ya se sabía que no íbamos a llegar a los diez millones.

—Desde el primer día de zafra, día a día, mes a mes, debemos ir incrementando sostenidamente el ritmo de corte, el ritmo de caña molida para llegar a su clímax en el mes de febrero. Ya desde febrero tener al tope todos los centrales, aprovechar al máximo febrero, marzo, abril, adelantarnos en lo posible a las lluvias. Es decir, una ofensiva que se detenga, una ofensiva que flaquee, fracasa. Nadie corta el primer día más que a los quince días. Pero sin duda día a día se puede cortar más: una arroba diaria por día.

—A medida que el comentario se fue haciendo más persistente yo me di cuenta de que él se iba encerrando en sí mismo y le hacía menos caso a todo.

—Hacía semanas que no me escribía, ni me pasaba un telegrama ni nada. Ni siquiera el día de las madres se acordó de felicitarme.

—El día que Fidel dijo que los diez millones no podían ser —en aquel acto por lo de los pescadores—, cuando terminó el discurso, se convocó una reunión en el campamento para hablar de aquello. Esa noche yo sentía un nudo en la garganta … no me cabía en la cabeza que después de todo aquel esfuerzo…

—Y debemos tener la entereza de revolucionarios para convertir el revés en una victoria (APLAUSOS). La victoria habría podido conducir al relajamiento. La victoria habría podido conducir a la idea de que todos los problemas estaban resueltos. El revés debe conducirnos a la realidad, debe conducirnos a la conclusión de que estamos lejos de haberlo hecho todo.

—Nadie sabía qué decir pero todos nos volvimos hacia Evidio.

—Él siempre tenía la palabra precisa cuando de entender un discurso se trataba. Ese día, sin embargo, se le vió muy descompuesto. De pronto se subió en la mesa del comedor para gritar que los 10 millones tenían que ir porque nuestro futuro dependía de eso, que esa era la única manera de ganar la batalla del subdesarrollo, que no podíamos parar, en nombre del futuro y cosas por el estilo.

—Después del incidente nos reunimos los responsables máximos del campamento y decidimos recomendarle que fuera a La Habana a descansar, pues al parecer, la tensión de los últimos meses lo había puesto así. De manera que a la mañana siguiente conversamos con él. No comprendo qué pudo haber pasado después.

—Luego de la expulsión, se quedó un rato como sin saber qué hacer. La mocha le colgaba de la mano y tenía perdida la vista. Parecía un zombi. Luego arrancó a caminar por el caminito de la loma del Viejo y ya no supe más de él. Ni se llevó la mochila.

—¡Qué le voy a decir! Se acabó la zafra y me quedé esperándolo, pero nada. Después la vida siguió. Fui a su trabajo y no me supieron decir. Hasta llegué a ir al campamento pero nadie me dio razón de Evidito. Esperé durante años que apareciera o que me mandara a decir algo. Hasta no hace mucho todavía le tenía guardado el cuartico para cuando regresara. Luego se lo di a su hermana cuando se casó.

—En la Academia de Ciencias recibimos la encomienda de organizar un equipo multidisciplinario que estaría encargado de la captura y estudio del Admirable Hombre de las Cañas, como alguien sugirió llamarlo. El equipo estaba compuesto por zoólogos, psicólogos, médicos, ecólogos, botánicos. También llevamos estudiantes de distintas especialidades que realizarían sus prácticas de campo junto a nosotros.

—El objetivo principal era realizar estudios que arrojaran luz sobre las condiciones que habían permitido que se desarrollara en el Admirable Hombre de las Cañas esa actitud hacia al trabajo, ese especial sentido del deber. Por tanto, era necesario que el estudio se llevara a cabo en su habitat natural, en plena interacción con el ecosistema donde se desenvolvía. En aquellos momentos (1987) el país estaba enfrascado en una batalla por recuperar los niveles de conciencia y espíritu de sacrificio que habían imperado en la época de la zafra de los Diez Millones. De ahí el especial interés por acometer el estudio del Admirable Hombre de las Cañas y nuestra insistencia de que se incluyese un equipo de filmación.

—Ya en el terreno nos dedicamos a hacer el estudio de rutina sobre el nicho ecológico del Admirable Hombre. Esto es: determinación de la vegetación, condiciones climatológicas, el suelo. Se trataba de un bosque semicaducifolio típico bastante tupido. De inicio, como supusimos, no pudimos dar con el ejemplar en cuestión. En cambio, encontramos heces que luego de analizadas, nos aclararon ciertas dudas sobre sus hábitos alimentarios. Dichos excrementos eran ricos en fibra vegetal (cortezas de árboles, cañas), aunque al parecer también se alimentaba de sobras.

—Estuvimos meses tras sus huellas pero su comportamiento inestable entorpecía nuestro proyecto de captura. Incluso, le pusimos alimentos con el objetivo de atraerlo. Así pudimos comprobar que el Admirable Hombre de las Cañas desdeñaba los cebos, de ahí que pusiéramos aún más empeño en atraparlo.

—Para no perder el tiempo, cada cual abrió nuevos temas de investigación sobre los bosques de la zona, sus suelos, su fauna, el stress en las expediciones científicas, etc. Cuando al fin dimos con el Admirable Hombre de las Cañas, ya todos teníamos nuestros respectivos trabajos bastante adelantados.

—No es fácil explicarlo. Yo siempre por las mañanas voy al baño, pero ese día me demoré recogiendo la ropa que había tendido el día anterior y mi pañuelo de cabeza no aparecía por ninguna parte. Con todo salí retrasada del campamento. Llegó el momento en que desistí de darles alcance y me aparté del camino para hacer mis necesidades. Ya había terminado y me estaba limpiando cuando vi que él estaba frente a mí. Recordando lo que tantas veces nos advirtieron, intenté incorporarme con naturalidad sin demostrarle el menor miedo.

—Les voy a contar una experiencia que me pasó a mí una de las primeras veces que estábamos de caza submarina por allí un día. Me habían enseñado el fondo del mar: me entusiasmó. Me quedo solo, alejado del bote, y una picúa empieza a dar vueltas y a enseñar los dientes. Entonces me voy replegando hacia el bote —¡medida prudente!—. ¡Pero la picúa se ponía cada vez más agresiva! Entonces siento vergüenza de estar en aquella actitud de retirada frente a la picúa y avanzo hacia ella, y entonces salió huyendo. ¡Huyó enseguida!

—Nos quedamos mirándonos cara a cara largo rato. Sé que no es fácil de creer que aunque aún no me hubiese subido los pantalones, me mirara a la cara, pero eso fue lo que pasó. Parecía Robinson Crusoe con una mocha en la mano. Sin dejar de mirarlo, me vestí y entonces le pregunté el nombre, pero no supo decir nada. Entonces le mencioné su nombre y el mío, pero seguía callado. Únicamente al preguntarle qué hacía, mencionó dos o tres consignas sobre la zafra y volvió a callarse. Entonces me atreví a decirle que todo eso había pasado pero se alteró más y se puso a gritar «¡De que van van!», hasta que se cansó. En aquellos momentos incluso pensé que me haría daño, pues movía la mocha y la dejaba caer contra el suelo, pero yo me mantuve tranquila.

—Si este país frente al imperialismo, que es fiera, picúa, tiburón, buitre —¡todas las alimañas juntas—; si este pequeño país demostrara temor y vacilaciones frente a los imperialistas, hace rato nos habrían derrotado.

—Siguió mirándome un rato y me cogió la mano. Se veía que en el fondo era una gente muy buena. Yo entonces empecé a hablar de lo primero que se me ocurrió. Le hablé de mi familia y de mis amigos hasta que llegó el grupo y lo cogieron. Pudieron haber sido menos bruscos. Él era inofensivo por completo.

—Lo que más trabajo nos costó fue asearlo, recortarle la barba y el pelo y vestirlo. Estaba muy arisco. Tuvimos que traer a la muchacha para que hablara con él mientras nosotros hacíamos eso... Lo que nunca pudimos fue hacerle soltar la mocha. Había que prepararlo para la caravana-homenaje.

—Es una magnífica oportunidad de que todo el país pueda aclamar a su paso a ese magnífico ejemplo de firmeza y sacrificio. En cuanto pase por aquí saldré a recibirlo.

—Unos compañeros vinieron a hablar conmigo sobre Evidito. Me explicaron que estaba vivo y que era un héroe pero que no debería verlo hasta que no estuviera en condiciones apropiadas. Yo les dije que podían traerlo sin problemas, que le dejaba mi cuarto y venía a dormir a la sala porque en el de él estaban la hermana y los niños, Ud. sabe.

—Me emociona pensar que el Admirable Hombre de las Cañas estuviese permanentemente en pie de lucha desde el mismo año en que yo nací hasta ahora. Claro que es un ejemplo para todos en estos tiempos en que nos empeñamos...

—Lo vi primero por la televisión. Imagínese. Solo que la mirada era extraña. Cuando llegó a La Habana y lo fueron a condecorar, ya pude verlo mejor. En el noticiero le pusieron la medalla y gritó unas cosas con la mocha en la mano, pero en eso el locutor estaba hablando y no oí lo que dijo.

—Con el mayor respeto, pero eso de Admirable Hombre de las Cañas... Si no lo llegan a coger, no hubiéramos cumplido ese año el plan de ninguna forma. Al principio ya le dije que todo fue bien pero después cada vez que pasaba por acá lo dejaba todo hecho un asco.

—Me fueron a buscar porque pensaron que como compañeros de carrera y de zafra, la comunicación sería más fácil. Sí, creo que llegó a reconocerme... pero apenas me dejó hablar. Me preguntó por la fase del comunismo en que estábamos, nivel de desarrollo en la conciencia y cosas de ese tipo. Desde que se enteró que era 1987, no hacía más que preguntar por el desarrollo del país, el número de toneladas de azúcar que se producía cada año, la industrialización. A cada rato nos pedía que le trajéramos hombres nuevos.

—Cuando le dije que trabajaba en un Banco, se alteró bastante. Me preguntó que cómo era posible que todavía hubiese dinero. Quería saber qué uso tenía. Y yo sin saber qué decir.

—Finalmente decidimos que había que decirle la verdad, que aunque se había avanzado, aún estábamos lejos del ideal comunista. Que la constante amenaza del enemigo —sí, porque también hubo que explicarle que todavía existían países capitalistas— nos obstaculizaba el desarrollo. También se le habló de lo dañina que había resultado la gestión de los tecnócratas al frente de nuestra economía pero superada esta situación estábamos en una fase de recuperación de la conciencia para emplearla como motor impulsor del desarrollo y que esperábamos que él nos ayudara en eso. En principio reaccionó de manera muy positiva.

—Su primer impulso fue el de ir a cortar caña. Le tuvimos que explicar que en esos momentos lo priorizado era la construcción de círculos infantiles. Preguntó enseguida que cuál era la meta y le aclaramos que en el caso de los niños no se podía hacer lo mismo que con el azúcar. Fue entonces que logramos que soltara la mocha y participara en la construcción de un círculo infantil.

—A solicitud de los compañeros que atendían a Evidio, lo acompañé unas semanas en la construcción del círculo infantil. Se notaba muy entusiasmado. Yo diría que en exceso. Hablaba a todo el que escuchara que el desarrollo de la conciencia iba a permitir que en el día de mañana las riquezas que hacíamos entre todos, las disfrutáramos entre todos y que a cada cual según su necesidad y de cada cual según su trabajo.

—Lo veía aparecer en la televisión con su casco de constructor, trabajando, contento. Lo que decía no se podía escuchar porque el locutor no paraba de hablar. Yo pensé que por fin le darían una casa. No es por interés, sino porque pienso que tenía méritos suficientes.

—Le encantaba salir por televisión. Pero no creo que fuera por vanidad. Lo noté muy interesado en que la compañera estudiante —la que encontró en el monte— supiera de él.

—El día en que vino el Comandante a supervisar la construcción del círculo, dio tremendo espectáculo. Lo abrazaba llorando —imagínese lo inquietos que estaban los guardaespaldas— y le decía que se cuidara —y los guardaespaldas aún más inquietos— que todavía había mucho individualismo.

—En sus últimos días aquí en la construcción la tenía cogida con el individualismo, el poco espíritu de sacrificio. En medio de aquello surgió el problema con el responsable del almacén.

—Es que a él la gente lo veía como un bobo y hacía las cosas delante de él como si no se pudiera dar cuenta. Él vió al jefe del almacén cuando se llevaba una caja de mosaicos —desvío de recursos como se decía en aquella época— y al preguntarle, este le dijo —sin pena ninguna— que se los llevaba para la casa. Dio la casualidad de que al día siguiente hicieron falta mosaicos y él mismo fue a buscarlos al almacén. Allí el responsable le dijo —sin un mínimo de cuidado— que había que esperar a que trajeran porque en ese momento no había. Era normal que el Admirable le fuera para arriba.

—Tras comprobar que estaba adquiriendo conductas agresivas que le impedían una interrelación social adecuada, decidimos traerlo de nuevo con nosotros para realizar determinados estudios que teníamos pendientes.

—Cuando llegó estuvo varios días repitiendo: «Ladrones, ladrones». Después se encerró en sí mismo y no había forma de comunicarse con él. Demasiado excitado.

—En esas condiciones solo el trabajo lograba absorber sus tensiones. Nos vimos muy apurados. Ya no sabíamos cómo renovar la caña en el plantón artificial que le creamos. Ensayamos reducir su ímpetu creándole condiciones adversas (altas temperaturas, lluvias simuladas, etc). pero el ímpetu del Admirable siempre salió triunfante.

—Yo estaba presente el día que vió a la gordita. Se puso fuera de sí. Por suerte pudimos retenerlo y por esa vez no pasó nada. Creo que fue entonces que surgió la idea de llevar adelante un estudio sobre la conducta sexual del Admirable en cautiverio. De paso, comprobábamos la posible incidencia de su actividad sexual en la laboral.

—Como la gordita se negó bajo el pretexto de estar casada, escogimos entre las voluntarias que se presentaron una muchacha de las Brigadas Técnicas Juveniles que dadas sus condiciones físicas la consideramos la más apropiada cuando se tratara de estimular sexualmente al objeto de nuestro experimento.

—A Zoe la acondicionamos de acuerdo con lo que se consideró más adecuado para quien fuera la pareja del Admirable Hombre de las Cañas: una mocha con sus respectivos guantes de macheteros, una camisa de kaki sin abotonar y unas botas de trabajo altas. No, nada más.

—Todos esperábamos que el admirable entrara en acción cuando, de pronto, lo veo que empuja a Zoe. Luego corrió hasta esa puerta, la abrió a mochazo limpio y escapó… No, no salí a perseguirlo. Yo estaba atendiendo a la pobre muchacha que había quedado tirada.

—Ah sí, el loco de la mocha pasó por aquí corriendo. Saltó aquel muro y luego lo perdí de vista.

—Me presenté al escuchar los gritos que daban unas mujeres en el parque. Al ver que se comportaba de manera amenazadora extraje el arma preocupado por la seguridad de los niños que se encontraban jugando. Le di el alto como establece el reglamento. Al verlo avanzar hacia los columpios decidí actuar.

—Producto de una lamentable confusión...

—No, no supe quién era él hasta que me explicaron. Apenas miro la televisión precisamente debido a mi trabajo. No hacía ni una semana que me habían felicitado por impedir el robo de un camión de pollos.

—La idea inicial era celebrarle los funerales con los honores de general caído en campaña y enterrarlo en el panteón de las Fuerzas Armadas. Luego surgió la idea de hacer perdurar su figura a través de la taxidermia.

—Fue una suerte —y esto lo digo solo desde un punto de vista técnico— que el disparo haya sido en el corazón y no en la cabeza por ejemplo. Eso nos permitió trabajar mejor con el rostro. Ha sido mi primera experiencia en el trabajo con seres humanos y si se tiene en cuenta las dificultades que entrañaba conservarlo justamente en actitud de cortar caña, se puede decir que el resultado es meritorio. Parece real.

—En el tiempo que llevo aquí puedo decirle que es una de las de las piezas de mayor atractivo junto con la ballena disecada y los huesos de dinosaurio. A los niños les encanta. Incluso, hay una cosa... Todas las tardes viene una muchachita. Se le queda mirando un rato hasta que empieza a llorar. Es una gordita, pecosa ella. Si espera un rato puede que la vea...

POST-ÉPICA

*Pero a pesar de todo las masas están en movimiento y
no hay nada que las detenga.*

Federico Engels, 11 de enero de 1890.

Nadie negará que el espíritu que animaba nuestro empeño de construir un mundo nuevo se ha esfumado. Se deteriora la unánime virtud alcanzada tras tanto esfuerzo y no existe voluntad capaz de restaurarla. A nostalgias se reducen los tiempos en que, regidos por el idealismo y el desinterés, veíamos hasta en la aceptación de una propina un acto inmoral. El quebranto de nuestra ética se distingue, incluso, en los menores detalles de la vida cotidiana, como si cada gesto llevara consigo el germen de su disolución. En este estadio, por ejemplo, se puede ver en el desgano de los jugadores una escenificación de la ausencia nacional de deseos. Se nota sobre todo, en el equipo anfitrión con el que simpatizo. Juega este con un desánimo increíble para una segunda entrada, por mucho que los contrarios hayan marcado ocho carreras al comenzar el partido.

—Apuesto cinco pesos a que da un jonrón —dice uno a mi lado con evidente afán de lucro.

Analizo la situación. Aunque ese jonrón represente dos carreras a mi equipo, no significará un cambio considerable en la situación del partido. Por otra parte, quien batea en este momento atraviesa una mala racha.

—Acepto —respondo mientras observo cómo la actual obsesión monetaria se apresta a dar fin a mi antiguo desinterés.

Por su parte, el jugador, sumido de lleno en la actual crisis de valores, se poncha. Mientras me guardo los cinco pesos en el bolsillo, me quema el alma comprender que mis ganancias se asocian a la desgracia de mi equipo. El de al lado insiste:

—Apuesto diez a que este sí la bota.

Me avergüenza su optimismo aunque no se me oculta que en él hierve el deseo de recuperar sus pérdidas. Consciente de dar un paso definitivo hacia mi degeneración total, acepto la nueva apuesta. Aunque vuelvo a ganar, mi vecino de gradas insiste en la próxima oportunidad ofensiva de nuestro equipo en la que, a costa del decadente juego de este, vuelvo a ganar. Sin embargo, no debo acusarme de avaricia si se tiene en cuenta que nuestra moneda ha perdido mucho de su antiguo valor.

Ahora, a la altura de la quinta entrada, a pesar del ensanche de la ventaja adversa, mis ganancias consiguen animarme un poco. Buscando mayor comodidad, he encaramado mis pies sobre el espaldar de la luneta delantera, con lo que de paso proclamo mi renuncia al respeto que me inspiraban la propiedad social y las buenas costumbres. Mi vecino, en cambio, encubre su despecho por las pérdidas, exagerando su descontento con la actuación de nuestro equipo. Como ya no tiene dinero para las apuestas exhibe sus intenciones de discutir. Me pregunta:

—¿Estás contento, eh? ¿Tú no le irás a los otros?

Tranquilo respondo:

—No te imaginas el dolor que me ocasiona todo esto. Pero no por eso dejo de ser realista ni de analizar las cosas tal y como son. Por tu bien te aconsejo que reserves tu optimismo para mejores momentos.

Él, en cambio, vocifera :

—Pues sabrás que este juego se ganará por razones que emanan de mi más viril intimidad (Reconozco que la frase original era más ruda pero ya no le atribuyo al realismo estricto las virtudes que antes le concedía). Alguien que veía el juego frente a nosotros se vuelve y le dice con desenfado a mi vecino:

—¿No me digas? ¿Con el juego doce a cero, a qué tú aspiras?

Esto da inicio a una discusión bastante fuerte. El rival de mi vecino se declara fanático del equipo contrario. Para su desgracia es el único dentro de una compacta agrupación de seguidores del equipo nuestro, quienes se desentienden del juego para enfrentársele. Por el manoteo cada vez más cercano a los rostros contendientes, es de prever la inminencia del choque físico.

Ya comienza. Me parece lógico que cuando una sociedad queda huérfana de objetivos supremos se abran paso las bajas pasiones de las que este chovinismo estúpido es solo una muestra. Así vemos cómo, por la fuerza de las circunstancias, la estupidez se impone al ideal de fraternidad humana. Todos a mi alrededor le han propinado algún golpe al contradictor. Ahora yace en el piso, justo frente a mí. Para no hacerme sospechoso de simpatizar con los contrarios, le doy unas patadas, que es lo primero que se me ocurre debido a la posición en que está. Luego, recordando mis pasadas apuestas, insisto. Llega la policía con la premura que no demuestra cuando se la necesita de verdad. Me esposan. Como en los momentos actuales descreo profundamente en toda posibilidad de justicia, no intento defenderme. Ni siquiera menciono el hecho de que no he sido el único en pegarle a ese ciudadano y de que, por tanto, todos los que lo hicieron deben acompañarme, pues ya hace rato que dejé de creer en la igualdad. Los policías me conducen sin muchos miramientos. Es sabido que estos, por alguna perversa razón, se reclutan en la región de origen del equipo contrario. Yo me dejo llevar mansamente. Lo único que puede tomarse como acto defensivo es el ofrecimiento de mis ganancias en las apuestas a cambio de mi libertad. Uno de ellos me rechaza con energía. De todas formas lo entiendo. Nada tiene que ver en esto la integridad moral, improcedente a estas alturas, sino una sana desconfianza hacia nuestra moneda nacional. Es lógico, y además, no me interesa porque, ¿puede afectarme acaso la prisión cuando se tiene la certeza de que la libertad es solo una quimera?

EN CASA DEL TROMPO

—¡Quizás no tenía más de treinta! —gritó casi Soriano,
buscándole los ojos ahora.
—Acaso menos —rió Miguel y le coreamos todos la risa.
Pero Juan Candela cruzó los brazos y levantó el mentón
y dijo calmosamente corriendo la mirada sobre todos:
—Seguro que no pasaba de treinta bien medido.
—¡Vaya, vaya! ¡Seguro que de seis! —atacó Soriano.
Entonces pasó lo que pasó. Juan tiró del machete y dijo
levantándolo sobre su cabeza.
—¡El que me quite medio metro más lo mato!

Jorge Cardoso. Onelio, «El Cuentero», en *Cuentos.*
Edit. Arte y Literatura, La Habana, 1975.

Resulta que un día murió en un accidente laboral el
Héroe Nacional del Trabajo, ex-machetero millonario, y cuando digo millonario ustedes saben a qué me
refiero. Bueno, contaba que aquel día había muerto el
compañero Alipio Leal, un tipo durísimo y sin frenos
para el trabajo, vanguardia en muchas ocasiones, lástima, fue una lamentable tragedia que no se fijara en
el camión cargado de piedras destinadas al pedraplén,

que le venía encima y de marcha atrás. Pero no pongan esa cara porque Alipio fue derechito derechito a parar a la Gloria, y nada más merecido para la gente brava en sus labores, que ir a dar con su alma a un lugar semejante, una vez ocurrida su defunción. Pues al llegar allá arriba a Alipio lo esperaba una recepción como nunca él había visto en su vida. Imagínense, personas y personas, almas para llenar el mar y la tierra, ante los cuales el héroe informó una a una de sus hazañas productivas.

Terminada la ceremonia —y aquí empieza lo bueno—, dispersada la calurosa comitiva, vino hacia él un hombre alto, saliente en las cejas espesas, aplanado y largo hacia arriba, hasta darse con el pelo oscuro, de ojos negros y movidos, la boca fácil y su cabeza —decían— había estado en otro tiempo atestada de ríos, de montañas y de hombres. Juan Candela le llamaban, y nadie sabía —ni los hombres que lo acompañaban, Miguel y Soriano— si en vida fue de Mantua o de Sibanicú, y le dijo a Alipio con palabras seguras:

—Pudiera explicarme, amigo, si no le viene a mal, qué es eso de vanguardia y millonario, porque verdad que si es rico, la pinta no se le ve por ningún lado. Para mí vanguardia fue el viento frío seguido de un mar negro que arrasó allá en el Lajas, por Coliseo, y que doblegó los guayabales hasta que se establecieron las lluvias —y virándose a uno de los hombres, dijo: —¿Te acuerdas, Soriano?

—Cómo no, Juan —respondió el interpelado—, lo recuerdo perfectamente, fue el día que ibas en la mula y se te trincaron par de pejes de a libra cada uno en las espuelas al cruzar el río.

—Nada de eso —explicó Alipio— vanguardia y millonario es ser el primero en el corte de caña, levantarse antes del sol, pasarse el día en el cañaveral, y cortar más cañas que una combinada. Y así todos los días hasta llegar a los dos o tres millones de arrobas, como el que les habla, ¿entienden? ¿Ven este pullóver que llevo puesto?, detrás de este cartelito hay pila de años de sacrificio.

Juan movía los dedos de las manos como cañas apretadas en un palmo de tierra. Luego, aquello, una mirada a Miguel y Soriano como por la punta de un cuchillo, hasta que lo soltó:

—Compadre, ¿qué es cortar más caña que una combinada?

—¿Una combinada cañera? —preguntó Alipio—. Bueno, eso es una máquina que parece un tractor grande que le entra al cuadro por una punta, y cuando sale por la otra, lo deja mochito, listo para el central. De la máquina para el camión y de ahí para el ingenio, entonces nosotros...

Los hombres se movieron, hicieron como por irse, pero seguían allí con los ojos fijos en la cara de Alipio, mientras él se ayudaba con todo el cuerpo y refería con voz distinta los ruidos de la máquina y los camiones en medio de la faena. En la Gloria, sin preocupaciones materiales y sin tener que doblar el lomo, cada uno llevaba el oído metido para las cosas que pudieron haber sido y no fueron.

Por eso los tres estaban bobos escuchándolo, no había parte de la labor del corte que Alipio no se sacara del pecho imitando ruidos y acciones. Todo esto y más contó, hasta que se separaron, el héroe por su lado y los tres hombres por el suyo.

Al día siguiente, se encontraban a la sombra de unos mangos —hay que ver los mangos que se dan en la Gloria, según Juan, ni quince hombres pueden abracarles el tronco con los brazos abiertos, para no hablar de las frutos: más de dos libras los chiquitos y los grandes, ¡cuidado con eso!— y precisamente fue Juan quien primero habló:

—No digo que no, pero ¿ustedes creen que pueda existir una máquina así?

—A mí lo que no me queda claro —murmuró Miguel— es que si la máquina existe, ¿cómo un hombre podrá cortar más caña que un aparato..?

—Además —interrumpió acotando Soriano—, a nosotros no hay quien nos haga cuento de zafra, y ustedes saben que nadie por ducho que sea, puede cortar un millón o más de arrobas de caña.

—En eso tienes razón —asintió Juan—. Si al menos hubiera dicho que a su perro le pasó lo que a Mariposa el día que en la carrera detrás del venado chocó con el filo de la mocha. Todo el mundo conoce que son esas cosas que pasan de Pascua a San Juan, pero pasan, ¿verdad?

—Seguro, Juan —respondieron Miguel y Soriano alineándose a Juan y sin deseos de volver sobre la vieja diferencia—, en eso tú también tienes razón.

—Veremos a ver qué pasa si lo volvemos a topar por ahí.

Una noche Juan, Miguel o Soriano contaban algo de sus propias cosechas, se hablaba de plagas y bichos del monte al pie de los mismos mangos. No se sentía más que el chirrido metálico de los grillos o la exactitud de los ángeles y los gallos distantes, y fue en eso que apareció el mismo Alipio que viste y calza.

—¡Ey, gente, qué se cuenta! —saludó campechano a sus conocidos.

—Nada, hablábamos de las plagas que le caen a la cosecha, y de cómo quitarlas —le respondió Juan.

—No me digan —dijo Alipio sentándose frente a ellos—. Cuando yo era machetero, recuerdo que una vez fuimos bautizados con el nombre de Brigada Ofensiva. Y a que no saben por qué, pues nada más y nada menos que por sacarle cien mil arrobas de caña a cada caballería. Todo eso gracias a unos bichitos que se comían a los malos insectos que les caen a las plantas y a un sistema de riego llamado Microjet, que consiste en una manguerita que riega a cada plantón con un chorrito; ¡hay qué ver los resultados que da!

Los tres interlocutores no perdían ni una sílaba de lo que Alipio decía. Del microjet Alipio pasó a hablar de las cincuenta brigadas de macheteros millonarios, a las que apoyaban más de quinientos equipos multiarados sin dar un pestañazo; de los biofertilizantes; de los cuadros técnicos y sindicales; y de su paso a trabajar, gracias a su experiencia en todas aquellas cuestiones, en un contingente de la construcción. Juan se puso de pie entonces. Se enderezó agarrándose la faja del cinto, pero Alipio lo cogió en vilo con la mirada. Luego Juan tragó en seco y se sentó de nuevo, todo oído como si nada hubiese escuchado.

En otra ocasión, Juan regresaba de uno de esos arroyitos luminosos a todo meter que existen en la Gloria, y después de pensarlo muchas veces y tras breve silencio y pegando con el lomo del machete en la piedra dijo:

—¡Ese hombre dice mentiras!

—No hay duda —dijo Soriano—, está más claro que el agua.

Y los tres se miraron con gusto. Se sintieron iguales. La cosa estaba en que cuando lo volvieran a encontrar, uno de ellos se decidiera a romper la fuerza que Alipio tenía metida en el cuerpo y que se le asomaba a los ojos.

—Pues un día de estos yo cojo y le digo... —afirmó Juan golpeando de nuevo y más fuerte la piedra.

—Está haciendo falta, no creas —concluyó Miguel, y cada uno siguió en lo suyo.

En verdad pensaban que era necesario ahogarle aquel poder a Alipio, porque a un hombre se le puede aguantar una mentira por ser la primera, otra por decencia, pero la tercera sonaba como un bofetón y eso hay que contestarlo enseguida. A tal punto habían llegado los tres allá en la Gloria donde el tiempo muerto, eterno y sin dificultades de ningún tipo, los había vuelto así de matraquillosos.

Esa misma tarde se arrimó Alipio con sus ojitos ladinos, inteligentes, y el mocho de tabaco torcido.

Después empezó por su experiencia como constructor internacionalista y dijo:

—Yo era entonces más joven y me seleccionaron de la caña para la construcción, recuerdo que nos llevaron para una islita del Caribe a construir un aeropuerto que la atravesaba de punta a punta. Lo hacíamos gratis, de buena gente, para echarle una mano a aquellos pobres que no tenían ni un solo constructor; y ¿saben ustedes lo que sucedió?

Alipio dejó la pregunta en el aire oliendo a tabaco, casi vestida de humo. Podía echárseles un vistazo a los rostros de todos. Soriano estaba mirando cómo un mosquito —en la Gloria también los hay— andaba chupándole la sien, y Miguel y Juan vueltos a Alipio, atrapados, indefensos como moscas.

«Pues parece que entre los jefes de la isla hubo su jaleo y de pronto el cielo se llenó de aviones y el mar de barcos que no se podían contar y en un dos por tres allí estaban los americanos. De más está contarles el tiroteo y el correcorre, las balas me pasaban por las orejas recordándome la muerte con sus silbidos. Estuve diez días sin comer y escondido hasta que uno de aquellos soldados me detuvo y me llevó con el resto de los compañeros detenidos, ¡si yo hubiese tenido aunque sea una carabina! La gente se ríe y no cree más que lo que tiene en frente de los ojos, pero le digo que fue así: construíamos un aeropuerto en aquel paisito y los yanquis nos aguaron la fiesta como siempre. ¡Mal rayo los parta!».

Alipio calló un instante y nadie se movió de su lugar. Luego levantó la cabeza para mirar y añadió complacido:

—Esa fue mi primera experiencia en la construcción. De ahí escapamos de milagro. Al regreso hubo un llamado para la zafra y de nuevo volví a la caña, y más tarde otra vez a la construcción.

Al otro día, al borde del arroyo, Soriano, Miguel y Juan miraban los pájaros surcar el azul infinito que quedaba encima de sus cabezas. Esa mañana Soriano y Miguel estuvieron silenciosos. Juan habló del majá de Santa María de más de cuarenta varas que un día lo atacó enroscándole el cuello. Sus compañeros no hicieron nada por contradecirlo en aquella otra vieja disputa establecida periódicamente, y que consistía en que empezaban a quitarle metros al majá de Juan hasta que este tiraba del machete y rugía levantándolo sobre su cabeza: «¡El que me le quite un metro más lo mato!».

Más tarde cuando fumaban sentados en las rocas y se estaba tirando el sol por encima de las lomas, Juan explotó pegando un taconazo en el suelo:

—¡Demontre, sí que hablo cuando venga de nuevo, ya lo verán!

Pero las cosas que pasan, por ser la Gloria tan grande y haber tanta gente, y todos metidos en su mundo, dejaron de ver a Alipio por algún tiempo. Poco a poco, sin saberlo casi, se les fue quitando la cosa de la cabeza. Porque allí seguían ellos, contando sus cosas, pero notaban que faltaba la voz de Alipio, y ponían los ojos en la piedra o en la raíz donde aquel se sentaba, y nadie se acordaba de que hubo necesidad de ahogarle a Alipio su fuerza, sino que seguían hablando del perro Mariposa, el que al chocar con el filo de la mocha que había enterrado Juan en el suelo se dividió en dos como si fuera una mantequilla, y de cómo luego su dueño lo pegó con baba de guásima; de cómo se acababan las plagas y de cómo se exterminaba principalmente la del tabaco. Mas Alipio apareció de nuevo por allí un día, venía ahora con una tos —cosa rara porque en la Gloria no se había registrado ni un solo caso de catarro durante siglos— que hacía más interesante el modo de hablar, porque aguantaba la voz hasta el momento de hacer una pregunta, seguro de que así prolongaba el tiempo en espera de la respuesta. Ya estaba de pie frente a ellos hacía rato refiriendo de esta manera:

«Mejor que el aeropuerto es el pedraplén que construíamos antes de morirme, y que seguro la tropa del contingente continuará hasta terminarlo. Déjenme decirles que unir la isla con los cayos a través de una carretera que va por el mar ya es un hecho gracias al esfuerzo realizado por un aguerrido grupos de compañeros que apenas descansan un segundo. Les digo que es como morirse de alegría ver cómo se estira el pedraplén por encima del agua hasta empatar la tierra con el cayo, y al cayo con otro y así…». La perorata continuó infinita llena de datos curiosos y anécdotas de proezas, hasta que cayó, abriendo los brazos, como quien trata de medir un camino imaginario. Juan estaba de pie cogiendo aire para hablar, mas Alipio se le quedó mirando, había que ver la mirada de aquellos hombres. Alipio estaba desmejorado por el catarro, pero conservaba fuertes los ojos y lo estaba deteniendo con toda su energía. Empero, Juan seguía de pie y ya con aire suficiente para decir sabe Dios cuántas cosas. Sin embargo, siguió callado, inmóvil todavía. Entonces Miguel tuvo una idea y se puso de pie.

—Puede que no lo hayamos entendido bien —le dijo, y él lo miró igual que a Juan. Eran duros sus ojos, echaban chispas. Miguel le aguantó la mirada todo lo que pudo, hasta que al fin Alipio regresó a mirar a Juan y dijo:

—Es como les digo, hombres.

—¿Quién ha visto una carretera por el agua? Ni mi tío que iba a México por la ciénaga de Zapata, vio algo semejante —casi gritó Juan, buscándole los ojos ahora.

—Es lo que faltaba, después de un aeropuerto del tamaño de un país —rió Soriano y sus amigos corearon la risa.

Pero Alipio cruzó los brazos, levantó el mentón y dijo calmosamente corriendo la mirada sobre todos.

—Seguro que es como les cuento, además por eso estoy aquí.

Al mencionar la muerte nadie se atrevió a moverse. Tenía los ojos como ascuas y apretaba los puños desafiante. Así que los tres quedaron callados. Luego él bajó lentamente las manos y dijo:

—¡Guajiros, nada más que guajiros brutos y malagradecidos!

Y volvió la espalda para perderse por donde mismo había venido.

El tiempo siguió dilatándose junto al ocio infinito que ablanda a los hombres. A veces se oía alguna que otra guitarra debajo del mangal o en vuelta del río. Pero de Alipio nada, no se le vio más después del catarro y del encontronazo, y los tres compañeros permanecían siempre sentados inventariando lo pobre de sus recuerdos.

Una noche de calor. Miguel dijo algo de la luna y las estrellas. Al rato acabó afirmando:

—La tierra es redonda.

—Pues parece plana como una tabla —rió Juan, y Miguel soltó el humo de su veguero y dijo mecánicamente:

—Hay muchas cosas que parecen y sin embargo no son.

Nadie habló más pero sentían la pena tras aquellas palabras porque empezaban a comprender que Alipio era eso: una cosa que tenía que ver con las estrellas, una cosa que no es aunque lo parezca. Algo seguramente fuera del tiempo, del mundo y de la Gloria. Ahora pensaban que a los tres les estaba pasando lo mismo porque cuando quisieron echar a andar para irse a dormir, Juan dijo sin dirigirse a nadie:

—Hay que creer en algo que sea bonito, aunque no sea.

Esa noche no pudieron dormir como de costumbre. Había un silencio espeso y caliente, acaso interrumpido por algún ángel distante, pero se fueron pasando las horas sin pegar los ojos, hasta que asomó la madrugada. Se oyó entonces la voz de Juan que decía para sí:

—Hoy voy a buscar a Alipio para que vuelva a contarnos.

Y cuando toparon con él, tras mucho caminar por sabanas y montes, fue Soriano quien primero habló con su voz suplicante:

—Vuelva a contarnos hoy. Hágalo Alipio.

—Ustedes son una partida de descreídos —cortó Alipio.

Y era Juan insistiendo:

—No haga caso. Uno sabe poco. Nosotros nunca salimos del campo, ni hemos visto esas cosas.

Pero ahora estamos seguros de que usted habla de verdad.

—¿Ahora? ¿Por qué?

—Bueno, no tendrá que ver, pero anoche hablábamos algo de la tierra y de las cosas que parecen y no son.

—¿Qué tengo yo que ver con eso?

—No lo sabemos bien, Alipio, pero algo tiene que ver, créanos…

Así estuvieron largo rato discutiendo, paradas las respiraciones, en espera de que Alipio dijera que sí, que se uniría a ellos porque él era él y no otro, aunque eso no quería decir nada, y despertaba los sentidos en vez de embotarlos y recordaban a la Gloria la magnitud y heroicidad que sobraban a la anterior vida. Además, desde entonces tienen la certeza de que aún en el Paraíso y después de comer, no es posible dejar de oír la maravillosa palabra de Alipio Leal, ex-machetero, Héroe Nacional del Trabajo, muerto el día tal del año más cual...

Mientras las almas discutían, sin ponerse de acuerdo, muy lejos y en otra parte, la construcción del pedraplén, obra priorizada y demás, permanecía parada por falta de combustible... y de piedras.

UNO, DOS Y TRES, QUÉ PESO MÁS CHÉVERE

«Este billete tiene curso legal y fuerza liberatoria ilimitada. Garantizada íntegramente con el oro. Convertible en oro y todos los demás activos (…)».

El Banco

Ese de la izquierda es el General(ísimo), uno de los tantos, pero el tipo tuvo su leche. Está aquí por hacer las cosas que hacen los (buenos) generales; entre ellas, dirigir grandes batallas sin importarle la metereología obstinada ni el número de víctimas (contrarias), y gritar malas palabras a sus soldados. Pero, sobre todo, está por haberse dado cuenta de que el enemigo era vulnerable al filo del acero, y como era un buen general, lo descubrió bastante pronto. Para pesar del enemigo, estuvo varios años incitando a los descontentos a probar la utilidad de su descubrimiento. Solo dejó de hacerlo el día en que mucha gente decidió demostrarle el cariño que por él sentía, y todos pudieron estrechar (con fuerza) su mano, y abandonó aquel mundo amistoso y sin rencores: recuerdo máximo, montones de papeles.

Entre el General y yo se extiende un vastísimo paisaje de profundidad insondable, así y todo, ínfimo detalle de lo que nunca ha cabido ni en los ojos ni en los pechos. Lo primero que debería verse es la incontable multitud de rostros, pero por discreción y para evitar fallas memorísticas, nada más aparece el mar de brazos levantados fusiles en mano. Los brazos desarmados llevan vistosas banderas tricolores, y a veces entre la mar de ametralladoras y el oleaje tricolor, se ven afilados, centelleantes, algún que otro implemento agrícola de larga y afilada hoja de servicios.

Detrás del valladar impenetrable queda el pequeño bosque. Más románico que vegetal, resume tantísimos escenarios y firmas trascendentales. Libertadores en hamacas soñaron a su sombra un camino infinito. Árboles que mecieron la brisa y contuvieron el relámpago del yugo. En él, pájaros negros cantaron la mañana inviolada. Y allá, frágil ariete, zozobró el arado de los guerreros, el día que se quedaron sin enemigos. Al bosquecito siguen los campos de labor, fusiles enhiestos y más allá, se perfila entre cañones y mirillas, la inmensa sabana torturada. En ella convergen todos los gestos posibles, todas las promesas hechas a vuelo de lengua, por cuantos sacaron el rostro antes y después de los brazos armados y las banderas al viento. En ella estaremos al principio y al final de la marea de sangre, porque ella no es para nutrir, sino para que las caras de rasgos adivinados galopen a gusto sus ideas, y espoleen iracundos lomos de cientos, miles, millones de caballitos de batalla. Hoy, cuando de nuevo veo el arado milenario hincar la índole arcillosa del terreno, miro a los ojos del General para ver si comprende, no me queda otro remedio que admitir que él es un hombre ocupadísimo, después de haberle sucedido lo de los apretones, y de haber dicho delante de la muchedumbre, que de todas maneras habíamos llegado como llegamos.

Y al final, al final, donde vale más la intuición que la vista, la suposición que el alcance del campo visual, se levantan entre el cielo y el humo de las fábricas del mañana, chimeneas que punzan el cielo: agujas coronadas de tóxicos penachos. Debe barruntarse una solidez ilimitada. En esta zona del paisaje, más que en ninguna otra, radica nuestra fuerza. Allí quedan —¿en qué parte iban a quedar?— el futuro, el sol, el horizonte incierto: consumación y premio póstumo a toda eventualidad. Hacia allá vamos la cantidad de hombres y vidas que sea necesaria. También entre el General y yo hay un círculo de fuego erizado de puntas en su interior. Dentro se queman el apretado haz de los lictores, el desafío de las puertas cerradas. Dentro arden el mar y la tierra. Dentro están, fíjense bien para que vean, la corona de laurel y la mitad del sol. Debajo del círculo, se ubican el vacío y una profusión indiscriminada de adornos: vieja paradoja de engendrarse, negarse, complementarse y todo lo demás creado para dificultad de la existencia.

¿Y yo? Soy este que para verme, tienes que poner luz en el más allá de tu ojo y entre ambas mi cara, y no porque no se me pueda ver, al contrario, mi ubicuidad es tal que aparezco (casi borroso) hasta en la nada. La omnipresencia es don caro, cuestión de dos o tres elegidos, nunca han hecho falta más. Es el precio de haber llegado antes, cuando mi otoño prometía dorados frutos y un ocaso opulento «veteado de púrpura y gualda». Si no me veo, no es por lo que no hice, es mi huella coruscante filtrada en la transparencia, recompensa por hablar de muchas cosas con vaga precisión, la mejor ocurrencia de mis legiones de discípulos. Por otra parte, mi velada presencia me salva de un sinnúmero de problemas técnicos.

Miren al General, no le alcanzaron las victorias ni los estrechones de manos para medir su grandeza, y vean el peligro que corre expuesto de esa manera al roce caliente de cuanto dedo sediento haya sobre la tierra. Yo se lo digo: «Mira, viejo, un día se te va a borrar el rostro con tanto pasa y pasa», y él no me escucha, no hace otra cosa que mirar ensimismado los implementos agrícolas que un día le sugirieron su eficaz descubrimiento.

Entonces, le digo a ver si me escucha: «Atiéndeme un momentico, viejo, ya no estamos aquí para esto, sino para eso», y nada, ni siquiera mueve la vista. Al rato me olvido, de todas formas el General por sus contiendas y yo por mis palabras casi siempre coincidimos en otros muchos recodos de la Inmortalidad. Claro, él en lo suyo y yo en lo mío, como ahora en este billete.

LETRAS EN LAS PAREDES

Una considerable minoría ha renunciado a él.
                    Federico Engels, 13 de septiembre de 1851.

Desde hacía ya varios meses el ascensor no funcionaba y todo el que quisiera subir al edificio debía hacerlo por las escaleras. El tránsito por ellas era bastante monótono hasta que una madrugada, en la pared de uno de sus rellanos apareció un letrero que gritaba con fuertes trazos negros «¡Abajo el presidente!».

Durante cuatro días no sucedió nada (en la pared) pero al quinto, tacharon con creyón rojo la palabra «Abajo» y la sustituyeron por «Viva». Más tarde apareció escrito con pequeñas letras de lápiz «¿ Cuál presidente ? ¿ El del consejo de vecinos ?». La respuesta fue redactada con gruesas letras negras «No, el otro, el hijo de puta».

Al día siguiente el creyón rojo había tachado las palabras «hijo de puta», sustituyéndolas por «nuestro gran líder» y las letras negras añadieron «es un cabrón». Después con letras rojas apareció en tono desafiante «Cobarde, ¿por qué no te atreves a decirlo de frente?», a lo que el creyón negro respondió, «De frente se la metí a tu madre».

Un poco después las letras rojas contraatacaron. «Desgraciado, con mi madre no te metas que está muerta» y, a seguidas, comentaban a lápiz «¿A metérsela a una muerta no le dicen necrofilia?».

La respuesta escrita con letras rojas no pudo entenderse debido a la promiscuidad de inscripciones, hasta que al cabo de una semana de ofensas ilegibles fue pintada la pared con lechada blanca.

Al siguiente amanecer, escrito con trazos negros, se podía leer «¡Abajo quien ustedes se imaginan!». y, poco después, escrito a lápiz, «¿Quién es el que se supone que debamos imaginarnos?». Al siguiente día fue transformado el primer cartel por obra del creyón rojo en la frase «¡Arriba quien ustedes se imaginan!», la que fue alterada más tarde con trazos verdes hasta quedar así, «Al lado quien ustedes se imaginan», firmado. «Tercera opción». Y, a seguidas, el del lápiz dejó escrito «¿Para qué lado?».

Casi de inmediato, luego de tachar todo lo anterior, aparecía con creyón rojo el siguiente rótulo: «Presidente, contigo hasta la muerte». Horas después se añadió con creyón negro, «Sí, parece que no hay otra opción» y, más tarde se agregaba con letras verdes «Claro que hay otra opción, la nuestra». Firmado: «Tercera opción». Abajo preguntaron a lápiz «¿Y cuál es esa opción ?». pero nadie respondió.

La pared, después de esto, se mantuvo varias semanas en silencio hasta que apareció un letrero que declaró con fuertes trazos negros «Tengo hambre». Casi enseguida, un letrerito a lápiz lo apoyó «Yo también» y, más tarde, con letras verdes «Y yo». Firmado: «Tercera opción».

El creyón rojo resucitó al proclamar «Todos tenemos hambre pero hay que aguantar». Las letras negras respondieron «Los que aguantan son los tarrús y los maricones». Debido a la alta densidad de trazos por centímetro cuadrado ya fue imposible distinguir el ataque en rojo, la riposta en negro, los matices en verde y las inquietudes a lápiz. Así estuvieron hasta que alguien raspó la pintura de la pared de la escalera.

Días más tarde un letrero azul quebraba el diálogo habitual. Decía solamente: «Dianulys y Yusidis». Pronto el creyón negro convirtió la consigna intrusa en «¡Abajo Dianulys y arriba Yusidis!». Al rojo le bastó con remplazar el «abajo» con el «arriba» y el «arriba» con el «abajo». Poco después, las letras verdes decidían darle todo su apoyo a la conjunción «y» en detrimento de los nombres propios, en tanto el del lápiz preguntaba cuál de los dos nombres era el del varón. Sin embargo, al fin todo se ha resuelto del modo más conveniente. Para ello bastó que sobre la pared apareciera clavado un letrero que informa en gruesos trazos rojos: «En lo adelante queda destinado este espacio para expresar con toda libertad su opinión sobre nuestro presidente. Marque con una cruz en caso de que esté de acuerdo con Él por siempre jamás». Y hasta ahora la única réplica ha sido la del lápiz que preguntó: «¿Cuál presidente?».

UN DÍA MORTAL

La trascendencia. ¡Aaah! Siempre me ha seducido la idea, de que aun en circunstancias bien distintas a las que les dieron origen, se entendiesen y disfrutasen mis escritos. A veces voy más lejos. Incluso más allá del fin de la vida inteligente en el planeta. Me preocupa que los probables lectores de todo el universo, en todas aquellas palabras encadenadas Dios sabe con cuánto trabajo, no sepan apreciar el significado profundo que les he querido dar. Imagino que un batallón de arqueólogos intergalácticos que luego de remover treinta toneladas de escombros —aunque no creo que usen nada que se parezca a nuestros sistemas de medidas— encuentra un libro que comienza diciendo —y es un ejemplo: «Desde que nací he vivido en una dictadura». Aunque encuentren junto a mi libro un diccionario bilingüe y la otra lengua sea la de los excavadores dudo que entiendan qué quiero decir exactamente con esa frase. Dudo que en un diccionario aparezca esta definición. «Dictadura: Estado de cosas que de desaparecer podría ser la peor noticia para algunos y la mejor para otros». Habría que añadir que aunque en mi país mucha gente supone la caída de la dictadura como una especie de lotería colectiva (y ahí temo que los extraterrestres no tengan idea de lo que significa «lotería») nunca se han decidido a comprar billetes todos a la vez.

Es bueno hacer una aclaración. Aunque esa —la de la lotería— sea la mejor noticia que yo pueda concebir, no es que todo el tiempo piense en ella, como mismo nadie está todo el tiempo pensando en que le va a tocar la lotería real, la de los premios en metálico. En cambio, cuando escribo es difícil que hable de otra cosa, aunque me preocupe legar una imagen demasiado sombría de mi época a los futuros lectores galácticos. Sucede una cosa. En otras partes del planeta cuando un escritor decide ser maldito, habla mal de Dios (o sea, una entidad responsable de todo lo creado) o se sumerge en las más oscuras circunvoluciones del sexo que es la facultad que más acerca y aleja a los hombres de su creador. En cambio, yo debo resignarme a echar pestes de ese engendro estepario que es una dictadura. A veces, sin embargo, me tienta la idea de describir pura y simplemente un día que haya considerado especialmente feliz. No muchos, pero ha habido.

Uno de esos días lo recuerdo con especial frecuencia. Iba a ser el primero de mis vacaciones en ese verano. Cleo y yo habíamos acordado con una pareja de amigos encontrarnos a orillas del mar y por la noche asistir juntos a un concierto. Los baños de mar son una especie de rito veraniego que muchos identifican con el summum de la diversión. No soy de los que piensan así, pero encontrarme con amigos a orillas del mar me resulta tan agradable como para otros meterse dentro.

Pensábamos salir temprano de la casa. Cada cual iría en su bicicleta. Mientras Cleo preparaba el desayuno aproveché para echarle aire a mi bicicleta. Ese día el que cuidaba la bomba y cobraba el aire no era el del sombrero y cara de boliviano sino otro, flaco y con pelos colgándole por toda la cara, que con derroche de ímpetu me sostuvo la bicicleta mientras yo alimentaba los neumáticos. No le di propina.

Cuando regresé a casa, Cleo aún no había preparado el desayuno. Le estuve gritando un rato. Luego me dijo que colgara la ropa que habíamos lavado la noche anterior. Cuando terminé, desayunamos. Me metí en el baño mientras Cleo cuidaba de que no entrara con algún libro. En unos cinco minutos salí. Cleo me recordó que debía llenar un cubo para descargar el inodoro, privado de agua corriente desde la noche de los tiempos. Fui a llenar el cubo al tanque del patio. Era un trayecto de casi veinte metros que incluía tres giros de noventa grados. Antes de entrar al baño, mientras ejecutaba el tercer giro, salpiqué un poco. Luego elevé el cubo hasta la altura del pecho y desde allí dejé caer el agua con la tenue esperanza de que un solo cubo resultara suficiente para dejar limpia la taza. Toda la mierda se sumergió tras el impacto del agua. Pensé que era un tipo con suerte. Cleo se asomó. Me miró. Quedaban unas virutas de excrementos. Fui a buscar otro cubo.

Quince minutos después ya estábamos con las bicicletas en la calle. El cielo estaba limpísimo. Mientras pedaleábamos empecé a hablar de la película que habíamos visto la noche anterior en la televisión.

—Es patético ver aquellos viejos caerse una y otra vez, pero a pesar de todo lograban conservar cierta gracia —se trataba de la última película de la más conocida pareja cómica de la historia del cine. Cleo estuvo de acuerdo. Pedaleábamos a buen ritmo. A la altura del zoológico decidí hacer la última visita a mi trabajo antes de salir de vacaciones. Se me habían quedado unas cosas allí.

—Mira la hora que es, advierte Cleo. Después de dar vueltas por unas cuantas callejuelas entramos en el cementerio. Allí trabajaba yo. La negra de INFORMACIÓN se extrañó de verme por allí. Subimos a las oficinas. No había nadie. Enciendo el ordenador y lo preparo para imprimir un par de cuentos. Busco unas hojas en el armario y de paso cojo un par de libros que pienso leer en las vacaciones. Coloqué una hoja en la impresora. Mientras esta empezaba a aullar pasé a la oficina de la jefa. Allí estaba Cleo, agachada, orinando en una maceta adyacente al escritorio de la jefa. De la maceta nacía un tronco seco que había sostenido alguna vez una enredadera y ahora solo incomodaba su uso como orinal femenino. Me asusté, comprobé que la puerta estaba cerrada y me reí, por ese orden. Cleo solo se rió y terminó de orinar. Fui hasta la impresora y cambié de página. Luego repetí la operación seis o siete veces hasta que nos fuimos.

Rumbo a la costa, a la entrada de un puente, vendían pizzas caseras. Estaban más caras que nunca así que compré dos, una para cada pareja. Entonces recordé que mi hermano también iría y compré otra. Cuando llegamos a la costa, el Wichy y Mabel ya estaban allí. Mabel chapoteaba en el agua mientras Wichy cuidaba las cosas. Supongo que Wichy dijo algo simpático a nuestra llegada pero no recuerdo de qué se trataba. Wichy es lo más simpático que conozco. Le pregunté si había visto a mi hermano.

—No. Parece que te conoce bien y quiso llegar después para no aburrirse con nosotros.

Después de eso, todos se fueron al agua, menos yo que voluntariamente me ofrecí a vigilar las bicicletas y la ropa. Antes de ir al agua, Cleo me quiso exprimir un grano junto a la nariz pero como no la dejé me dio un beso y se fue. Al rato llegó Leif, mi hermano. Venía solo, como siempre lo estaba antes de conocer a su novia actual. Solo y con su pelo hasta la mitad de la espalda. Ambos somos trigueños pero su piel es más oscura que la mía. Siempre fue así, pero la diferencia se acentuó después que hizo el servicio militar en la estación de radares de un cayo. Entre el sol y las radiaciones lo dejaron casi negro. Solo con el tiempo se ha ido aclarando.

Al rato le pedí a mi hermano que se quedara cuidando las cosas mientras iba a comprar vino. Vacié una botella plástica que traíamos con agua y salí en una bicicleta. Estuve un buen rato dando vueltas hasta que descubrí junto a un árbol a tres tipos junto a una paila de aluminio. Uno de ellos llevaba uniforme de camarero. Era un negro al que le faltaba un diente de proa. Arriba. Le pedí que me llenara la botella. Durante todo el tiempo que tardó la botella en llenarse, el camarero y sus acompañantes daban jubilosas muestras de entusiasmo hacia el vino de naranja que me vendían. Al regreso, mientras pedaleaba me di un buche. Estaba agrio. Más agrio incluso que lo acostumbrado en estos casos, pero se dejaba tomar, quise concluir.

Cuando regresé a la costa, mi hermano estaba registrándome la mochila. Le tiré un poco de vino y Leif simuló ponerse furioso pero estuvo muy poco convincente. Nos lanzamos patadas y piñazos durante un rato.

Wichy por fin salió del agua. Leif le pasó el vino. Wichy protestó, dijo algo simpático que tampoco recuerdo y yo le dije que no jodiera, que el vino se podía tomar. Estuvimos intercambiando insultos hasta que decidí echarme al agua. Atravesé bastante rápido la distancia que hay entre la repulsión y el placer de tener el cuerpo envuelto en agua de mar. Nadé hasta Cleo por debajo del agua y la pellizqué sin sacar la cabeza. Finalmente salí y estuvimos jugueteando un rato más hasta que empezamos a sentir hambre y salimos.

Wichy sacó unos tamales. Cada uno cogió el que a partir de ese momento sería su tamal. Mi hermano, después del primer bocado concluyó:

—Están mortales.

En la jerga de aquellos días se asumía lo mortal como algo tremendamente bueno. Anticipo que esa definición estará en contradicción con lo que opine el diccionario que sostenga el futuro arqueólogo en sus tentáculos. Es curioso que se haya escogido justamente una palabra que designa la incapacidad de vivir eternamente, de trascender, para significar más bien lo contrario. Por supuesto que aquel día no llegué a hacer esa reflexión.

—Están mortalísimos —dije, remachando la incongruencia. Luego saqué las pizzas y permanecimos un rato más en los arrecifes hasta que decidimos ir a casa de mis padres. Cleo le dio su bicicleta a Wichy y montó en mi parrilla. Al llegar, mi madre se asustó. En una dictadura de las de poca comida, la llegada repentina de cinco bocas resulta angustioso por necesidad. Intenté calmarla mostrándole jamón y queso que había traído Wichy y un paquete de espaguetis. Dejé los espaguetis hirviendo y fui a mostrarle a Wichy unos libros de pintura que acababan de regalarme. Wichy es pintor.

Mientras tanto, pido disculpas si los aburro. Está claro que la felicidad es disfrutable únicamente por quienes la viven. Contarla siempre resulta aburrido, incluso si los destinatarios son arqueólogos espaciales. Prosigo. Comimos los espaguetis. Antes le había peleado a Cleo por haber tirado el agua de los espaguetis. Ella estuvo un rato furiosa. En aquellos tiempos yo aprovechaba el agua de los espaguetis para preparar un consomé con el que obtenía un éxito aplastante.

Luego de la comida seguimos hojeando libros de pintura hasta que alguien propuso jugar fútbol. Todos, excepto mi madre, salimos a la calle. Solo de vez en cuando pasaba alguna bicicleta. Esa es una de las ventajas de una dictadura sin combustible. Nos dividimos. Mi hermano, Wichy y Mabel formaron un equipo. Mi padre Cleo y yo, otro. Se supone que estábamos en desventaja. Las piernas flacas y desparejas de mi padre no son el instrumento más apropiado para jugar fútbol pero así y todo, ganamos. Cleo anotó tres goles. Corría como endemoniada tras el balón desinflado y le daba patadas cada vez que podía. Fue algo hermoso. Lo que se llama una bella escena familiar. Después del tercer gol mi hermano decidió cancelar el ímpetu futbolero de Cleo, que acabó dejando la piel de una rodilla en la calle. Fuera de eso, la caída no tuvo mayores consecuencias pero el partido terminó ahí. Aun así el juego fue el momento culminante del día. En medio del partido, mi madre salió a anunciarnos que una tía suya había llamado. Según la tía un grupo de delincuentes estaba rompiendo los cristales de las tiendas del centro de la ciudad. No le dimos mucha importancia. Todavía faltaban dos goles de Cleo y su caída.

Luego nos fuimos bañando uno a uno y nos preparamos para ir al concierto. Se trataba de un cantautor que jugaba constantemente a pasarse de listo. Ese es un arte muy apreciado en las dictaduras. Así y todo casi nunca dejaba de ir a sus conciertos. Cuando terminé de bañarme, mi hermano me llevó hasta la habitación que entonces usábamos de biblioteca. Tenía en la mano un rollito de papel estraza. No había que poseer una intuición excepcional para suponer que el rollito estaba relleno de marihuana —*cannabis sativa* para los botánicos de la vía láctea y alrededores— así que me apresté a perder mi virginidad al respecto. Empezamos a fumar y pronto concluí que el juego consistía en aprovechar al máximo todo el humo posible. No noté ninguna sensación especial cuando terminamos con el segundo porro. Antes que dijese nada, mi hermano me advirtió que las expectativas de los primerizos terminaban arruinando el placer. Decidí que ya era hora de partir. Ya salíamos con las bicicletas hacia el teatro cuando pasamos frente al televisor en el que daban los titulares de las noticias del día. Un locutor con rostro severo hablaba de disturbios provocados por elementos antisociales. Una situación ideal para incluir esta frase: «Todos nos miramos y comprendimos que algo grave ocurría». Yo incluso lo dije en voz alta. La nuestra era una dictadura discreta y si se anunciaba oficialmente algo así, por necesidad debía tratarse de algo serio. Seguimos mirando. En las imágenes que aparecieron en la pantalla —en blanco y negro, los colores no entraron en la casa hasta dos años después— no aparecía nada que se remitiese a los anunciados disturbios. No. Apareció el dictador —toda dictadura tiene el suyo— recorriendo triunfalmente el lugar de los hechos. En auxilio de los semiólogos de cualquier rincón del universo, aclaro que eso significaba que cualquier cosa que hubiese podido ser ya no lo sería. Todo seguiría igual, bien o mal según el punto de vista del observador, y sin peligros para la salud del estatus vigente. Se hacía tarde para el concierto así que salimos con las bicicletas mientras mi padre daba instrucciones a mi hermano de cómo no quería que le devolviesen la suya. El teatro quedaba cerca, a unos 500 metros de donde nos habíamos bañado por la mañana. Dejamos las bicicletas en casa de un amigo que finalmente no se decidió a acompañarnos hasta el teatro.

En el teatro había poca gente y aun menos policías. Solo tres o cuatro, cuando lo normal —sépanlo de una vez etnólogos de toda la galaxia— era que en un concierto de dicho cantante hubiese al menos un centenar. En el vestíbulo encontramos conocidos y nos explicamos unos a otros que la policía debía haberse concentrado en el lugar de los hechos y que mucha gente no se había atrevido a ir al teatro. Parecía ser cosa seria. Alguien habló de dos muertos. Finalmente entramos.

El concierto estuvo bien. Muchas de las canciones se podían bailar y mi hermano y yo bailamos con todas. Nunca intentaría culpar a la marihuana. Siempre soy de los que más baila en los conciertos. (Estudiosos de la literatura terrestre. Los conciertos se concebían generalmente para ser oídos, así que bailar era una licencia tal vez excesiva que tomábamos cada vez que se podía).

Al terminar fuimos a recoger las bicicletas a casa de mi amigo. Hablamos durante un rato del concierto y de Lo Otro. Al final regresamos a casa. Supongo que mi madre estaría preocupada pero no recuerdo mucho al respecto. Acomodé a Wichy y a Mabel en mi habitación y bromeé un rato con ellos, saliendo y entrando varias veces seguidas. Ya en ese momento debí haber pensado que el día no podía haber ido mejor. En la sala cubrí el suelo con una manta y allí nos echamos Cleo y yo. Estábamos demasiado cansados y todo lo que podíamos hacer era dormir, y dormimos.

Hasta aquí los hechos. Puede que ese día se haya pronunciado alguna frase ingeniosa o algún chiste de buena casta, o haya sucedido alguna otra cosa digna de ser contada pero no quiero que mi memoria juegue conmigo y termine contaminando los recuerdos de aquel día con los de otros igualmente felices. El motivo que tengo para intentar ser tan preciso al respecto es este. Sucede que en las semanas siguientes fuimos comprendiendo que ese día una buena parte de la ciudad había comprado boletos de la lotería en la que el premio gordo era el fin de la dictadura. El número evidentemente no salió. Pese a todo no lamento no haber comprado algún billete. Tengo razones que creo buenas.

En general no estoy de acuerdo con los argumentos —muy razonables todos— con los que se intenta explicar el hecho de que tanta gente haya decidido comprar su billete de lotería al mismo tiempo. Las causas que generalmente se señalan existieron antes y después y nunca han resultado suficientes para que tanta gente decidiese probar suerte. A mí en cambio, no se me escapa que la magia que nos acompañó ese día tuvo bastante que ver —aunque en el fondo pienso que mucho— con que tanta gente diera rienda suelta a sus impulsos. La falta de conciencia —se sobreentiende que social— con que me conduje aquel día no debilita mi argumento sino justamente lo contrario. Revísese cualquier acontecimiento histórico y se encontrarán en él una suma de hechos de escasa uniformidad. Ni siquiera la aparente consecuencia de sus actores garantiza la eficacia de sus gestos, sino que a menudo todo sucede del modo menos previsible. No obstante intenté repetir la experiencia, al menos en los hechos básicos —baño de mar, comida, fútbol, marihuana y concierto— pero siempre faltó algo.

Varias veces fuimos al mar o a conciertos pero nunca ¡nunca! he logrado reunir a los protagonistas de aquel partido de fútbol en la calle. Si reproduje antes todo lo que recuerdo de ese día es porque pensaba que en la alquimia de todos aquellos detalles residía la explicación, la verdad última de aquellas horas, pero al final ha triunfado el lado racional sobre el místico. La única verdad que encierran todas nuestras acciones de aquel día es la felicidad. Ahora sospecho que esa felicidad quiso ser inconscientemente compartida por el resto de la ciudad del mejor modo que le fue posible. Si escribo esto —entiéndanlo bien estudiantes de filología terrestre de todo el universo— es porque he abandonado toda esperanza de repetir la experiencia. Entre nosotros —Cleo y yo— y el resto de los participantes en aquella historia, hoy media un océano, y de momento dudo que se repitan aquellas circunstancias. No obstante, espero que ese día de felicidad no haya sido en vano y quizás, dentro de medio milenio en algún planeta lejano caiga una dictadura.

LEVE HISTORIA

... todo está relacionado, así que resulta esencial pre-
sentar los componentes de la historia desde el principio.
Field, Sid, *El libro del guión*, pág. 65.

Como al pie la fecha está borrosa, puede parecer a fi-
nales o principios de siglo, da igual, de todas formas
un número siempre sucede a otro. La idea del campo
y el propio campo son interminables a la vez que esenciales: se extienden desde el pie del grabado y seguro
topan con el cielo en algún lugar impreciso del paisaje. Lo primero que resalta, después de los innumera-
bles trazos circulares que surcan el cielo, es un dudoso
cañaveral. Algo más allá, yace un tractor que junto al
arado que se ve de cerquita, a la izquierda, completan
cierta noción de retorno u origen, o quizá se trate simplemente de una cualidad intermedia, aproximativa,
nunca se sabe. En el pasto ralo que bordea el cañaveral,
una vaca insiste o rumia al lado de un esqueleto relu-
ciente, casi plateado bajo los rayos del sol. Entre la vaca,
el esqueleto, los pájaros y el sol, se empinan dos o tres

palmas (poco) reales. Del lado contrario, recostados a lo que debió ser una talanquera, conversan dos hombres de uniforme. Uno va de amarillo y sombrero y el otro de verde olivo y brazalete. Ambos fuman tabaco y realmente no dan idea de nada. En medio de la vastedad calcinada se aprecia distante el apunte apresurado de un bohío. Sentado en un taburete, en la puerta, Liborio teje impasible. Lleva ahí tanto tiempo que ni él mismo debe recordar el principio, pero seguro precede en su afán al cañaveral, al tractor, a las palmas, a los soldados, a las auras ... Como está situado a considerable distancia cuadro adentro, no se sabe si teje algo en especial o sus propias, larguísimas barbas. Liborio teje y su mirada gacha exime del único detalle que por su inquietud no aparece ni en el paisaje ni en el grabado: el mar. El mar que siempre presupone lo cerca y lo lejos, hombres, otros hombres, historias, otras historias. El mar no debe ir aquí, en su lugar puede leerse más acá del borde: «La Política Cómica». La fecha permanece borrosa.

EPÍLOGO

Pese a que en la eternidad a nadie le importan los días
de la semana, un inconfundible espíritu dominical
envuelve hoy a la Gloria y sus alrededores. Un palpa-
ble entusiasmo multiplica gestos y palabras. En un día
como este, héroes viejos y nuevos se igualan en febrilidad. Héroes de todas las guerras, de la pluma, de la
palabra o del trabajo. Ahí vemos al general Flor Crombet, pañuelo en mano, pulir sus galones y ajustarse su
filipina de manera que se vea bien el orificio que abrió
la bala fatal y que en todos estos años no ha querido
zurcir. Cerca de él, el León de Oriente conserva aún
firme el pulso para pintarse una cana sí y otra no y
aplacar aunque sea en algo los embates de la edad. O el
viejo Quintín que contempla la herrumbre de su machete mientras dice al que lo quiera oír que no hay nada
mejor contra el óxido que el lomo de un español o de
un cubano traidor, lo mismo da. «Por favor, general,
guárdese el machete, que Él está al llegar y no quiero
un incidente desagradable», dice Consuelo, la maestra de ceremonias. Y hay que comprenderla porque en

el que quizás sea el día más trascendental de toda la Gloria, ella carga con no poca responsabilidad. Se trata nada menos que del recibimiento al Superhéroe. De solo pensarlo, a Consuelo se le eriza su larga espalda. ¡Es tanta la grandeza del Superhéroe y tantos los detalles que debe atender! Y si algo ella tiene claro es que la grandeza es una cuestión de detalles.

Detalles a resolver se sobran. El evidente logro que representó la admisión sin distingos de toda clase de héroes ha traído ciertos inconvenientes. La superpoblación ha dificultado el mantenimiento de la Gloria y hay que reconocer ciertas señales de decaimiento. Las paredes se sostienen de milagro, los hermosos árboles de antaño son ahora postes secos clavados en la tierra, los ángeles apenas pueden levantar vuelo y las nubes, desinfladas, son usadas como alfombras. Pero de algo le tiene que servir a la maestra de ceremonias su experiencia en vida como empleada de la mejor tienda del país antes que un sabotaje la quemara. Con limpieza, pintura e iluminación discreta se puede decir que el Walhalla criollo está presentable. Por suerte se ha podido contar con el apoyo casi unánime de los héroes, sobrecogidos como están ante la jerarquía heroica del futuro huésped.

Sí, casi todos han sabido ver en aquel Elegido la versión suprema del heroísmo. Acá ¿quién puede comparársele? ¿Qué son quince años dando machete —cifra máxima acumulada por los más brillantes paladines aquí reunidos— al lado de sus 100 años de lucha? Y aún en esos quince años en que un Maceo o un Quintín Banderas ejercitaron su muñeca, siempre hubo tiempo para el baile, el sueño, las mujeres o el ron. Ahora le remuerde a Quintín todas las horas perdidas en templeta y bebesón y en esos sueños llenos de mujeres y música o aquella visión rara que tenía aún despierto en que una niña, una blanquita, le trae una jícara con agua porque él siente mucha sed y al final siempre termina derramándola toda en su cara. Frente al Superhéroe, todo eso parece tiempo perdido porque ese Mimado del Destino siempre supo convertir cada instante en combate contra el enemigo, las fuerzas del mal o la adversidad. No es que se pasara todo el día tirando tiros o descuartizando adversarios. En 100 años, por supuesto que ha tenido que hacer de todo, pero nunca se limitó a la hazaña evidente. En cada detalle, por trivial que pareciera, invariablemente logró hallar una fuerza adversa a la que derrotar. Mientras un tipo cualquiera se conformaría con masticar, por ejemplo, un trozo de bistec, Él restauraba energías para la lucha. Cuando ese mismo tipo se cepillara los dientes, el Superhéroe en cambio le estaba dando decisiva batalla a las caries, y así con todo. Contra alguien de esa estirpe definitivamente no se puede, porque mientras más relajado tú lo ves y piensas que lo puedes coger desprevenido, ¡ZAS! destruye a sus oponentes porque así son los Superhéroes: seres entregados perpetuamente a la lucha. Eso facilita la labor de la maestra de ceremonias, pues a ningún héroe le ofende recoger una hojita seca o un papel del piso o remendar cualquier detalle en el que el Superhéroe pueda ver un intento de agresión.

De esta suerte ha podido higienizar la Gloria y mejorar su presencia. Una restauración a fondo puede esperar incluso a que el mismísimo Elegido la dirija. Ahora el problema son los abastecimientos. Desde que las matas de mango se secaron, las frutas son una añoranza de tantas que pueblan el glorioso recinto. Maceo mismo sacrificó su yegua (blanca por supuesto) para el banquete de recibimiento pero luego se supo que el Superhéroe es alérgico a la carne de caballo. Hay que ir a las afueras de la Gloria a convencer a esos muertos que pululan por sus alrededores de que contribuyan a los festejos del recibimiento. Cuando Consuelo se enteró de que las butifarras eran el manjar predilecto del Superhéroe, decidió que había que comprar un buen lote a toda costa. Pero para eso hace falta gente responsable. No hace mucho que envió a Hiliodomiro del Sol, presidente de la Gloria por muchos años, junto a su amigo escritor, para que le compraran butifarras al Congo. ¿Y que pasó? Todavía los está esperando. Ante cosas así hay que ser cada día más cuidadosos.

Ahora mismo, Juan Candela, alguien de poco fiar, se está ofreciendo con demasiada insistencia para mercadear con los de afuera pero, por supuesto que no va a ser tan tonta. La maestra de ceremonias tiene una idea mejor. Irá ella misma porque al fin y al cabo bastantes muestras de confianza ha dado evitando caer en tentaciones baratas. Ella, que pudo huir de la tienda en la que trabajaba cuando el incendio se reducía al departamento de perfumes, hizo todo lo posible por apagarlo. Cierto que, después de muerta, lenguas infames intentaron hacerla cómplice del sabotaje, pero al final la verdad se impuso y pudo acceder a la Gloria. Claro que ahora puede ausentarse y dejar el control del perímetro inmortal en manos de los guardaespaldas del Superhéroe. Solo Alguien así puede tener tal previsión. Con esa prudencia que lo multiplica, tomó la precaución, ahora que está próximo a morir, de fusilar a la mitad de su escolta para que fuera tomando posiciones en el recinto glorial y ahorrarse cualquier tipo de sorpresas. Cuando el Padre de la Patria se enteró del hecho lanzó un suspiro y exclamó «A un tipo así no lo madruga nadie», posiblemente recordando su propia deposición.

Consuelo da las últimas instrucciones antes de salir. Advierte a los escoltas de los provocadores vuelos de una especie de velocípedo aéreo puesto en acción por un irresponsable de los alrededores. Luego pasa revista a los músicos, apremia la colocación de los altavoces y le pregunta al indio Hatuey, decano de los héroes, si tiene alguna duda sobre el texto que le dio a leer. Ya va llegando a la puerta cuando se vuelve para recordarle a Alipio, el héroe del trabajo, que pase lista cada media hora. Ahora sí parece que va a salir. Le muestra su identificación al viejo portero al tiempo que le pregunta si ya sabe qué tiene que hacer cuando el Superhéroe llegue. Este le responde que sí, que se ve muy linda. Sale.

Muertos van, muertos vienen, desesperados por llegar a tiempo a ninguna parte. Da lástima tanta muerte desperdiciada en gente que no supo empeñarse en algo grande o se rindieron antes de tiempo. Ahora míralos ahí, los pobres, en lo mismo de siempre. Pero acá no es como allá adentro, acá hay de todo y Consuelo se incrusta la cartera contra el pecho y tensa las nalgas, presta a detectar cualquier exceso de confianza.

La maestra de ceremonias no se detiene ante nada. Directo a lo suyo, que es otra forma de decir lo de todos, logra abrirse camino hasta la tienda del Congo. Esa, como todas las de por aquí, fue construida con materiales que alguna vez se pensaron destinar a la ampliación de la Gloria. Ya va a pedir las butifarras pero su brazo no se mueve como ella desearía. Se lo está sacudiendo una mulata gruesa y ronca que en nombre del pueblo le exige que busque su lugar en la cola y espere su turno. Consuelo se acuerda de su pecho y de la cartera y de allí extrae un trozo de cartulina que inmoviliza a la mulata. Libre el brazo se encara con el Congo que se está sacando el pulgar de la nariz para restregárselo en el delantal. El Congo le pregunta qué desea mientras espanta las moscas con un periódico enrollado. Si Consuelo pudiera verlo extendido sabría que se trata del Diario de la Marina que anunciaba la caída de Machado, pero ella ahora reclama toda la butifarra que haya en existencia. Tensión. El Congo habla de cantidades limitadas y de la necesidad de que todos alcancen al menos un trozo de butifarra como ustedes ordenaron. Consuelo vuelve a apelar a su cartoncito mágico hasta lograr arrancarle 15 libras que el vendedor envuelve en el periódico de agosto de 1933. Hace un mohín que bien pudiera deberse a la falta de higiene y le paga con bonos a falta de efectivo. Los bonos tienen escrito: «La patria os contempla orgullosa» y un número 10 en cada extremo. A su espalda chilla un coro de mujeres encabezadas por la mulata. «Mujeres, mujeres, mujeres». Consuelo se alegra de que en la Gloria haya tan pocas aunque quizás esa sea la causa de las deserciones. Algún traidorzuelo ha descubierto intentando confundirse con la multitud que ahora, conducida por los altavoces, intenta encontrar su lugar para recibir al Superhéroe. El Superhéroe seguramente los perdonará. Ella no. No puede entender a gentes que a minutos de Su llegada todavía discuten si es mejor el Chevrolet del 57 o el del 58. Ni a esos rusos que insisten en venderle latas de carne o ese enano y sus pastillas para los nervios. Si al menos aceptasen cobrar en bonos…

Parece que alguien te reconoce y brinca y levanta las manos y ahora quiere abrirse paso hasta ti. Un desertor nunca haría eso. Seguro se trata de alguien de la familia. Chichi puede ser, o Fito el sobrino que se ahogó en Boca Ciega. Piensa salir a su encuentro pero recula. Seguro querrá que se quede un rato con la familia y ella no tiene tiempo que perder. Un pellizco en la nalga la pone a girar pero entre tantos cuerpos no logra descubrir los dedos culpables de un tipo sableado hace cuatro siglos en Bayamo por cuestiones de faldas. Ahora siente que la tocan por el brazo y entonces puede descargar su furia en el atrevido. Este se declara inocente del pellizco. Él sabe que ella viene de la Gloria y dice que también estaría allí si no fuese porque aquel día se apartó un poco para cagar y ahí mismo se quedó dormido. La columna reinició su marcha y el enemigo lo sorprendió. Luego lo dieron por desertor. Que, por favor, interceda allá dentro que lo que es aquí no puede seguir. «Para esta gente el recibimiento del Superhéroe no es más que un pretexto para seguir su cumbancha». Consuelo mira a su alrededor, le pide solo un poco de paciencia. En cuanto el Superhéroe llegue pondrá las cosas en orden y todo será como debe ser. Consuelo no puede añadir nada más porque acaba de oír el «¡Ya viene, ya viene!». (como si les importara mucho) y sale corriendo para la Gloria con las butifarras bajo el brazo derecho y el cartoncito mágico en la otra mano.

Dentro de la Gloria, Alipio, discreto, la recibe con la peor de las noticias: Martí y el Bobo han desertado. Al principio pensó en cualquier posibilidad hasta que tuvo que afrontar los hechos. Los traidores —y disculpe que así hable pero no hallo otro calificativo— aprovechando su levedad post-mortem se descolgaron por una cadeneta de papel de las usadas en la decoración de la Gloria. Algo hay que hacer porque Consuelo está segura de que, nada más entrar, el Superhéroe preguntará por el Apóstol. El jefe de los escoltas se ofrece para su búsqueda y captura. De contar con el apoyo aéreo de los ángeles, la localización sería inmediata. Pero Consuelo prefiere otra salida. Ya. La solución es Lino Recio, Rey de la décima campesina, Maestro de repentistas. Por su parecido físico con Martí —aunque en verdad le saca más de medio pie de alto— será el encargado de suplirlo. Este, al principio, no entiende bien de qué se trata y pide que le den un pie forzado para la décima sobre el Apóstol, hasta que se le convence de que, con encorvarse un poco, dar la mano y decir algo como «Patria es humanidad» es suficiente por ahora.

Superado el percance Consuelo va a ver al decano de los héroes. El indígena, de no muy buena gana, está ensayando la lectura del pequeño discurso de recibimiento. Quien primero hiciera resistencia a la conquista española es un caso especialísimo. Condenado a morir en la hoguera, rechazó un bautizo de última hora para no tener que seguir viendo españoles en el paraíso. Desde entonces su alma estuvo vagando hasta la inauguración de la Gloria cubana, de la que consintió ser su primer inquilino. Acá ha tenido que aprender la lengua que presidió su suplicio y ser testigo de cuanto suceso haya ocurrido en el recinto glorial. Tantos recuerdos quizás expliquen su eterna sonrisa. Ahora tiene que darle la bienvenida al Superhéroe en lengua prestada, a pesar de que piensa que en aruaco sonaría mejor. La maestra de ceremonias termina consintiendo en reducir el texto a lo imprescindible. La deferencia de Consuelo tiene, como casi siempre ocurre, motivos muy íntimos. Son dos destinos marcados por el fuego. De suplicio o de sabotaje, el fuego siempre es el mismo aunque Consuelo no soporta la idea de que el fuego que los recorrió a ambos pueda compararse con el que han utilizado para darse muerte todas esas negras que se amontonan allá afuera.

Y ahora ¿qué falta? Ya cada cual está en su lugar. Los héroes forman en dos hileras frente a frente, un largo pasillo, ubicados en estricto orden de importancia. Al fondo del corredor de héroes, Hatuey, y a su lado, un encogido Lino Recio en sus funciones de Apóstol. Más atrás, letras blancas sobre fondo rojo componen una sencilla pero contundente frase sobre la inmortalidad, atribuida —la frase— al Superhéroe. A la derecha de la entrada, a falta de banda militar, el Septeto Nacional con el refuerzo del trío Matamoros —rebautizados extraoficialmente como «Los Diez Negritos»— están listos para ejecutar la marcha favorita del que todos esperan.

¿Qué falta? Pues que la maestra de ceremonias, tan ocupada por los demás, se ponga algo presentable. Ni pensar en la ropa que usaba al morir, pues el fuego dejó bien poco para cubrir su extenso cuerpo. Desesperada, busca a su alrededor, hasta que se detiene en la enseña nacional. Sin pensarlo mucho, Consuelo se envuelve en ella. Luego se ajusta un pliegue allí y en el pecho rectifica la posición de la estrella, hasta que en un inspirado rapto deja al descubierto el seno derecho y toma prestado el gorro frigio al escudo que preside el salón. Ya puedes venir cuando quieras.

Treinta horas después, en la Gloria se empiezan a inquietar. Ya el asado de yegua de Maceo comienza a oler mal. El general Quintín manotea en el aire y le grita a la nada que acabe de darle agua. Explica el jefe de los escoltas que el Superhéroe es así de impredecible, siempre cambiando de horarios para despistar al enemigo, lo que recibe un gruñido de aprobación del Padre de la Patria. En los días siguientes, el entusiasmo empieza a decaer y a la semana exacta de espera parece inminente el desplome de los reunidos. Consuelo hace un llamado a la cordura y pide un último esfuerzo. De momento permite que los músicos toquen algo movido para levantar el ánimo. El viejo Quintín quiere sacarla a bailar pero ella prefiere sentarse un rato. Así está hasta que oye unos discretos golpes que vienen de la entrada. A duras penas logra recomponer las filas y luego de ordenar silencio, hace abrir la puerta.

No es el Superhéroe quien hace su entrada sino un calvo de ojos hundidos y ajada cara de niño bueno, que sin decir nada le entrega a la maestra de ceremonias un sobre. De este saca estremecida una carta del mismísimo Superhéroe. Con letra vibrante se disculpa y anuncia que de momento le ha ganado una batalla más a la muerte, por lo que piensa emplear el tiempo que le reste entre los vivos –«digamos, unos 20 años»– en llevar a cabo algunos proyectos que tiene en mente. Luego con mucho gusto les hará compañía. Silencio profundísimo acompaña la lectura en alta voz, solo tronchado por la exclamación de «¡Veinte años!», que los más impacientes dejan escapar. Consuelo, por instinto, mira hacia Hatuey pero este se limita a sonreír. Para el indígena eso no es cosa nueva. Ahora recuerda los casos de Matías Pérez y Camilo Cienfuegos. Lo mismo cuando se perdió el globo que el avión, se les preparó acá una regia acogida y al final no aparecieron ni siquiera en la Gloria. En cambio, los demás no reparan en la sonrisa de Hatuey. En ese momento todas las miradas se concentran en Don Miguel Matamoros quien niega con la cabeza varias veces hasta que finalmente suspira y dice que sí, que va a tocar «Lágrimas Negras».

Ya empieza con el aunquetumeasechadoenelabandono. Unos hacen coro, otros intentan bailar con alguna de las escasas heroínas o incluso entre sí. Los más van hacia las hamacas arrastrando sus viejos pies, pero en todos logra ver Consuelo la irreductible confianza de que algún día llegará Aquel que los redima definitivamente de tanta eternidad y hasta cure al General Quintín Banderas de su infinita sed.

CRONOLOGÍA

987. El Papa Juan XV envía expedición de frailes en busca del punto en que el cielo y la tierra se tocasen y así demostrar que la tierra era plana.

992. Regresa exitosa expedición. Los frailes afirman haber llegado hasta el punto en que el cielo se juntaba con la tierra, tanto, que habían tenido que bajar la cabeza para no dar con él.

1492. Colón descubre la isla de Cuba y de paso, que la tierra es redonda, pero todavía inmóvil.

1511. Diego Velázquez inicia la conquista de la isla.

1554. Un pirata francés, Jacques de Sores, saquea e incendia La Habana.

1602. Secuestro y rescate del Obispo Cabezas Altamirano. Muerte del secuestrador.

1608. Inspirado por el suceso anterior el escribano canario Silvestre de Balboa escribe el primer poema producido en la isla.

1723. La tercera sublevación de los vegueros es aplastada. Son ahorcados doce de ellos. Felipe Grijuelo mata a machetazos a su esposa.

1762. Sitio y toma de La Habana por una expedición inglesa. El pintor Dominic Serres deja constancia gráfica del acontecimiento.

1828. Primera ascensión en globos aerostáticos realizada en la isla.

1834. El Capitán General Don Miguel Tacón expulsa de Cuba al prestigioso intelectual José Antonio Saco.

1850. Desembarca Narciso López en Cárdenas e iza por primera vez la que será la enseña nacional cubana.

1851. Tras el fracaso de una última expedición, Narciso López es ejecutado en La Habana con gran asistencia de público.

1856. Durante su segunda ascención aerostática desaparece el conocido fabricante de toldos Matías Pérez.

1868. Carlos Manuel de Céspedes, futuro padre de la patria, da inicio a la primera guerra de independencia cubana.

1873. La Cámara de Representantes de la República en Armas destituye a Céspedes como presidente.

1878. Con el Pacto del Zanjón se da fin a la primera guerra de independencia cubana. No obstante Maceo en Baraguá se muestra dispuesto a continuar la guerra. Estrenada la paz, una epidemia de duelos se desata por la isla.

1883. Maceo derrota al general español Martínez Campos en un sueño ocurrido un lustro atrás.

1893. Inventor bejucaleño propone a Martí desarrollo de una fuerza aérea mambisa a partir de un modelo por él creado. Muere el poeta Julián del Casal.

1894. José Martí le reprocha a María Mantilla que Fermín Valdés Domínguez sea «queridísimo», mientras él es solo «querido».

1895. Isidoro Bombú funda el primer conjunto de son del occidente de la isla: «Los Sonoros del Caimito». Se inicia última guerra de independencia. Muere José Martí.

1898. Intervención norteamericana en la guerra hispano—cubana. Fin de la guerra.

1902. Inaugurada la República. Papo el Habanero marcha a Nueva Orleans.

1906. Alzamiento liberal contra la reelección de Estrada Palma. Segunda intervención norteamericana.

1910. Ruedan por primera vez en La Habana los primeros camiones de basura marca Ford.

1912. Guerrita de los «Independientes de Color».

1917. Cuba le declara la guerra a Alemania. Alzamiento liberal contra reelección de Menocal. Entre otros, muere el «niño de los hoyitos».

1925. Machado asciende al poder. Inicio de Plan de Obras Públicas.

1927. Trío Matamoros graba su primer disco para la RCA Victor.

1930. Inicio de violenta oposición a Machado.

1933. Machado recibe carta del conocido famacéutico Mariano Pedraja. Meses después abandona la presidencia.

1939. Carlos Enríquez pinta su conocido cuadro «Campesinos felices» y Eduardo Abela, «Guajiros».

1940. Aprobada nueva Carta Magna de la República.

1944. Triunfo electoral del Partido Revolucionario Cubano (Auténtico). Grau San Martín presidente.

1952. Batista llega al poder mediante un golpe de Estado. Se crea el germen de lo que sería la primera célula de lucha clandestina en el poblado de Tiñosa Blanca.

1953. Fidel Castro, con un grupo de seguidores, ataca el cuartel Moncada, segunda fortaleza militar de la isla. Los sobrevivientes van a prisión. El cabo Moya se pierde los carnavales.

1955. Amnistía general de presos políticos que incluye a los atacantes al cuartel Moncada y al preso común Primitivo Sánchez.

1959. Triunfo revolucionario hace suspender plan de ataque al cuartel de San Remigio. Fidel, Tato y Tico entran en La Habana por diferentes vías. Desaparece en accidente aéreo el Comandante Camilo Cienfuegos.

1961. La contrarrevolución incendia la tienda «El Encanto». Días después se produce invasión de bahía de Cochinos, derrotada en Playa Girón en menos de 72 horas.

1962. Crisis de los misiles. Fito Pimpollo estampa su firma en uno de los cohetes rusos.

1965. Fin de las guerrillas contrarrevolucionarias del Escambray. Muere en Playa Girón Roberto Fleites Quintana (Tico), destacado luchador, a causa de una embolia.

1970. Zafra de los Diez Millones. Desaparición de Evidio Iglesias Montalvo.

1987. Inicio del Proceso de Rectificación de Errores y Tendencias Negativas. Evidio participa en el programa de construcción de círculos infantiles.

1992. Entrada de Alipio Leal en la Gloria. Encuentro con Juan Candela.

1994. Sucesos del 5 de agosto. El pueblo en la calle.

2045. El Superhéroe anuncia próxima visita a la Gloria.

ÍNDICE